Mathias Petry

Hudlhub

Roman

Top-3-Shortlist
beim Amazon-Autorenpreis »entdeckt« 2015

Top-10-Shortlist
beim »The Beauty & The Book Award« 2015
der Frankfurter Buchmesse

Edition Kulturbüro8

Bibliografische Information der Deutschen Nationalbibliothek:
Die Deutsche Nationalbibliothek verzeichnet diese Publikation
in der Deutschen Nationalbibliografie; detaillierte bibliografische
Daten sind im Internet über dnb.dnb.de abrufbar.

Die automatisierte Analyse des Werkes, um daraus Informationen
insbesondere über Muster, Trends und Korrelationen
gemäß §44b UrhG („Text und Data Mining") zu gewinnen, ist untersagt.

Impressum

Erschienen in der Edition Kulturbuero8
Lenbachstr. 18 * 86529 Schrobenhausen
www.kulturbuero8.de

Vierte Auflage 2024

Bearbeitung und Lektorat: Florian Erdle, Barbara Ludwig
Covergestaltung und Satz: Sabine Beck
Covergrafik: Milo Textures @pexels.com; Auge@pngtree.com
Korrektorat: Hans Dieter Vogl

Verlag: BoD · Books on Demand GmbH, In de Tarpen 42, 22848 Norderstedt
Druck: Libri Plureos GmbH, Friedensallee 273, 22763 Hamburg

© 2024 Mathias Petry
ISBN: 978-3-7693-1376-5

1 | SO ÄHNLICH WIE BAYWA

Peng.

Was war das denn? Hatte da jemand auf ihn geschossen? Hausknecht richtete sich im Sattel auf und sah sich um, so gut es ging. Er kämpfte sich den Anstieg hinauf, der Schwung, den er bei der langen Abfahrt von Flammensbach an Unterweilenbach vorbei auf dem Weg nach Gerolsbach mitgenommen hatte, half ihm.

Peng.

Schon wieder. Was war denn das für ein Idiot? Das war doch – eine Gewehrkugel. Natürlich. Hausknecht dachte fieberhaft nach. Man liest das ja immer wieder in der örtlichen Heimatzeitung, dass Jäger sich gegenseitig erschießen, weil sie sich für Wild halten. Neulich hatte sogar ein Verbandsvorsteher empfohlen, Jäger mögen doch bitte auf dem Weg zum Hochsitz ein Waidmannsliedchen trällern, um sich als Mensch zu erkennen zu geben, wobei Hausknecht sich gefragt hatte, was das für Menschen sind, die Waidmannsliedchen trällern. Er jedenfalls war kein Jäger, und drum verbat er es sich, dass ihn hier jemand aufs Korn nahm. Zum Trällern fehlte ihm allerdings gerade die Luft. Viel nachzudenken gab es also nicht. Genau genommen hatte er exakt eine Option: in die Pedale treten. Raus aus der Schusslinie.

Peng.

Hausknecht hatte das Gefühl, dass diese Kugel direkt an seinem Kopf vorbeigezischt war. Verdammt. Er war doch nicht im Krieg. Er war im tiefsten Bayern, quasi direkt im Herzen, fast in der geografischen Mitte. Und er lebte in zivilisierten Zeiten, die Nullerjahre des neuen Jahrtausends waren gerade ein paar Jahre vorüber. Naja, so zivilisiert Zeiten sein konnten, in denen dieser George Dablju überm Teich, der Bungabunga-Mann jenseits der Alpen und ein kleiner Franzose nach dem anderen im Westen ihr Unwesen treiben konnten, ganz zu schweigen von all den anderen merkwürdigen Wesen, die um Hudlhub herum etwas zu

5

sagen hatten, in Afrika, im Nahen Osten und auch im Fernen. Hausknecht war immer froh gewesen, dass er hier, in Hudlhub, weit weg war von dem ganzen Mist da draußen. Und jetzt waren sie dabei, ihn abzuknallen. Verdammt, er hatte doch nichts verbrochen! Wer sollte auf ihn schießen wollen?

Hausknecht trat in die Pedale, links hinter ihm verschwand Weilenbach, wo sich in einem einschlägigen Laden üblicherweise Polizisten gerne einkleiden, nur jetzt schien gerade gar nichts los zu sein. Immer, wenn man die braucht, dachte Hausknecht. Und er dachte schnell und viel, Adrenalin macht's möglich. Ganz enorm, was sein alter Körper davon noch zu produzieren imstande war. Er beugte sich so tief zum Lenker herab, wie es der Rücken zuließ, er trat, so schnell er treten konnte, gab bei jedem Tritt extra viel Druck nach unten und zog gleichzeitig das andere Pedal mit dem anderen Fuß kraftvoll nach oben. Eine Weile ging es noch, bald würde der Anstieg ihn dazu zwingen, aus dem Sattel zu müssen.

Peng.

Verfehlt. Wieder verfehlt. Gott sei Dank. Valentin Hausknecht verfluchte in diesem Augenblick jenen dämlichen Entschluss, den er vor gut zwanzig Jahren gefasst hatte Radfahren zu seinem Hobby zu machen, wie konnte er bloß so dämlich sein. Nur deshalb war er jetzt überhaupt in dieser Situation. Hausknecht strampelte, so kraftvoll er konnte.

Peng.

War das Blut, das da über sein Gesicht lief? Hausknecht wischte mit der Hand über die Stirn. Schweiß. Gott sei Dank, dachte er. Konnten das wirklich Jäger sein? War er am Ende jemandem auf die Füße getreten? Oder hatte seine geschiedene Frau einen Killer auf ihn angesetzt? Heutzutage war ja alles möglich.

Peng.

Wieder pfiff eine Kugel an ihm vorbei, das Herz raste, die Lungen schmerzten.

Peng.

»Na los, Bürgermeister, nachladen, gleich ist er außer Sichtweite!«

»Nur ned hudln. Ich weiß, ich krieg ihn schon noch, Haderlein.«

6

»Das war dein siebter Schuss, Bürgermeister, beeil dich. So ein Prachtexemplar bekommst du nicht alle Tage auf dem Silbertablett serviert. Das ist mindestens ein Achtender. Schieß, Bürgermeister.«

»Warte ... warte ... gleich hab ich ihn ... komm ... komm ... jetzt!«

Peng.

Hausknecht duckte sich instinktiv weg. Was war denn das für ein Idiot, der da auf ihn schoss? Inzwischen brannte der ganze Körper, allmählich ging ihm die Puste aus. Immerhin: Er war fast 80, aber dafür war er verdammt fit. So fit, dass neulich sogar das Lokalfernsehen über ihn berichtet hatte. Und die Leute staunten über seine so gesunde Gesichtshaut, über die straffen, muskulösen Beine, über seine Agilität. Klar, da gab es die tiefen Furchen zwischen Mund und Wangen, zwei kernige Gräben unter dem kurz geschorenen Silberschopf auf dem Weg zu den Augenbrauen, aber es gab Endfünfziger, die weniger fit waren als er. Zum Glück.

Und da vorne, da kam jetzt die scharfe Linkskurve wenn ihn nicht jemand in einem Auto oder auf einem Motorrad verfolgte, dann war er gleich in Sicherheit. Denn hinter dieser Linkskurve wurde der Wald nahezu undurchdringlich dicht.

Hausknecht keuchte. Er kämpfte.

Er gab alles.

Er fuhr um sein Leben. Noch 300 Meter.

Was er seinem armen Herz da zumutete!

Sein alter Freund, der Reiß Sepp, der war damals völlig entspannt am Schafkopftisch gestorben.

Noch 250 Meter.

Gerade als ein gepflegter Wenz angesagt worden war, hatten ihn die Folgen seiner Leberzirrhose final ereilt. Der Reiß Sepp stöhnte kurz, kippte mit dem Stuhl nach hinten um und blieb ganz einfach liegen. Pfiat Eich!

Noch 200 Meter.

Die Karten hielt er fest umklammert und bis zum letzten Augenblick vorbildlich verdeckt in der Hand.

7

»Lasst ihn liegen«, rief der mit dem Wenz erregt.

»Ja, aber ...«, setzte Hausknecht an.

»Ich hab einen bärigen Wenz auf der Hand«, rief der andere erregt,

»und vielleicht steht er ja wieder auf.« Noch 150 Meter.

Also warteten sie, tranken noch eine Maß und dann noch eine, und irgendwann war auch dem Letzten klar: Das mit dem Wenz würde heute nichts mehr werden.

Noch 100 Meter. Peng.

»Ich mag jetzt aber schon sehen, ob mein Wenz gegangen wär«, sagte der Schafkopfer nach einer Weile. Die anderen legten ihre Karten auf den Tisch.

»Ich hab nix gehabt außer dem Gras-Unter«, hatte der Hausknecht erwidert, er hob sein fast leeres Glas mit dem letzten Schluck an, um auf den Reiß Sepp anzustoßen.

»Ich auch nicht, außer dem Eichel-Unter«, sagte der vierte Mann.

»Ich hab's gewusst«, schnaufte der mit dem Wenz, er kauerte auf dem Boden und hielt inzwischen die Karten des Toten in der Hand. »Und wie der gegangen wär. Ein super Wenz. Zefix, Meister. Die zehn Minuten hättst schon auch noch durchhalten können, du Sauhund, du verreckda.«

Noch 50 Meter.

Sepp Reiß aber, der ob seines vorzüglichen Trompetenspiels schon in seiner Jugend zum Marktkapellmeister von Hudlhub ernannt worden war, hatte seinen letzten Tusch gespielt. Er hatte sich entschieden, zu verrecken, ehe er diesen Wenz verlor, wobei seiner Leberzirrhose der Wenz geradezu vollkommen gleichgültig gewesen sein dürfte.

Peng.

Wieder vorbei. Hausknecht hörte mit dem Grad an Zufriedenheit, der ihm angesichts seiner Erschöpfung zu empfinden möglich war, dass der Knall leiser ausfiel als die davor. Seine Rechnung schien aufzugehen. Aber er wusste: Lang macht sein altes Herz das nicht mehr mit.

Der Reiß hat's seit zwanzig Jahren hinter sich, dachte er, und es fehlt nicht viel, dann komm ich hinterher. Er war am Ende seiner Kräfte.

Peng.

Wieder ein Schuss, aber der war jetzt noch mal deutlich leiser. Hausknecht atmete tief durch. Er wusste: Jetzt war er in Sicherheit. Zumindest vorläufig.

Er bremste, klickte noch im Ausrollen die Schuhe aus den Pedalen, ließ das Rad neben der Straße sinken und sich auf der Böschung zusammensacken. In diesem Augenblick war ihm egal, ob er sich dabei die Knochen brechen würde, zum Glück fiel er weich.

Das Herz raste, die Schläfen pochten. Hausknecht rang nach Atem. Und noch immer fragte er sich dies: Was in aller Welt war da eben eigentlich passiert?

»Bürgermeister!«, brüllte Haderlein, »schnell, er entkommt! Das ist mindestens ein Sechzehnender!«

»Ich weiß!«, brüllte der Bürgermeister zurück, »mindestens!« Er musste an seinen Hausarzt denken. Wenn der jetzt seinen Blutdruck messen würde, wär's sofort vorbei mit seiner täglichen Feierabendmaß zu Schweinebraten mit Semmelknödel. Sein Hausarzt, der verstand beim Thema Blutdruck aber auch gar keinen Spaß.

Der Bürgermeister ließ das Gewehr sinken, er warf einen langen Blick auf das gute Stück, das ihm seine Frau zum 50. Geburtstag geschenkt hatte, eine Holland & Holland Royal Ejector Doppelbüchse.

»Vorbei«, sagte er.

»Ja, vorbei.«

»Was für ein edles Tier.«

»Allerdings.«

»War es wirklich ein Sechzehnender?«

Haderlein überlegte kurz. »So genau weiß ich es nicht, vielleicht war es auch ein Achtzehnender«, wollte er gerade sagen, hielt es dann aber für besser, den Bürgermeister nicht noch mehr zu düpieren. »Genau genommen habe ich nur die Bewegung

9

gesehen, der Hirsch war wirklich unheimlich schnell«, sagte er schließlich.

»Ja, wenn wir ein wenig früher da gewesen wären ...«

»Wenn wir es noch nach oben auf den Hochsitz geschafft hätten ...«

»... genau. Dann hätten wir vielleicht eine viel bessere Sicht gehabt.«

»Genau. Dann hätten wir vielleicht überhaupt etwas sehen können.«

»Genau. So war es ja eher ein Schuss auf gut Glück.«

»Beziehungsweise fast ein Dutzend Schüsse, deren elf, um genau zu sein.«

»Eben. Und er war ja wirklich sauschnell, der Hirsch.«

»Gräm dich nicht, Bürgermeister, von hier unten, aus dem Dickicht heraus, einen Hirsch in vollem Lauf zu treffen, das ist nicht einfach.« Haderlein legte seine ein wenig schwammige, meistens etwas feuchte Hand auf die Schulter des Bürgermeisters.

»Für heute war's das jedenfalls mit der Jagd«, sagte der, und die Enttäuschung im Unterton konnte er nicht verbergen. Zu gerne hätte er eine selbst geschossene Trophäe hinter seinem Schreibtisch im Bürgermeisterzimmer an die Wand gehängt, zwischen dem Bild des Bundespräsidenten und dem des Ministerpräsidenten und einem weiteren, das ihn selbst mit Franz Josef Strauß zeigte; er hatte oben rechts schwarzen Trauerflor drauf geklebt. So ein schmucker selbst gemachter Vierundzwanzigender zwischen all seinen Helden, das wäre schon etwas gewesen. Wäre, hätte, wenn. Scheiß drauf.

»Da hast recht, Bürgermeister«, sagte Haderlein, und er klang dabei nicht ganz so schleimig wie sonst. »Weißt was? Jetzt haben wir uns eine Morgenhalbe verdient. Auf geht's. Jetzt gehma zur Wirtin!« Der Bürgermeister sicherte seine Waffe, schulterte sie völlig unvorschriftsmäßig, aber in den alten Winnetou-Filmen hatten sie es immer genauso gemacht. Früher hatte er sie gern wie Stewart Granger als Old Surehand getragen, in die Armbeuge gelegt, aber das war ihm inzwischen zu schwer. »Gehma!«, bestätigte er und stapfte gemessenen Schrittes in seinem Lodenmantel, den seine Frau nachher wieder einmal in die Reinigung bringen müsste, um die Schweißränder vom Kragen entfernen zu lassen, von dannen.

Hausknecht richtete sich wieder auf. Erstaunlich, wie schnell sich sein altes Herz noch regenerieren konnte. All die Trainingsfahrten der vergangenen beiden Jahrzehnte, jetzt zahlten sie sich aus. Er kriegte tatsächlich wieder Luft, er war nicht tot, und er war ziemlich sicher, dass er heute dem Reiß Sepp wohl doch nicht folgen würde. Weder wegen eines Herzinfarkts, eines Gehirnschlags, einer Leberzirrhose und schon gar nicht wegen einer Schussverletzung.

Ha.

»Na, wer sagt's denn«, dachte er.

Mit der rechten Hand bekam er seine Rennmaschine zu fassen, er zog sie so weit her, dass er nach der Wasserflasche greifen konnte, er nahm erst mal einen kräftigen Schluck. Und das alles vor dem Frühstück.

Hausknecht schüttelte sich.

Er sah sich um. Diese Stelle, er kannte sie gut. Verdammt gut. Seit damals, als das mit Charlie war, genau hier. In den ersten Tagen war er immer zusammengezuckt, wenn er hier vorbeikam, aber inzwischen war das über 20 Jahre her, bald 30. Die Dinge verklären sich irgendwann, ja, und irgendwann sind sie dann weit hinten in der Erinnerung abgelegt. Komisch, dass er gerade jetzt drauf kam.

Das war schon eine verrückte Zeit damals, als er den Charlie hier gefunden hatte, ein ausgesetztes Baby, ganz allein, schreiend in einer Wolldecke. Er, damals noch Landwirt, hatte das Schreien nicht gehört, der Bulldog war viel zu laut, aber er hatte halt pieseln müssen, das muss manchmal sein. Und dabei sah er ihn.

Ans Radlfahren hatte er damals noch nicht gedacht, das war erst ein paar Jahre später. Aber irgendetwas musste er ja tun. Seine Frau hatte ihn damals verlassen, ausgerechnet zusammen mit der Frau vom alten Reiß Sepp war sie durchgebrannt. Einen schnöseligen Münchner Anwalt hatten sich die beiden feinen Damen genommen, die es leid waren, ihre Männer nur morgens

11

nach dem Aufstehen mit den Nachwirkungen des Saurauschs vom Vortag zu erleben. Der Anwalt war clever, aber er stellte sich mit der Zeit als gar nicht so schnöselig heraus, immerhin war er Macho und Chauvi genug, dass er den Damen soviel erklagt hatte, dass sie zwar sorgenfrei ein neues, männerfreies Leben auf Mallorca beginnen konnten, dass aber ihren verlassenen Suffköpfen zumindest so viel blieb, um ihre Anwesen halten zu können. Zum Glück war genug Substanz da. In der guten, alten Zeit war eben mit Landwirtschaft noch etwas zu verdienen. Und sowohl der Reiß Sepp als auch Valentin Hausknecht hatten die Blüte ihres Lebens in eben jener guten, alten Zeit. Sprich: Da ging schon was rum, auf den Viehmärkten rundherum.

Während der Reiß Sepp nach dem Abgang der Damen Richtung Port Andratx seinen Stiefel einfach weiterlebte – Frühstücksweizen, Stallarbeit, Brotzeithalbe, Feldarbeit, Musizieren mit Feierabendbier und abends Kartenspielen mit viel Durst – hatte Hausknecht damals beschlossen, sein Leben zu ändern. Und das hatte er dann auch gemacht. Ab und zu ein Bier, das gönnte er sich bis heute, nie wieder aber hätte ihn seine Alte, wäre sie zufällig vorbeigekommen, mit einem Fetzenrausch in der Birne erlebt.

Heute hatte er ja eigentlich eine große Runde drehen wollen, der fitte, alte Valentin. Mindestens 150 Kilometer, jetzt aber war ihm die Lust vergangen. Er beschloss, heimzufahren. Die letzten Kilometer nach Hudlhub ging er gemächlich an. Als er das Ortsschild passierte, hatte er sich schon wieder leidlich erholt.

»Servus, Valentin!«
Das war die Postlerin der Gemeinde, Steffi, sie trug gerade die ersten Briefe aus. »Schon wieder zurück? Heut bist aber besonders früh dran!«, sagte sie und schüttelte ihre rötlichen Haare, die sie zu einem praktischen Pferdeschwanz zusammengebunden hatte. »Magst deine Post gleich mitnehmen?« Da zog der Radler die Bremse, die Rennmaschine kam zum Stehen.
»Ja freilich, Steffi!«, sagte er. »Dann sparst dir einen Weg.« Er

12

öffnete den Reißverschluss seines Renndresses und steckte sich die Post, ohne sie eines Blickes zu würdigen vor die trichterförmige Rennfahrerbrust.

»Ist alles in Ordnung, Valentin?«, fragte Steffi, nachdem sie den Alten kurz gemustert hatte, er sah irgendwie ein wenig derangiert aus.

»Dir entgeht wohl gar nichts, gell?«, erwiderte Hausknecht, dann erzählte er, was passiert war. Steffi starrte ihn mit wachsendem Entsetzen an. Schüsse. In Hudlhub. Na wunderbar. »Hast schon die Polizei informiert?«, fragte sie.

»Na, hab mein Handy nicht dabei gehabt. Zuviel Gewicht. Aber das mach ich gleich, wenn ich daheim bin, Stephanie.« Steffi nickte. Sie musste nicht lachen, weil der alte Hausknecht sie so – in nahezu perfekter englischer Aussprache, Stäfani – anredete, sie war längst daran gewöhnt. Dem Valentin nahm sie sowieso nichts krumm, der Mann war ja schließlich keine 20 mehr.

Hausknecht hatte sich damals, nach dem Auszug seiner Frau, für eine ganze Weile zurückgezogen, regelrecht eingegraben hatte er sich. Es war ja auch nicht unbedingt üblich, im Zeitalter der Helmuts in Bonn, dass zurecht unzufriedene Bäuerinnen in bayerischen Landen auf sich achteten und entschieden, ihr Leben nicht an der Seite von gedankenlosen Saufköpfen zu verbringen, sondern lieber aus ihrem Leben etwas zu machen. Und irgendwie spürte er schon, der gute Valentin, dass er sich diese Suppe selber eingebrockt hatte.

Er wusste nicht recht, wie es nun weiter gehen sollte, und er tat etwas, was er nie zuvor am helllichten Nachmittag getan hatte: Er schaltete den Fernseher ein und zappte sich durch die Programme. Auf Sat.1 blieb er bei einer Sendung hängen, deren Titel er nur halb gelesen hatte, irgendwas mit »BayWa«.

Jedenfalls lernte er so Pamela Anderson, Mitch Buchannon und eben auch Stephanie Holden kennen. So etwas hatte er noch nie gesehen, und ihm gefiel, was er sah. Die Menschen in dem Film sahen irgendwie auch anders aus als die meisten Hudlhubber, die er so kannte, wobei er zugeben musste, dass er weder den Reiß Sepp noch dessen Frau, geschweige denn seine eigene

13

zuvor jemals in roten Badeanzügen beziehungsweise -hosen gesehen hatte.

Gesund schauten sie aus, die »Baywatch«-Leute, wie er fand, und griff instinktiv unter die blaue Arbeitsjacke, der – abgesehen vom Sonntagsgewand – einzigen Kleidung, die er besaß, und fasste seinen Ranzen an. Das hatte er nicht mehr gemacht, seit er ein junger Mann gewesen war. So durchtrainiert wie diese Menschen bei »Baywatch« war er zweifelsohne nicht. Und weil dort alle Sport trieben, probierte er es auch einmal aus. So war er zum Radfahren gekommen.

In Hudlhub erzählte man sich bis heute, dass in seinem Wohnzimmer seit vielen Jahren angeblich ein Pamela-Anderson-Poster hing. Aber nichts Genaues wusste keiner. Höchstens Charlie, aber der war diskret. So gab es bloß Gerüchte von Leuten, die womöglich einen verstohlenen Blick durchs Fenster geworfen hatten.

Jedenfalls nahm er Steffi die Post ab, fuhr heim und ging erst einmal unter die Dusche. Das tat gut.

Dann griff er zum Telefon, wählte die Nummer der Polizei, und als ein Beamter sich meldete, legte er wieder auf. Warum unnötigen Ärger machen, es war ja nichts passiert. Aber wenn er dem Bürgermeister das nächste Mal über den Weg lief, dann wollte er ihn fragen, wem denn vorn, bei Weilenbach die Jagd gehört. Als wenig später das Telefon klingelte – die Polizei wollte den unvollendeten Anruf natürlich nicht auf sich beruhen lassen –, ging er nicht ran.

Und als am Nachmittag eine Streife bei ihm vorbeikam, die Rückverfolgung des Anrufs war ja heutzutage ein Klacks, war er nicht daheim. Ihm war langweilig geworden, dem alten Valentin, und er war noch einmal losgefahren, um die abgebrochene Tour vom Morgen nachzuholen. Nicht die ganz große Tour, die er eigentlich geplant hatte, aber doch eine gepflegte Strecke durchs Paartal, über Euernbach, Englmannsberg und Koppenbach nach Hohenwart, und dann über Haid am Rain, Schrobenhausen, Hörzhausen, Unterbernbach nach Aichach und wieder zurück. Schon schön, da.

Als er zurückkehrte, war es schon dunkel.

Bei Charlie in der Werkstatt brannte noch Licht. Valentin stieg vom Rad, öffnete die Tür, schob es in die Werkstatt, lehnte es an die Wand, ging wortlos an Charlie vorbei, mehr als ein kurzer Gruß in Form eines angedeuteten Nickens war auch nicht nötig. Er nahm sich ein Bier aus dem Kühlschrank, dann stakste er mit den klackernden Radlerschuhen, in denen seine alten Füße steckten, hinüber zu Charlie und schaute ihm eine Weile wortlos beim Arbeiten zu.

Charlie bastelte an einer komplexen Schaltung, lötete und ließ sich nicht stören. Hausknecht und sein Fahrrad, das war ihm gerade völlig egal. Und ganz offensichtlich dachte er auch gar nicht daran, die Knarre, die auf der Werkbank lag, zu verräumen. Das Teil hatte einen abgeschnittenen Lauf und ein Zielfernrohr, es war mattschwarz.

Damit schießt man keine Hasen nicht, dachte sich Valentin.

»Du warst nicht zufällig heute Morgen in Weilenbach und hast damit geschossen?«, fragte er Charlie.

»Spinnst du?«, knurrte Charlie ohne aufzuschauen. »Meinst du, ich hab nichts zu tun? Es gibt Menschen, die müssen arbeiten!«, sagte er dann. »Nein, war ich nicht.«

Valentin reichte das an Information. Er zuzelte an seinem Bier und machte keine Anstalten mehr, die Konversation fortzusetzen, genau genommen war eh alles gesagt. Und das hat sich in Bayern selbst durch den Einzug des Privatfernsehens und das Internet und die damit einhergehende Globalisierung der Wahrnehmung der Welt weit über Pamela Anderson hinaus nicht geändert: Sehr viele Worte braucht man nicht, um sich zu verstehen. Zumal unter Männern.

Nach einer Weile war es dann doch Charlie, der das Schweigen brach.

»Und?«, wollte er wissen.

»Passt scho!«, erwiderte Valentin. Hab heute Morgen sehr an dich denken müssen, weil ich ausgerechnet an der Stelle, wo ich dich damals gefunden habe, beinahe gestorben wäre, dachte Valentin, aber er sprach es nicht aus. Er und seine Frau wollten Charlie damals bei sich aufnehmen. Niemand wusste, woher das

15

Baby kam, wer seine Eltern waren. Charlie war einfach nur ein ausgesetztes Kind. Die Hausknechts kamen aber für eine Adoption nicht infrage, sie waren zwar betucht und kinderlos, aber sie waren schon zu alt, und die zuständigen Leute im Landratsamt konnten auch den gelben Schimmer, dort wo Hausknechts Augen eigentlich weiß sein sollten, nicht übersehen. So wiesen sie das Baby ins Kinderheim St. Josef in Schrobenhausen ein, damals ein Haus von fragwürdigem Ruf, ganz anders als heute.

Immerhin fand das Jugendamt Pflegeeltern, die später auch seine Adoptiveltern wurden, und sie waren es, die ihm seinen heutigen Namen gaben: Karlheinz Wendler, sehr solide. Davon abgesehen hatte er Glück, die Pflegeeltern waren ungemein liebevoll. Trotzdem war Karlheinz Wendler noch keine vier Jahre alt, als er nur noch Charlie gerufen werden wollte.

Der alte Hausknecht hatte den Kontakt nie abreißen lassen, und er hatte es sich auch nie nehmen lassen, Charlie regelmäßig zu besuchen, und Charlie hatte den alten Valentin dann auch seinerseits immer besuchen dürfen, als dessen Frau längst ihr neues Leben in Port Andratx begonnen hatte. Die Wendlers waren sehr tolerant und sie waren wirklich sehr um das Wohlergehen des zauberhaften dunkelhaarigen Knopfs bemüht, der ihnen vom Jugendamt in Pfaffenhofen anvertraut worden war.

Aber als Charlie endlich selbst die Wahl hatte, war es für ihn – ohne seinen Adoptiveltern gegenüber undankbar sein zu wollen – selbstverständlich, dass er sich in Hudlhub niederließ, denn dort lebte der Mann, der ihn gefunden hatte, und Hudlhub war nicht weit weg vom Fundort. Und insgeheim hoffte er, dort vielleicht eines Tages zu Rückschlüssen auf seine leiblichen Eltern zu kommen.

Er hatte keine Herkunft, er hatte keine Heimat, aber hier hatte er die Hoffnung, eine Heimat zu finden. Und die Hudlhubber machten es ihm so leicht wie möglich.

Valentin sagte also nichts von all dem, und ließ lieber seiner wachsenden Neugierde freien Lauf.

»Was machstn da?«, fragte er.

Charlie schaute kurz zu ihm auf, warf einen Blick zur Uhr hinüber – es war gleich halb neun –, dann packte er das Bauteil

16

behutsam in eine Box unter der Werkbank, verstaute die Waffe im Spind, den er sorgfältig abschloss, nahm sich einen Lappen, wischte den Dreck von den Händen und sagte: »Feierabend. Das mach ich!«

Valentin nickte, murmelte so etwas wie »Da hast recht«, stellte die leere Flasche ins Tragel, schob – ein klein wenig enttäuscht – sein Fahrrad wieder hinaus auf die Straße, schwang sich so behände wie er konnte auf sein Rad und fuhr die letzten paar hundert Meter heim zu seinem Pamela-Anderson-Poster, das über die Jahre in dieselben gekommen war, aber das war er ja auch, drum war es eh schon wurscht.

2 | OIS ZVUI

Charlie räumte noch kurz die Werkstatt auf.

Er war ein begnadeter Mechaniker, er hatte goldene Hände, wenn sie nicht gerade verschmiert waren, aber leider waren sie das meistens. So konnte kaum jemand sehen, dass er sehr schöne Männerhände hatte, kraftvoll, mit langen Fingern, mit großen, ebenmäßigen Nägeln, mit Kraft signalisierenden, sich leicht erhebenden Venen auf dem Handrücken. Eine, der das längst aufgefallen war, war Steffi. Charlie hatte sie noch nie als etwas anderes denn als Postlerin wahrgenommen. Das wiederum führte dazu, dass er auch nicht wahrnahm, dass sie ihn sehr wohl wahrgenommen hatte.

Heute nahm er sowieso nichts mehr wahr. Er war ganz einfach hundemüde.

Er würdigte nicht einmal mehr seine alte Triumph Scrambler eines Blickes, die er vor ein paar Jahren für ein paar Hundert Euro erstanden hatte und die er eines Tages restaurieren wollte, um dann damit Steve-McQueen-mäßig cool wie die Sau durch Hudlhub zu brausen. So schön hatte er sich das gedacht, aber er hatte noch nicht einmal angefangen.

Charlie würdigte auch die Zeitungsartikel über Ludwig Haderlein keines Blickes, die am Spind klebten, mittlerweile ein wenig ölverschmiert.

Haderlein war der örtliche Landtagsabgeordnete, der aus Biberg, einem Weiler gleich um die Ecke, stammte und der sich Kraft Amtes aufführte, als wäre er genauso wichtig wie Wladimir Putin. Ein Einmarsch wie der des kleinen Russen nach seiner Rückkehr auf den Thron, vorbei an Bunga-Bunga-Silvio, vorbei am Gasberater mit deutscher Politvergangenheit und all den anderen Möchtegernwichtigen auf einem roten Teppich in seinen Palast wäre Haderlein auch zuzutrauen. Und nach seiner dritten

18

Wiederwahl im Landtag hätte Haderlein sicherlich so etwas veranstaltet, aber erstens hatte er keinen roten Teppich, der so lang war, und zweitens keinen Palast, dafür aber ein paar Geheimnisse.

Zum Beispiel hatte er eine heimliche Schnapsbrennerei in seinem Keller, und eine heimliche Bierbrauerei noch dazu. Er träumte davon, dass er parallel zu seiner politischen Karriere eines Tages als der Mann mit dem besten bayerischen Bier überhaupt in die Geschichte eingehen würde. Sein Status als Abgeordneter, vielleicht ja auch eines Tages als Minister, würde ihm sicherlich behilflich dabei sein, bald auf einer Stufe mit den wenigen anderen großen bayerischen Bierzaren zu stehen. Sein »Luckivator« würde die Fastenzeit dominieren, und er würde Hudlhub und Biberg einmal im Jahr zum Pilgerort für Bierjünger machen – wenn das Produkt stimmte.

Das wiederum, war er sicher, würde er schon noch hinbekommen, denn er war ja noch jung. Schließlich war er, als er in den Landtag kam, einer der Jüngsten seiner Zunft, gerade einmal 28 Jahre alt, und bei der richtigen Partei war er auch.

So braute und experimentierte er auf der Suche nach dem richtigen Rezept, das ihm weit wichtiger war als seine eigene Meinung im Petitionsausschuss. Wenn er daheim braute, wunderte sich der zuständige Wassermeister ein ums andere Mal, wieso denn da der Wasserverbrauch in dieser gottverlassenen Gegend mit einem Mal so schwallartig anstieg. Nicht nur einmal hatte er einen Trupp losgeschickt, der prüfen sollte, ob da nicht irgendwo ein Wasserrohrbruch vorläge. Der Trupp kehrte jedes Mal unverrichteter Dinge wieder zurück.

»Du kannst nicht das ultimative Bier entwickeln, wenn du nur drei Maß braust«, hatte Haderlein einmal bei einem Experten gelernt. Bei einem Pater nämlich, den er eines Tages beim Beten kennengelernt hatte, als er pflichtbewusst im Zuge einer Parteisitzung wieder einmal die Trennung von Kirche und Staat negierte, weil das ja in Bayern Brauch ist: Bis heute bezahlt auch der nichtgläubigste Zugezogene in krachlederner Landhaustracht alle aktiven und nicht mehr aktiven Bischöfe mit, weil das Interesse,

19

den überholten und eigentlich mit der Trennung von Kirche und Staat nicht vereinbaren Vertrag aus dem Jahr 1803, der eben diese Gehaltszahlungen durch den Staat regelt, zu lösen keinesfalls beidseitig sein wird.

Und der Wassermeister stand ein ums andere Mal staunend vor seinen Bildschirmen, kratzte sich erst den schütter behaarten Hinterkopf, dann das zart bestoppelte Kinn und schüttelte schließlich irritiert das mittelweise Haupt. Wer um alles in der Welt hatte denn mit einem Mal derart viel Wasser aus dem Netz gezogen?

Unnötig zu sagen, dass die heimliche Bierbrauerei so heimlich war, dass das kommunale Wasserversorgungsunternehmen davon keinesfalls etwas wissen durfte. Haderlein wollte sich nicht in die Karten schauen lassen. Vor allem verzichtete er deshalb darauf, die vorgeschriebenen Meldungen im Hauptzollamt abzusetzen, weil er fürchtete, das könne eines Tages seiner politischen Karriere schaden. Nicht, dass ihn jemand für einen Alkoholiker hielt, wie schnell hatte man da einen Ruf weg.

Also schickte der Wassermeister wieder einmal einen Trupp los, um einen Wasserrohrbruch irgendwo zwischen Singern und Unterschnatterbach zu suchen, der auch diesmal nicht gefunden werden würde, ganz einfach deshalb, weil es ihn nicht gab. Hätte der Wassermeister einmal versucht, diese unregelmäßigen Wasserverbrauchsexplosionen mit den Sitzungskalendern des Bayerischen Landtags abzugleichen, er hätte sich womöglich nicht mehr gewundert.

Haderlein dachte groß, wenn er sich etwas in den Kopf setzte. Wie gut, dass er von seinem Vater in jungen Jahren den großen Hof übernehmen konnte, den er eigentlich weitgehend verpachtet hatte, bis auf die große Halle auf der anderen Straßenseite, in der mit Hilfe vieler auswärtiger Firmen, die ihre Produkte in neutralen, nicht beschrifteten Fahrzeugen anliefern mussten, seine ansehnliche Brauerei entstanden war.

Mit nicht minder beachtlicher Logistik, denn die Gerste und der Hopfen, die Kisten und die Flaschen mit den gefälschten Etiketten, die er später als Freibier bei diversen Festen im Wahlkreis ausgab, mussten schließlich bei Nacht und Nebel so angeliefert werden, dass niemand im Hudlhubber Land Verdacht schöpfen konnte. Und dass die Lage Freibier nicht ganz so lecker war, wie man es sonst von Augustiner, Spaten, Löwenbräu, Schneider, Gutmann und wie sie alle hießen, gewohnt war, nahm man gar nicht so sehr wahr, weil das Freibier ja Freibier war.

Haderlein war ein mittelgroßer, fast schon schlaksiger Mann mit nicht sehr breiten Schultern, dafür mit einem allmählich nicht mehr zu übersehenden Bauchansatz – er nannte ihn Senkbrust. Die Haare trug er gern mit einem akkuraten Seitenscheitel, er hatte immer einen Kamm in der Sakkotasche. Er war auf dem besten Weg da etwas zu schaffen, um das ihn eines Tages alle beneiden würden. Glaubte er. Leider verstand er vom Bierbrauen nicht halb so viel wie er selbst meinte, und diejenigen, die ihm vielleicht die Wahrheit gesagt hätten, hätten sich lieber auf die Zunge gebissen.

Und diejenigen, deren Leistungen er von weit her einkaufte, um sein Projekt weiterhin unauffällig entwickeln zu können, dachten gar nicht daran, sich um ihre Melkkuh zu bringen und schwiegen.

Ein paar Mal hatte Haderlein darüber nachgedacht, das, was er tat, öffentlich zu machen, allein, um die Steuervorteile zu nutzen und das ganze abzusetzen, jeder Steuerberater hätte einen dreifachen Salchow hingelegt, ob der Möglichkeit, all das abzuschreiben, zumindest so lange es nicht vom Finanzamt als Liebhaberei eingestuft würde, aber welches Finanzamt würde sich schon mit einem Landtagsabgeordneten anlegen.

Aber Haderlein war schlau. Deshalb war er vorsichtig. Die leidigen Diskussionen in Berlin um die Nebeneinkünfte von Abgeordneten und was die »Bild«-Zeitung oder »Der Spiegel« draus machten, klangen ihm im Ohr. Finger weg, dachte er sich immer wieder, wenn die Versuchung ihn übermannte, und das passierte spätestens immer dann, wenn er seine Einkommensteuererklärung vom Finanzamt zurückbekam. Was er an Steuern bezahlen musste, verdienten andere nicht, und das hatte er weniger der pekuniären Entschädigung für sein politisches Wirken als vielmehr dem Nachlass der Eltern zu verdanken, die ihn erst spät gezeugt und sich selbst entsprechend früh biologisch abgemeldet hatten.

Die Zeitungsausschnitte über Haderlein an Charlies Spind waren eigentlich keine Artikel, sondern nur ausgeschnittene Bilder. Pressefotos, die zeigten, wie Haderlein mit seinem großen, schweren Auto bei Veranstaltungen ankam und willkommen geheißen wurde. Haderlein liebte solcherlei Auftritt, aber Charlie war das egal. Zumindest in diesem Augenblick. Jedenfalls würdigte er seinen Heimatabgeordneten keines Blickes, als er am Spind vorbei ging.

Als er schließlich am Waschbecken stand und versuchte, den Dreck an den Händen zu bändigen, sah er kurz in den Spiegel. Er hatte sich wieder nicht rasiert, das ließ ihn etwas verwegen aussehen. Ansonsten war er mit seinen 26 Jahren noch leidlich gut erhalten, fand er, nicht wissend, dass ein solcher Gedanke für einen Vierzigjährigen ein Tritt in den Allerwertesten wäre.

Er war einer dieser dunklen Typen, die schwarzen Haare kräuselten sich um seinen schlanken Kopf, Steffi fand das besonders niedlich, aber auch das wusste er ja nicht, weil er die Postlerin eben nur als Postlerin sah, und sehr viele Briefe verschickte er auch nicht.

Charlie zog noch ein sauberes Hemd über seinen austrainierten Körper, dann machte er das Licht aus. Er drehte den Schlüssel nicht nur einmal um, sondern zweimal.

3 | AM LIMES

»Ach Mann.«

»Was soll das heißen, Soldat? Ach Mann?«

»Na, was soll das schon heißen? Ach Mann, eben.«

»Und?«

»Mir tun die Füße weh.«

»Und?«

»Ist es denn noch weit?«

»Jetzt stell dich nicht so an.«

»Ich stell mich überhaupt nicht an.«

»Und wie du dich anstellst.«

»Ich stell mich überhaupt nicht an.«

»Das hast du eben schon gesagt. Und es ist nicht meine Schuld, dass du unbedingt in Augusta Vindelicum (Augsburg) einen Schuhmacher aufsuchen musstest, nur weil du deine doofen Sohlen durchgelaufen hast, und wir keine Latschen in deiner Größe dabei hatten. Und jetzt haben wir den Anschluss an die anderen verloren.«

»Wie oft muss ich mir das denn noch anhören?«

»Ich bin nicht freiwillig bei dir geblieben. Der Chef hat mich als deinen Begleiter abgestellt. Ich habe mich nicht darum gerissen.«

»Ich weiß.«

»Also heul hier nicht rum.«

»Aber die neuen Sandalen ...«

»Du willst 'ne Pause?«

»Ja bitte.«

»Also gut.«

Zwei Männer, zwei Soldaten, allein auf weiter Flur, irgendwo unterwegs im bajuwarischen Dschungel. Die Entbehrungen der vergangenen Tage und Wochen im Einsatz waren ihnen anzusehen, beide verdreckt, heruntergekommen, ausgemergelt. Der eine, ein kleiner Drahtiger mit tiefschwarzen Haaren und einst stahlblauen Augen, die ihren Glanz ein wenig zu verlieren drohten, der andere, ein hoch gewachsener, etwas sämiger Mann mit dicken Oberschenkeln, die zum birnenförmigen Oberkörper nicht ganz passen wollten; sie ahnten, dass sie auf ihrem Weg zum Limes womöglich schon zu weit nach Osten geraten waren, ganz sicher waren sie aber nicht.

Es handelte sich lediglich um ein Gefühl, um einen Verdacht. Waren sie am Ende Castra Regina (Regensburg) näher als Celeseum (Pförring), ihrem eigentlichen Ziel? Sie waren dem Fluss gefolgt, der Paar, dann an Scrobinhusen (Schrobenhausen) vorbei, einer für diese Zeit mächtigen Ansiedelung, hier lebten Leute mit Geld, dann waren sie hierher geraten, in dieses zauberhafte, kleine Tal.

Der Weg hierher hatte ihnen einiges abverlangt, es ging durch dunkle Wälder, über Höhen und Tiefen, steile Anstiege und fordernde Hänge, ehe sich dieser Ort auftat, eine Vertiefung, geformt wie eine überdimensionale Banane. Unten floss ein kleines Flüsschen vorbei, an einer Stelle hatte sich ein kleiner See gebildet. Wäre Müßiggang die Triebfeder der beiden Soldaten gewesen, sie hätten sich womöglich Angeln gebaut und sich mit den Forellen angelegt, die sich nichts ahnend und entspannt im Wasser räkelten.

Vorhin war ihnen ein Schäfer begegnet, er sprach nicht dieselbe Sprache, aber mit Händen und Füßen hatten sie sich soweit verständigen können. Und sie hatten dem Mann einen Namen für diesen Ort entlocken können. Für sie klang es wie »Hudlub«, »Hudlubhobigsogtzefix«, irgendwie so. So ganz genau konnten sie das nicht verstehen. Die Sprachbarriere.

Der große, sämige Blasengeplagte zog sich die Sandalen aus und rieb sich die Füße.

»Verdammt, tut das weh«, sagte er. »Ist es noch weit?«

»Das weiß ich nicht so genau, Lucius. Wir müssen schauen, dass wir jetzt nach Norden kommen, nach Venaxomodurum (Neuburg), dann rechts ab nach Germanicum (Kösching), dann nach Celeusum, und dann sollten wir allmählich wieder auf die anderen stoßen«, sagte der andere.

»Ich hab Hunger, Tiberius.«

24

»Was bist du nur für ein Quälgeist. Wieso bist du eigentlich Soldat geworden?«

»Aber ich bin doch nicht freiwillig Soldat. Was für ein verrückter Gedanke! Du etwa?«

»Nein, eigentlich nicht. Was warst du denn, bevor sie dich eingezogen haben?«

»Na, Gärtner.«

»Und was haderst du dann mit dem Essen?«

»Na, weil ich Hunger habe.«

»Aber du hast doch hier einen ganzen Garten vor dir. Sieh, überall Büsche mit den süßesten Früchten. Hol dir halt welche.«

»Du hast recht. Hier gibt es überall Idaeus Rubus.«

»Idaeus was?«

»Himbeeren, Tiberius. Hast du in der Schule nicht aufgepasst? Himbeeren! Ein Rosengewächs. Sehr lecker. Und außerordentlich gesund. Und so süß. Man muss nur aufpassen, dass die rote Wurzelfäule sie nicht ereilt.«

»Na siehst du, dann holst du dir jetzt welche, und stärkst dich. Das ganze Tal ist ja voll von diesen Dingern. Wenn du sie alle gegessen hast, können wir ja weiter ziehen.«

»Haha, du bist lustig. Es gibt hier so viele – kein Mensch könnte die alle aufessen. Sieh dich nur um! Alles ist hier voller Himbeeren. Himbeeren, so weit das Auge reicht! Und sieh nur, die Früchte haben eine besonders intensive Färbung, so einladend, so erfrischend habe ich sie noch nirgends sonst gesehen. Ich möchte sogar so weit gehen zu sagen: Das sind die leckersten Himbeeren meines gesamten, bisherigen Lebens. So saftig. So appetitlich. So gesund! Die bringen einem wahrhaft die Lebensgeister zurück. Möchtest du auch ein paar?«

»Warum nicht? Die komischen Härchen an diesen roten Dingern finde ich zwar nicht sehr appetitlich, aber ansonsten sehen sie ja ganz lecker aus, diese Idaeus ribus.«

»... rubus, Tiberius. Mehr als Straßenlatein ist bei dir wohl nicht drin, Kollege. Sollen wir mal ein paar unregelmäßige Verben konjugieren? Tollere, tollo, sustuli, sublatum und so?«

»Hör mir auf, das habe ich schon in der Schule gehasst. du verstehst mich doch, oder?«

»Schon gut. Aber die Kenntnis des einen oder anderen botanischen Begriffs steht einem gar nicht so schlecht zu Gesicht.«

»Reg dich halt auf!«

»Nein, ich rege mich nicht auf. Und meine Füße tun mir auch schon fast nicht mehr weh. Komm, wir sammeln noch ein paar Himbeeren ein, bevor wir weiterziehen. Himbeeren aus Hudelibus. Das muss ich mir merken. Sehr lecker.«

»Hast ja recht: Sehr lecker. Wirklich.«

»Sag ich doch.«

4 | LUNALUNAHUDLHUB

Steffi hatte schon seit einer ganzen Weile Feierabend. Sie war ja auch Opfer dieser merkwürdigen Reform geworden, die dafür gesorgt hatte, dass sie nicht mehr im Postamt Dienst schob, sondern in der Bäckerei Huber, die ihrerseits nicht nur Post-Shop, sondern auch Franchise-Partner einer Supermarktkette war.

Und wenn sie ehrlich war, musste Steffi auch zugeben, dass sich ein eigenes Postamt in Hudlhub nicht wirklich gerechnet hätte, die Gemeinde im entfernteren Dunstkreis der Landeshauptstadt zählte kaum mehr als 400 Einwohner, an guten Tagen gingen 100, manchmal 150 Briefe ein, überwiegend Rechnungen, nachdem ein Großteil der Werbung mittlerweile übers Internet lief.

Ja, das hatten sie bei der Post zu spüren bekomme, dass in Hudlhub eines Tages plötzlich eine 50-MBit-Leitung zur Verfügung stand, dass 80 Prozent der Haushalte von heute auf morgen über einen Internetzugang verfügten und dass sogar der alte Valentin Hausknecht wusste, wie man Pamela-Anderson-Videos bei Youtube aufrufen konnte.

Steffi hatte ihre Ausbildung in der Stadt bekommen, hatte dort auch noch zwei Jahre gearbeitet, bis sie postalisch mit allen Wassern gewaschen war. Dann kehrte sie nach Hause zurück, weil sie nun mal Hudlhubberin war, und Hudlhub war ja nun wirklich eine besonders bezaubernde Gemeinde.

In jenem bananenförmigen Tal gelegen, rundherum umgeben von riesigen Bäumen, mit dem hinreißenden See vor der Haustür und den kühn nach oben strebenden Hängen dahinter, verfügte Hudlhub über eine Art Mikroklima, wie man es sonst normalerweise nur vom Bodensee oder vom Rheintal bei Offenburg kennt und das dazu führte, dass es hier immer ein paar Grad wärmer war als zum Beispiel in der Spargelstadt ein paar Kilometer weiter. Und wenn es Unwetterwarnungen gab, dann blieb Hudlhub nicht immer, aber sehr, sehr oft davon verschont, während rundherum die Welt unterging.

27

Steffi mochte Hudlhub.

Hier wurde sie auch nicht wegen ihrer Herkunft veräppelt. Ihre Mutter war aus dem Osten, und ihr Vater auch. Und sie hatte Glück, dass es ihre Mama war, die ihren Namen ausgesucht hatte. Wäre es nach Papa gegangen, hätte sie einen dieser Namen bekommen, die ihr zu einer mauerfreien, grenzenlosen Internationalität verholfen hätte. »Isch möschte, dass unsere Tochter Schockelinö heißt«, hatte Papa seiner Liebsten noch im Kreißsaal ins Ohr gehaucht. Er wollte eben ein Stück weit anders sein als die anderen, international zwar, aber nicht anglophil wie die meisten seiner Kollegen im einstigen volkseigenen Betrieb, der mittlerweile mit Hilfe der Treuhand privatisiert worden war, und die ihre Kinder Meik oder Mandy genannt hatten.

Die Beziehung hielt nicht, aber nicht wegen der Vornamensdebatte, sondern, weil das gemeinsame Kind nicht kitten konnte, was vorher schon kaputt war. Mama verliebte sich neu, diesmal in einen Bayern, heiratete ein weiteres Mal, und so geschah es, dass Steffi nach Hudlhub kam, dass sie fortan mit Nachnamen Bichler hieß.

Eigentlich wäre Steffi eine sehr hübsche Frau, aber weil sie ihr Leben lang damit zu tun hatte, sich gewisser, herkunftsbedingter Vorurteile zu erwehren – sie war eben keine waschechte Hudlhubberin, sondern eine Zugereiste – war es ihr nicht gelungen für alle sichtbar zu erblühen. Sie bewegte sich meist minimal, eigentlich fast unmerklich gebückt, aber eben doch nicht richtig aufrecht. Sie drückte die Schultern nach vorn, damit die Brüste nicht hervorstachen, sie kleidete sich unauffällig, um keine Angriffsfläche zu bieten. Sie war eben anders als die anderen, und wenn es nur wegen dieses kleinen Unterschieds war.

Es war nicht die Hautfarbe, es war nicht die Haarfarbe, es war nur die Herkunft. Die durchschnittliche Hudlhubberin war eben nicht »zugroast«.

Von der Bäckerei nach Hause waren es nur ein paar Hundert Meter. Steffi ging diese Strecke gern. Der Ortskern der kleinen Gemeinde war durchaus beeindruckend, man würde ihn hier so

28

nicht vermuten, die hohen, teils dreistöckigen Häuser, die eng an eng in der Hauptstraße lagen und die man eher in Wasserburg als in Hudlhub erwartet hätte, ehe sich der große, grüne Dorfplatz öffnete. Gut, es waren nur neun hohe Häuser, aber immerhin. Gerade, wenn man weiß, dass die Gemeinde im tiefen Tal erst 1976 an eine Kreisstraße angebunden worden war, hatten die Alteingesessenen hier Erstaunliches geschaffen.

Dass das Rathaus dagegen lediglich aus einem Sitzungsraum, einer Kammer für das Archiv und einem winzigen Anbau für die Verrichtung politischer Notdurft bestand, der aber – geruchstechnisch wenig förderlich – so eingewachsen war, dass man ihn von außen kaum sehen konnte, drückte aus, was die Hudlhubber immer schon fühlten: Mit dem ganzen Politikschmarrn wollten sie nichts zu tun haben.

Der 1987 verstorbene Altbürgermeister Simon Kaltental hatte es immer schon gesagt: »Wenn die Welt wüsste, dass es uns gibt, würde sie begreifen, dass wir ihr eigentlicher Mittelpunkt sind.«

Die Hudlhubber Blaskapelle blies seinerzeit, beim Dorffest anlässlich des 50-jährigen Bestehens der Hudlhubber Feuerwehr, einen ordentlichen Tusch, nur der Huber Xare nicht, der hatte vor lauter Rausch wie immer seinen Einsatz verpasst. »Denn die andern sind auch nicht anders, weil sie sie sind und drum san mir mir!« So hatte es Bürgermeister Simon Kaltental, der insgesamt fünf Mal wiedergewählt worden war, gesagt.

Die Hudlhubber applaudierten, und noch einmal ein Tusch, diesmal mit dem Huber Xare, weil er vom Fischer Helmut rechtzeitig einen Rempler bekommen hatte.

»Au, spinnst du?«, hatte der Huber Xare den Fischer Helmut noch angefaucht.

»Spui!«, hatte der nur geantwortet, und das tat der Huber Xare auch. Sehr zur Verblüffung des damaligen Marktkapellmeisters Sepp Reiß, den Hubers überraschend perfekter Einsatz so sehr aus dem Takt brachte, dass er seinerseits seinen Einsatz verpasste.

Steffi hatte den Reiß Sepp noch gekannt. Dass er so viel trank, nahm sie nicht wahr, als sie wöchentlich bei ihm zum Tuba-Un-

29

terricht antrat. »So Madl, jetzt blas!«, hatte er ihr wieder und wieder gesagt, und sie holte tief Luft, um das schwere Metall des Instruments zu bändigen, das sie weit, weit überragte. Aber einen Tuba-Spieler hatten sie damals nicht, also zog sich der Reiß Sepp seinen Nachwuchs selbst, auch wenn er wusste, dass das für dieses kleine Mädel mit dem für ihn unaussprechlichen Namen eine gehörige Herausforderung war.

»Das Mädl macht das schon«, hatte er den Bichlers versichert, und so kam es dann auch.

Heute war Steffi eine passable Tuba-Spielerin, aber die Musik war weit mehr für sie als das, was die heimische Blaskapelle ihr bieten konnte. Die Musik, das war auch eine Zuflucht, das war Gefühl, Leidenschaft, Herzenswärme. Kaum jemand in Hudlhub wusste, was für eine großartige Sängerin Steffi geworden war, ihr halbes Leben hatte sie geübt. Sie und ihre Stereoanlage und ein kaputtes Spielzeugmikrofon, das sie als Mädchen immer beim Üben fest umschlungen hielt.

Was auch kaum ein Hudlhubber wusste: Steffi hatte vor ein paar Wochen in einem Schrobenhausener Tonstudio ein Demo aufgenommen und an die Popakademie in Mannheim geschickt. Und heute morgen war ein Brief in der Post, ein Brief für sie aus Mannheim. Sie hatte ihn bis jetzt noch nicht geöffnet.

Eine Absage wollte sie nicht lesen, und eine Zusage hätte alles durcheinander gebracht.

Wie jeden Abend schlenderte Steffi auch heute durch Hudlhub. Sie hatte Zeit, und sie nahm sich die Zeit. Als sie an Charlies Werkstatt vorbei kam, verlangsamte sie den Schritt, verstohlen lugte sie durch die dreckigen Scheiben. Wie jeden Abend werkelte er noch, lötete oder schweißte oder schraubte an irgendetwas herum und sah dabei in seinem Doppelripp-Unterhemd unglaublich männlich aus, auch heute. Wie Bruce Willis, bevor er die Welt im Alleingang vor einem Bösewicht rettet, ungefähr in der Phase der Filme, wo er bereits dreckverschmiert, aber noch nicht blutig ist.

Nur mit mehr Haaren. Und jünger.

30

Also genau so, und irgendwie doch ganz anders.

Eine ganze Weile schon hatte sie ein Auge auf Charlie geworfen, aber der hatte offensichtlich nur seine Arbeit im Kopf und seine Kameraden bei der Feuerwehr. Von Frauen verstand er sowieso überhaupt nichts, und schon gar nicht, wie man ihnen den Hof macht. Steffi musste bei dem Gedanken kurz lachen. Charlie war in diesem Punkt ja nicht wirklich allein.

Sie hatte ihre ganz eigene Theorie, warum er so zurückhaltend war, denn die beiden hatten etwas gemeinsam: Sie hatten beide keine Wurzeln – und in Hudlhub so etwas wie ein zu Hause gefunden. Der Reiß Sepp hatte es einmal in einer der unzähligen Tuba-Stunden ganz beiläufig auf den Punkt formuliert: »Steffi«, hatte er gesagt, »Du hast keine Heimat, nur eine Herkunft.«

Ein brüchiges Fundament für das Leben.

Dass der Reiß Sepp noch etwas hinterher geschoben hatte, das war ihr damals entgangen, zu entsetzt hatte sie diese so einfache Wahrheit.

»Aber jetzt, jetzt bist du bei uns daheim«, hatte der Reiß Sepp besonders herzlich, und deshalb auch besonders leise gesagt. Zu leise.

Steffi atmete tief durch, wie jeden Abend hatte sie nicht den Mut bei Charlie anzuklopfen, geschweige denn ihn anzusprechen. Sie ging weiter, im Kindergarten brannte noch Licht, richtig, heute war Schlummerparty. Die Schlafsäcke lagen schon bereit, aber die Kleinen dachten überhaupt nicht daran, jetzt schon ins Bett zu gehen. Einige von ihnen spielten mit Hudlhoop-Reifen. Und die Erzieherin, Fräulein Marion, wusste, was die Kleinen von ihr erwarteten, jetzt, wo die Eltern endlich einmal nicht darüber wachten, dass um sieben das Licht aus ist.

Fräulein Marion hatte ihre Gitarre mitgebracht, und jetzt spielte sie das Lied, das alle Hudlhubber Kinder seit bald einer Generation lernten, den »Lunaluna-Hudlhoop«. Dazu muss man wissen, dass der Hudlhoop-Reifen eine legendäre Hudlhubber Erfindung ist. Dorfphilosoph Matthias Kronleichter (1726–1754) hatte das Sportgerät einst kreiert, um den Verspannungen beim Niederschreiben seiner Gedanken entgegenzuwirken. Was

31

die Hudlhubber Kinder hier taten, basierte also auf einer langen Tradition. Und die Kindergartenkinder sangen, was Mathilde Reiß einst gedichtet hatte: »Es ist Nacht und der Mond tanzt, Lunalunahudlhoop, lunalunahudlhoop, lunalunahudlhoop«. Steffi ertappte sich dabei, dass sie in den Schritt der Melodie verfiel und plötzlich für ein paar Schritte hopsend weitergegangen war. Niemandem war das aufgefallen, außer dem Herrn Pfarrer, der aber galant genug war, nichts zu sagen, sondern Steffi nur freundlich und würdevoll anzulächeln.

Der Herr Pfarrer war ja auch noch nicht so alt, dass er nicht wüsste, was junge Menschen bewegt, kaum 42 Jahre alt. Als Fan der alten »Don Camillo«-Filme war er in der Regel nicht ganz zeitgemäß gekleidet, das ließ ihn älter erscheinen als er war. Seine Tracht hatte er in Italien erstanden, dieselbe Kappe, derselbe Rock wie der Kino-Pfarrer aus Brescello.

Im Bistum wurde das Outfit nicht gern gesehen, aber wenn sich schon ein Mann, der kein Pole und kein Inder – nichts gegen Polen und Inder, im Gegenteil – war, entschied, in diesen Zeiten noch freiwillig Priester zu werden, verzieh man ihm so manches.

Die Hudlhubber Kirche lag ein paar Hundert Meter außerhalb des Ortes – untypisch für Bayern, aber was war in Hudlhub schon typisch? Einige Kilometer weiter nördlich entstand ein nahezu exakter Nachbau der Hudlhubber Kirche, in Schenkenau. Er war dem Heiligen Nikolaus geweiht worden und verfügte über dieselben in die Höhe strebenden Wände, denselben schmalen Turm auf einem eigentlich viel zu kurzen Baukörper, der dem Gebäude etwas Comichaftes verlieh. Seit Jahrhunderten aber pilgerten die Menschen nicht etwa nach Schenkenau, sondern einmal im Jahr nach Hudlhub zur Leinberger-Madonna, weil sie einen Blinden sehend gemacht haben soll, damals 1713.

Ein Vorfahre der Hausknechts war es, der, wie viele andere, zu Fronleichnam hierher pilgerte, er musste auf dem Weg durch den Wald geführt werden, weil er nach einem Sturz einen Steilhang hinab seine Sehkraft verloren hatte. Von weit her – aus dem übernächsten Dorf – war er gekommen, um an der kleinen Prozession durch das damals noch winzigere Örtchen teilzunehmen.

32

Als er die Hudlhubber Kirche betreten wollte, stolperte er über einen bunten Faden, der sich aus dem Himmel, jenem bei der Prozession von Ministranten durchs Dorf zu transportierenden Baldachin, gelöst hatte, es haute ihn brutal aufs Maul. Als er aufstand, konnte er wieder sehen.

»Oh, Heilige Madonna«, brüllte vor 300 Jahren der damalige Dorfpfarrer, Godehard Wagner, ein Mann mit viel Showtalent und Gefühl für dauerhaften wirtschaftlichen Erfolg, geistesgegenwärtig, und weil er eine so glaubwürdige Silberlocke hatte, wagte niemand zu hinterfragen, ob es nun wirklich die Madonna war, oder nur das Ungeschick des Vorfahren der Hausknechts, das ihm zwar eine veritable Beule, aber eben auch seine Sehkraft beibrachte.

Die Sehenden und die Blinden, die heute nach Hudlhub pilgerten, ahnten all das nicht, und es war ihnen auch wurscht, denn bekanntlich versetzt der Glaube Berge.

Der Pfarrer der Jetzt-Zeit nickte also Steffi in der Jetzt-Zeit freundlich zu, und als ob er für die Sünde seines Vorgängers von vor ziemlich genau 300 Jahren büßen müsste, sah er vor lauter Grüßen das Snakeboard nicht, das da jemand auf dem Gehweg hatte liegen lassen, wahrscheinlich hatte eine grimmige Mama ihren ungehorsamen Sprössling stante pede nach Hause zitiert.

So kam es, dass der Pfarrer Sekundenbruchteile später exakt 21 Sterne zählte, als ihm gewahr wurde, dass er gerade rücklings auf dem Boden lag und dass sich ein entsetztes junges Mädchen über ihn beugte.

»Herr Pfarrer!«, rief Steffi, und der Angesprochene war so irritiert, dass seine Hände in die Höhe schnellten und nach etwas grabschten, was sie nie zu spüren bekommen sollten, zwei sehr schöne, pralle Brüste nämlich, die unter einer weiten Bluse verborgen waren. Als er merkte, was er da tat, war er mit einem Mal hellwach.

»Oh mein Gott!«, brüllte er entsetzt über sein reflexartiges Tun, riss die Hände von Steffis Brüsten und schnellte verschreckt derart ungestüm nach oben, dass sein Kopf ihren Kopf, seine Lippen ihre Lippen trafen.

33

»Oh mein Gott!«, brüllte er erneut, darauf Steffi erschreckt wie amüsiert: »Herr Pfarrer!«, diesmal aber mit einem gespielt vorwurfsvollen Unterton, dann sprang sie auf und der Pfarrer tat das auch.

Die Kindergartenkinder und Fräulein Marion rannten im selben Augenblick aus dem Gebäude, ihren »Lunaluna-Hudlhoop« hatten sie von einer Sekunde auf die andere vergessen, und sie sahen noch, wie der Herr Pfarrer schwankend vor Steffi stand, das Gleichgewicht verlor und zu Boden ging. Und sie alle hörten, wie Steffi erschrocken »Herr Pfarrer!« rief, denn ihr war natürlich sofort klar, dass der Kreislauf des auf dem Snakeboard, das ihnen entgegen rollte, ausgerutschten Geistlichen noch nicht wieder in der Lage gewesen war, das schnelle Aufstehen zu verkraften.

Steffi kniete sich neben den Geistlichen, beugte sich über ihn, und strich kurz sanft seine Stirn. »Herr Pfarrer!«, sagte sie noch einmal leise, fast zärtlich.

»Geht schon!«, röchelte er, bemüht, sich wieder zu fassen. Erneut richtete er sich auf, diesmal etwas langsamer. Und während er versuchte zu sich zu kommen, setzte Steffi ihm seine lustige Don-Camillo-Mütze wieder auf, die den beginnenden kreisrunden Haarausfall, den Steffi bei dieser Gelegenheit erstmals wahrnahm, vortrefflich versteckte.

Dann waren auch schon die Kindergartenkinder und Fräulein Marion da und wollten wissen, was denn los war.

»Der Herr Pfarrer hat gesehen, dass ein ganzer Schwarm Hornissen auf mich zuflog«, flunkerte Steffi, »und beim Versuch, mich davor zu retten, muss ihn eine gestochen haben.« Sie sah dem liegenden Herrn Pfarrer tief in die Augen, Dankbarkeit stand in seinem Blick. Er stand ein weiteres Mal auf.

Diesmal klappte es. Er zupfte sich seinen Rock zurecht wie James Bond nach einem Einsatz, den Sitz der Krawatte korrigieren konnte er nicht, er trug ja keine.

»Nun«, sagte er dann, und sah Steffi kurz in die Augen, »ist alles in Ordnung, mein Kind?«

»Aber natürlich, Herr Pfarrer«, erwiderte Steffi und deutete lächelnd einen Knicks an. »Und vielen Dank auch, Herr Pfarrer«, schob sie keck flunkernd hinterher.

»Nun, äh, dann äh, einen gesegneten Abend!«, nuschelte er noch und machte sich von dannen, nicht ohne sich innerlich für seine eigene Ungeschicklichkeit und für seine mangelnde Selbstkontrolle gedanklich zu geißeln. Er spürte, wie er eine knallrote Birne bekam. Gut, dass das keiner mehr sehen konnte.

Vor lauter Verwirrung rannte er in einen furchtbar stechenden Rosenstrauch, der nahe an der Straße stand, die Schmerzen waren schier unerträglich, aber er ließ sich nichts anmerken, für den Fall, dass die Kinder und Fräulein Marion und Fräulein Steffi ihn beobachteten.

5 | Der HIMBEER-TONI

Adelheid Kirchmairs Wirtshaus ist zwar wichtig; das wahre Zentrum von Hudlhub ist es aber nicht, und das Rathaus schon gar nicht. Nein, wenn etwas seit Menschengedenken der Stolz der Gemeinde ist, dann das Feuerwehrhaus, das in diesen Tagen 75 Jahre alt werden würde. Wer zum ersten Mal nach Hudlhub kommt, wird sich vermutlich wundern, denn für ein Feuerwehrhaus ist das Gebäude relativ flach. Das liegt daran, dass die Dorfgemeinschaft des ehemaligen Marktes Hudlhub nicht im Entferntesten daran dachte, sich auf diese mutmaßlichen Geschäftchen der Feuerwehrfahrzeughersteller einzulassen – in Hudlhub hatte man schon seit Jahrzehnten das Gefühl, dass da etwas nicht ganz koscher war. Preisabsprachen und Mauscheleien? Nicht mit uns, da waren sich die Hudlhubber einig.

Und deshalb steht im Feuerwehrhaus von Hudlhub kein LF 16 und auch kein LF 8, sondern ein gepflegter Porsche-Bulldog mit Anhänger, der nicht nur groß genug für den Transport einer Tragkraftspritze TS 8 ist, sondern zugleich reichlich Platz für die gesamte Mannschaft im Einsatz bietet. Und weil der Bulldog aus einer Zeit stammt, als Zugmaschine noch ohne überflüssige dreistellige Pferdestärken auskamen – erst werden die Maschinen immer größer, damit sie mehr leisten und dann werden Flächenstilllegungen subventioniert, weil sie zu viel leisten – war er auch noch nicht haushoch, sondern ein flaches, windschnittiges Teil.

Und deshalb genügte es, dass das Hudlhubber Feuerwehrhaus kaum mehr als Stehhöhe aufwies. Und das wiederum machte das Gebäude und die Unterhaltskosten so unwahrscheinlich günstig. Und das wiederum machte die Hudlhubber unendlich stolz.

Neulich erst, da konnte der Feuerwehrtrupp von Hudlhub wieder einmal seine gesamte Qualität ausspielen. Es war Samstagvormittag, der Zeitpunkt in der Woche, vor dem das gestandene Mannsbild am meisten Angst hat, denn das ist der Moment, wo die Gattin Leistung einfordert: den Zaun reparieren, die neue

36

Lampe anbringen, die Garage aufräumen, Rasen mähen, die Hecke stutzen, den Geräteschuppen streichen, Müll wegfahren und und und. Der FC Bayern spielt samstags frühestens um 15.30 Uhr und kann als Ausrede, um sich all dem zu entziehen, nicht herhalten.

Wie gut, dass an diesem Vormittag Feueralarm ausgelöst wurde.

Es war exakt 10.17 Uhr, da heulten die Sirenen, und so gut wie alle Männer von Hudlhub zuckten fast gleichzeitig kurz mit einem entschuldigenden Blick Richtung Gattin die Schultern, nur der Herr Pfarrer nicht. Er ging lieber in seine Kirche für ein kurzes Zwiegespräch mit dem Herrn, wie er es einst beim Studium in Rom und in den Don-Camillo-Filmen gelernt hatte. »Oh Herr, bitte beschütze all jene, die gerade von einer Feuersbrunst heimgesucht werden und sorge dafür, dass unser Feuerwehrtrupp von Hudlhub nicht noch alles viel schlimmer macht.«

Irgendwas in der Art wollte er beten. Vielleicht half's ja.

Leider hatte es am Abend zuvor einer der Ministranten bei der Abendmesse derart eilig gehabt nach Hause zu kommen, dass der Teppich im Altarraum bei seinem ambitionierten Antritt zum Sprint in die Sakristei eine Falte schlug. Der Pfarrer bemerkte sie erst jetzt, weil er nämlich drüber stolperte und unglücklicherweise genau auf dieselbe Stelle wie bei der unsportlichen Begegnung mit dem unfair platzierten Snakeboard fiel.

Das waren Schmerzen.

Alle anderen Hudlhubber Männer warfen also ihren Frauen jenen entschuldigenden Blick zu, stürzten sich dann aber, ohne eine Reaktion abzuwarten, von dannen, um die Welt zu retten. Feuerwehrkommandant Franz Schmid war selbstverständlich als erster da. Als die anderen eintrafen, hatte er sich schon in Schale geworfen, die Einsatzuniform angelegt, die anderen folgten seinem Beispiel, während Ludwig Mair den Porsche-Bulldog in Schwung brachte.

Es konnte losgehen.

Die Meldung kam aus Großpalmberg, einem Weiler, der ein

37

paar Kilometer nördlich von Hudlhub lag. Der Entleitner Toni führte hier die Jahrhunderte lang seiner Familie obliegende und geradezu zur Verpflichtung gewordene Tradition der Himbeer-Zucht fort. Es war ein wahrhaft göttlicher Auftrag.

Man sagt, auch Pfarrer Godehard Wagner habe einst, vor rund 300 Jahren schon, ein Faible für Hudlhubber Himbeeren gehabt und dem alten Entleitner einen sicheren Platz im Himmelreich versprochen, ganz in der Nähe von Petrus (der bekanntlich die gesamte Mannaverteilung unter seinen Fittichen hat) – wenn es nur regelmäßig auf Erden reichlich süße Früchte gebe.

Jedenfalls schien der Tipp so schlecht nicht gewesen zu sein, der jetzt, in der Gegenwart lebende Nachfolger des alten Entleitners hatte einen Porsche und einen Ferrari und einen Maserati in der Garage. Die Landwirtschaft war längst nicht mehr das ganz große Geschäft, aber mit Himbeeren ließ sich offensichtlich immer noch gut Geld machen.

Jetzt aber brannte es beim Entleitner, und der Feuerwehrtrupp war unterwegs.

Lokalredakteur Bernd Zackig hatte in der Spargelstadt wieder einmal illegalerweise den Polizeifunk abgehört und war sofort im Bilde. Er schnappte sich die Redaktionskamera und schwang sich auf sein Moped, eine Kreidler Florett, die ihm sein Großvater hinterlassen hatte. Das gute Stück machte fast 60 Sachen, und das reichte für so gut wie alle anfallenden Einsätze der Region locker aus.

Auch heute. Er hatte Glück, denn der Feuerwehrtrupp auf dem feuerroten Anhänger, der vom feuerroten Porsche gezogen wurde, fuhr den Einsatzort über Kleinpalmberg an, um den steilen Aufstieg bei Biberg, vorbei an Haderleins Anwesen, zu umgehen.

»Und? Alles klar?«, brüllte Zackig, während er sich neben dem Hänger auf die Geschwindigkeit des Feuerwehrtrupps von Hudlhub einpegelte.

»Es brennt!«, schrie der Mair Ludwig, der gerade seinen Wehrdienst absolviert und jetzt die Meisterschule begonnen hatte, vom Hänger herüber.

»Ach was«, brüllte Bernd Zackig unwirsch zurück, der spürte, wie allmählich Nervosität in ihm aufstieg, schließlich wollte er die besten Bilder haben. Und die bekommt man nur dann, wenn man früh genug am Ort des Geschehens ist, idealerweise vor allen anderen. »Wo genau?«

»Du kennst ...«, erwiderte Ludwig, aber seine Worte wurden vom Gebrüll des Porsche-Motors gepaart mit dem Geknatter der Florett verschluckt, zumal sich hinten, vom Hänger noch Feuerwehrkameraden mit unverständlichen, wahrscheinlich aber blöden Sprüchen in den Dialog einmischten.

Ergebnis: Zackig verstand überhaupt nichts. »Du kennst Dich hier wohl nicht besonders gut aus«, das war es, was Ludwig gebrüllt hatte. Denn in Großpalmberg gab es lediglich ein einziges Anwesen. Sich da zu verfahren, das war völlig unmöglich.

»Wo genau?«, brüllte Zackig noch einmal, und diesmal hatte er Erfolg. Der gesamte Feuerwehrtrupp schrie die Antwort derart dynamisch unisono zurück, dass es Zackig und seine Kreidler einen halben Meter nach links versetzte, so erschrak er. Fast wäre er im Graben gelandet. »BEIM HIMBEER-TONI!«

»Pass auf, dass wir nicht dich auch noch retten müssen, Bernd!«, flachste Ludwig, aber da hatte Zackig schon all seine 50 Kubikzentimeter Hubraum aktiviert, weil er die alte Motorradfahrer-Weisheit wohl kannte, dass mehr Hubraum durch nichts zu ersetzen ist außer durch noch mehr Hubraum. Aber er hatte halt nicht mehr.

Da vorne war schon Großpalmberg, dem Anstieg folgte eine sanfte Senke, und Zackig beschleunigte sein Gefährt auf fast 70 Stundenkilometer. Er war so im Geschwindigkeitsrausch, dass er kaum wahrnahm, wie der Wind ihm Tränen in die Augen trieb.

Und dann sah er auch schon den Himbeer-Toni, wie er ziemlich entspannt mit dem kleinen Wasserstrahl, den sein Gardenagekoppelter Gartenschlauch zu liefern imstande war, das Feuer löschte. Es war wohl ein kleiner Heuhaufen neben seinem Stadel, der sich entzündet hatte. Eigentlich nicht schlimm, aber der Toni wollte auf Nummer sicher gehen. Drum hatte er trotzdem die Hundertzwölf gewählt und das System in Gang gesetzt. Integrierte Rettungsleitstelle an Stützpunktfeuerwehr, und die Kameraden vor Ort wurden auch nicht vergessen.

Als Zackig von seiner Kreidler sprang und sie ziemlich lieblos ins hohe Gras sinken ließ, war das Feuer schon halb gelöscht.

»Servus Berndl«, sagte der Himbeer-Toni, er war tatsächlich ziemlich entspannt.

»Servus Toni«, brüllte Zackig zurück, der dessen kontemplativen Zustand nicht gleich wahrnahm. Er warf sich bezirksligavolleyballgestählt auf den Boden, um die beste Perspektive für das Zeitungsfoto zu bekommen, er wollte, dass der allmählich versiegende Qualm möglichst bedrohlich aussah.

Leider war es wirklich nur noch sehr wenig Qualm. Ein gepflegtes Feuer sieht anders aus. Fast schon resigniert ließ Zackig den Kopf sinken, er wusste: Das hier wird kein Aufmacherbild.

Um wenigstens irgendetwas zu tun, beschloss er, sich zumindest nützlich zu machen, knöpfte die Hose auf und pinkelte in den Haufen. Der Himbeer-Toni grinste zu ihm rüber. »Super Arbeit!«, sagte er, und beide mussten lachen.

Aber Zackig und der Himbeer-Toni hatten ihre Rechnung ohne die Stadtfeuerwehr gemacht. Übrigens nicht die aus der Spargelstadt, sondern die aus der lebenswertesten Stadt des Universums, ein paar Kilometer östlich, aus Pfaffenhofen; der Diensthabende der integrierten Leitstelle hatte nicht aufgepasst. Die Stadtfeuerwehr traf nämlich gerade mit erheblichem Getöse ein und jetzt zogen die Kameraden die Nummer ab, die sie hundertfach geübt hatten: Alle Mann runter vom Fahrzeug, die Schläuche ausrollen, eine Verbindung zum Löschweiher schaffen, zackzack.

Mit Zackzack war es allerdings diesmal nichts. Zwei C-Rohre wollten einfach nicht ineinander greifen. Bernd Zackig fotografierte wie wild, der Himbeer-Toni legte zwischenzeitlich seinen Gartenschlauch beiseite, holte zwei Flaschen Bier, fand nicht gleich ein Feuerzeug, um sie zu öffnen, biss die Deckel dann eben mit

40

den Zähnen auf (er hatte sich das eigentlich abgewöhnt), nahm einen tiefen Schluck aus der Flasche, schlenderte dann zurück zu seinem Gartenschlauch, drückte Zackig die zweite Flasche wortlos in die Hand, der ließ die Kamera sinken und konzentrierte sich erst einmal aufs Wesentliche, Prost.

Dann drehte der Himbeer-Toni seinen Gartenschlauch-Ventil wieder auf und ließ das Rinnsal, das aus der Leitung kam, weiter auf den Haufen laufen.

Die Stadtfeuerwehrleute nahmen das gar nicht wahr. Sie hatten jetzt ein technisches Problem zu lösen, und alle Anstrengungen konzentrierten sich erstens auf die hakende C-Rohr-Kupplung und zweitens auf das Abchecken der Optionen für einen Plan B.

Sie bemerkten auch nicht, wie mittlerweile der Feuerwehrtrupp von Hudlhub in den Hof fuhr, Kommandant Franz und seine Männer bauten ebenfalls eine Leitung auf, es klappte wie am Schnürchen.

»Wasser Marsch!«, bat Franz seine Jungs ganz ruhig, und der Himbeer-Toni konnte sich endlich zu Zackig ins Gras setzen und sein Bier genießen. Es war Charlie, der das Rohr fast schon gelangweilt mit einer Hand hielt und mit der anderen einen Knopf an der Uniform richtete, irgendwie war der unterwegs aufgegangen, und das sah nicht gut aus.

Weil er wusste, was sich gehört, stand der Himbeer-Toni wieder auf, ging in die große Halle und holte zwei Tragel Bier für die Kameraden. Wie er gerade zurückkehrte, hatte die Stadtfeuerwehr ihr Problem nun endlich gelöst. Nicht einmal der Mann vorn an der Spritze rechnete noch damit. Auch er hatte sehr wohl registriert, dass das Feuer längst gelöscht war.

Plötzlich aber war Druck auf der Leitung, und weil der Mann an der Spritze nicht aufpasste, traf der Strahl nicht den Heuhaufen, sondern den Himbeer-Toni. Er wurde mit brutaler Wucht gegen die Wand seines Stadels geworfen, dabei brachen, wie die späteren Röntgenaufnahmen im Kreiskrankenhaus Schrobenhausen ergeben würden, drei Rippen. Eines der beiden Bier-Tragel entwickelte regelrecht Eigendynamik, es wurde ihm aus der Hand gerissen, schlug die Scheibe zum Stadel ein. Und alle

41

staunten nicht schlecht, als sich von innen heraus grüne, haarige Pflanzenblätter Luft verschafften und zum Fenster hinaus lugten.

Das war dieser Augenblick, als sich eine geradezu unheimliche Stille über dem Entleitner-Anwesen breit machte und die Sonne so gebündelt aus einem Wolkenhaufen hervortrat, dass ein einzelner, gleißender Strahl dieses Stadelfenster beleuchtete.

Was jetzt noch fehlte, war jener Chorgesang, der in Hollywood-Filmen immer dann einsetzte, wenn es göttlich wurde, zum Beispiel in der alten Schmonzette »Quo vadis«, als Peter Ustinov die Nero'sche Träne in das Tränenglas plumpsen ließ oder wenn Anne Hathaway ihre großen Rehaugen aufreißt, weil ein Prinz ihr auf einem weißen Schimmel lechzend entgegentrabt.

Ludwig brachte den Mund als erster auf und sagte diese vier Worte, die zum einen allen bewusst machten, dass Toni Entleitners Reichtum womöglich nicht nur auf Himbeeren beruhte und zum anderen Bernd Zackigs Montagsausgabe rettete: »Das ist ja – Marihuana!«

An diesem Tag musste niemand mehr in Hudlhub einen Zaun streichen.

6 | DER FEUERWEHRTRUPP

Inzwischen war das schon wieder ein paar Tage her, aber Brände, geschweige denn Festnahmen, gab es in Hudlhub nicht gerade täglich. Ein solches Ereignis war deshalb nicht nach wenigen Stunden wieder vergessen. Auch im Feuerwehrhaus war das ein Thema.

»Soweit ich weiß, hat er sich schon bücken müssen«, erzählte der Max.

»Wie bücken?«, fragte Meik, der, seit er 1990 rübergemacht hatte, in Hudlhub lebte, und sah kurz von seinem Smartphone auf. Bayerisch sprechen konnte er trotzdem noch nicht, und wenn er einen Liter Bier mit dem dafür üblichen Wort bestellte, mussten die anderen immer noch lachen. Das Geheimnis vom offenen und vom geschlossenen bayerischen A bei der »Maß Bier« war so geheim, dass es, wurde es einem nicht in die Wiege gelegt, dafür kein Sesam-öffne-dich gab.

Aber weil er davon abgesehen ein netter Kerl war, ein guter Mensch, nahmen die Hudlhubber diesen kleinen, genetischen Geburtsfehler überwiegend gnädig mit Rücksicht auf Meiks Migrationshintergrund hin. Und er war wirklich nett. Vielleicht fast sogar ein bisserl naiv. Jedenfalls hatte er keine Vorstellung davon, was das bedeuten kann, wenn sich im Gefängnis jemand bücken muss. Vielleicht hätte er ja ab und an doch einmal einen Knastfilm anschauen sollen. Hatte er, der gute Mensch, noch nicht.

»Na bücken halt!«, bekam er denn auch als einzige Antwort vom Max, und der fand: Damit ist alles gesagt. Denn der Unterschied zwischen einem Bayern und einem Preißn ist bekanntlich, dass der Preiß den Denkprozess ausformuliert, während der Bayer nur das Ergebnis ausspricht.

»Und er bekommt nur Wasser und Brot!«, wusste der Ludwig, und er hatte die »Blues Brothers« und »The Rock« gestreamt und kannte sich entsprechend bestens aus.

Der Ludwig war überhaupt ein Streaming-Fan, deshalb konnte ihm keiner so leicht etwas vormachen. Weil er alles gesehen hatte und alles kannte. Jetzt sowieso, wo er sich monatelang bei der Bundeswehr gelangweilt und sie dennoch überlebt hatte. Er war sogar in Afghanistan gewesen. Und er war lebend wieder rausgekommen. Logisch, sonst wäre er ja jetzt nicht hier.

»Himbeeren kriegt er jedenfalls nicht«, merkte der Hans trocken an. Dass er den Himbeer-Toni noch nie besonders gut leiden konnte, wusste jeder. Trotzdem mussten alle lachen.

Max stand plötzlich mit dem Bolzenschussgerät da, das in Hudlhub seit Jahrzehnten nach einem unangenehmen Vorkommnis, über das heute keiner mehr gerne spricht, zur Standardausrüstung gehört. Er spreizte die Beine, nahm die Revolverhelden-Haltung ein, er hielt das Gerät mit dem abgewinkelten Arm nach oben und begann die Mundharmonika-Melodie aus »Spiel mir das Lied vom Tod« zu summen. Di-da-daaaaa. Die-da-daaaaaa.

»Spinnst jetzt?«, wollte Ludwig wissen. Max sang unbeirrt weiter.

»Was hat er denn?«, fragte Hans.

Max sang immer noch unbeirrt weiter, und machte zwei große Robocop-Schritte auf die Wand zu. In der anderen Hand hielt er irgendwas aus Papier.

Di-da-daaaaaa.

Max war einfach eine coole Sau, mit seinem amerikanischen-GI-Haarschnitt, mit seiner Footballer-Figur, der dazu perfekt passenden, tiefen Stimme.

Di-da-daaaaa.

Da hätte sogar Henry Fonda Angst gekriegt.

Schließlich kam er an der Wand an. Max legte das Papier in seiner Augenhöhe an der Holzwand des Feuerwehrhauses an, das vergangenes Jahr erst auf Niedrigenergiestandard umgerüstet worden war: Der kaputte Ölofen war durch einen gebrauchten Holzofen ersetzt worden.

»Di-da-daaaa« summte er noch einmal, und die anderen harrten gespannt der Dinge, die da kommen würden, wenn sie auch nicht ganz so cool dabei aussahen wie die Kollegen in »Spiel mir

44

das Lied vom Tod«. Der Hans war eben kein Charles Bronson, sondern eher ein Ferdinand Schmidt-Modrow, der Ludwig kein Henry Fonda, sondern ein Günter Grünwald und der Meik kein Jason Robards, sondern ein Bürger Lars Dietrich.

Max drückte ab. Der Knall stand für einen Moment in Raum, dann verhallte er.

»So«, sagte Max.

»Wer sö socht, hat noch nüscht gedon«, hörte sich darauf der Meik antworten, weil er das immer sagte, wenn irgendjemand in seiner Umgebung »So!« sagte, diesen Satz hatte er noch aus der alten Heimat mitgebracht. Die anderen kannten den Spruch alle, lachen mussten sie trotzdem.

Das war der Moment als Charlie wortlos den Raum betrat, er schien nicht besonders gut gelaunt zu sein. Aber er nickte den anderen kurz zu. Gefühlsausbrüche waren seine Sache nicht, und weil alle wussten, wie er nach Hudlhub gekommen war, nahmen das alle hin.

Das muss aber auch merkwürdig sein, wenn man nicht weiß, wer man ist. Sein Leben lang.

»Ja nüüü!«, sagte Meik.

»Magst ein Bier?«, wollte der Ludwig wissen.

Charlie antwortete nicht, er nickte nicht, aber die Art, wie seine Augenlider ganz kurz zuckten, genügte, und eine Flasche flog quer durch den Raum. Charlie fing sie geschickt mit einer Hand auf, öffnete sie an seinem Zeigefinger, wie andere das mit Feuerzeugen tun und nahm einen tiefen Schluck.

»Das war gut«, sagte er. »Was ist denn nun so lustig?«

»Wir haben einen neuen Kalender«, sagte der Hans.

»Pirelli?«, fragte Charlie.

»Besser!«, erwiderte Ludwig.

»Also wieder einmal der Kettensägenkalender!«, nuschelte Charlie.

»Genau«, sagte Meik.

»Na super«, erwiderte Charlie, »dadadürrtada.« Meik sah sich fragend um, er verstand nicht ganz.

»Do-da-dürrt-a-da«, versuchte Ludwig zu helfen.

»Dadadadadadürrn«, schaltete sich nun auch der Hans in die Auseinandersetzung über den Kalender ein. Nur noch Fragezeichen über Meiks Kopf. Ludwig musste wieder helfen: »Da-dad-a-da-da-dürrn.«

»Do-was?«, fragte Meik. Dann hatte Charlie Erbarmen.

»Da verdörrt er dir!«, erklärte Charlie, und Ludwig sagte: »Da würde er dir verdörren – dadadadadürrn, das ist doch ganz einfach!« Meik lachte sich tot. Jetzt, jetzt hatte er verstanden. Als er wieder konnte, postete er das neue Wort gleich bei Facebook, für alle seine Freunde. Dadadürrtada. Und noch einen Link nach www.hudlhub.de. Da gab es heute noch mehr Zugriffe als sonst. Mindestens drei oder so.

Und während sich die anderen neugierig auf die Bilder von halb- bis ganz nackten Frauen mit der aktuellen Kettensägenkollektion in der Hand stürzten und sofort in fundierte Fachgespräche über Brustwarzenpositionierung und Nippelvorhofgröße eintraten, ging Charlie die paar Schritte zum Tor, lehnte sich an den Rahmen, nahm einen weiteren tiefen Schluck aus der Flasche, mehr war auch nicht drin, und ließ den Blick über die Dunkelheit der Nacht schweifen.

Die anderen diskutierten mittlerweile, was wohl der greise Valentin, der silberlockige Radfahrer, zu den Mädels im Kalender zu sagen hätte.

»A Pamela is des ned«, mutmaßte der Hans in Anlehnung an den bayerischen Filmklassiker »Xaver«.

»Jedenfalls hat er ein Herz für wahre Schönheit!«, fand Ludwig.

»So wie wir!«, ergänzte Meik, und als alle lachten freute er sich, auch mal einen Gag gelandet zu haben.

»Lassts mir den Valentin in Ruh«, sagte Charlie, ohne den Blick von der Dunkelheit abzuwenden.

»Ach geh«, hielt Hans dagegen, »Du weißt doch: Lieber einen guten Freund verloren als einen Witz ausgelassen.«

»Klingt nach einer Weisheit von Matthias Kronleichter«, grinste Charlie.

»Da schau her«, lachte Ludwig, »wie belesen der feine Herr Charlie ist.«

»Kannst mal sehen.« Matthias Kronleichter (1726–1754) war der Hudlhubber Dorfphilosoph.

Dann wurde es draußen hell.

Von einer Sekunde auf die andere waren alle Gespräche zu Ende, es war die Aura, die der Frau vorauseilte, die da draußen durch die Nacht spazierte und die gleich ins Gesichtsfeld der Männer im Feuerwehrhaus geraten würde. So etwas hatte keiner von ihnen jemals live gesehen: Da ging eine blonde Frau mit langem, perfekt geschnittenem Haar in einem weißen, perfekt sitzenden Kleid am Feuerwehrhaus vorbei. Nein, sie ging nicht vorbei, sie schritt auch nicht.

Sie schwebte.

Sie hatte diesen Gang, den frau entweder hat, weil er ihr in die Wiege gelegt ist, oder den man sich antrainiert, indem man stundenlang mit einem Buch auf dem Kopf das Schreiten übt, und Bruce Darnell steht mit der Verbalpeitsche daneben: »Drama, Baby, Drama! Du maxt daschon gounz havorrogänd, aba du muddanok mehr Elegaaanz reinlegen, vaschtähst du, Bäibeeee.«

Diese Frau hier brauchte keinen Bruce Darnell und auch keinen Jorge Gonzalez.

Sie war das Schreiten, und die Grazie ihrer Bewegungen ließ die, die sie sahen, die Luft anhalten. Unter dem weißen Kleid zeichneten sich die Formen des perfekten Körpers ab, so perfekt, dass sich eine Diskussionen wie bei den Kettensägenkalendergirls bei ihr nicht stellte. Auch Guido Maria Kretschmer hätte eine glatte Zehn gegeben, ganz egal, welches Motto gerade bei »Shopping Queen« gefragt gewesen wäre.

Ihre elfenbeinfarbene Haut schillerte im Vollmondlicht, und als sie aus dem Augenwinkel die Männer entdeckte, wie sie vor ihrem feuerroten Feuerwehrbulldog in allem einhielten, was auch immer sie gerade getan hatten, konnte sie sich eines stillen, aber keinesfalls arroganten, sondern eher schon zauberhaft bescheidenen Lächelns nicht erwehren. Sie senkte kurz ganz leicht den Kopf, das ließ sie nicht nur anmutig, sondern auch noch scheu und verletzlich erscheinen. Ludwig ließ seine Flasche fallen. Er hob sie nicht auf, keiner zuckte.

47

Auch die Elfenbeinerne nicht. Einer der Jungs fiel ihr ins Auge, der dunkle Kerl, der vorne an der Tür mit herunterhängendem Kinn stand. Süß.

Sie setzte ihren Weg unbeirrt fort. Der Chinchilla-Katze, die sie an einer Leine mit sich führte, gab sie einen unhörbaren Befehl, die Reaktion erfolgte prompt. Dann verschwanden die beiden so schnell und leise in der Nacht wie sie gekommen waren.

Die Männer im Feuerwehrhaus brauchten eine Weile, bis sie ihre Kinnladen wieder in Griff bekamen, und das war auch gut so, denn in der Stille des lauen Abends wurden Worte weit getragen. Ludwig hob seine Flasche auf, schaute gedankenlos auf den ausgelaufenen Hopfennektar, wischte den Dreck vom Flaschenrand und die nun dreckige Hand in die bis eben noch saubere Jeans.

Es war Max, der als erster den Mund aufbrachte. »Was war das denn?«, fragte er, und erntete erst einmal – Schweigen.

»Also, die Miezekatze fand ich sehr hübsch«, grinste Ludwig schließlich und nahm einen Schluck, ein bisserl was war noch drin. Er hatte gerade erst die Liebe seines Lebens geheiratet, sein Interesse an anderen Frauen war gering.

»Dadadürrtadanöd!«, versuchte Meik sein eben erst neu erworbenes Wissen anzubringen. Max und die anderen grinsten. »Jetzt hast es gsagt!«, erwiderte er, haute Meik auf die Schulter, dass es ihn fast zu Boden warf. Dann wandten sie sich wieder dem zu, was sie eigentlich tun wollten. Schläuche reinigen, die Tragkraftspritze warten, die Schmiernippel des Porsche-Bulldogs aus dem Jahr 1956 versorgen.

Nur Charlie schien gar nicht daran zu denken, sich zu beteiligen, er stierte weiter bewegungslos in die Nacht. Und es war eine ganze Weile vergangen, da meldete er sich von seinem selbst erwählten Beobachtungsposten am Feuerwehrhaustor zu Wort, ohne sich umzudrehen: »Wer war das denn?«

Die anderen schauten sich kurz an und begannen allesamt loszuprusten, und nicht nur das, sie schmissen sich regelrecht weg, sie warfen sich sinnbildlich auf den Boden und konnten sich kaum beruhigen! Der Charlie und Hormone – diese Kombination war ihnen auch noch nicht begegnet, da schau her! Obwohl er derjenige in Hudlhub war, der – wie seine Kumpel fanden – rein optisch alle hätte haben können. Aber der Kerl hatte nur seine Arbeit im Kopf. Naja, und vielleicht die Geschichte mit seiner Herkunft. Er war halt eben schon ein bisschen anders.

Jetzt aber drehte er sich um, sah die Kumpel wie sie sich kringelten vor Lachen, zog eine Augenbraue hoch und sagte nur: »Was habt's denn, ihr Deppen!«

Und die anderen mussten noch mehr lachen.

Charlie war so gar nicht nach Lachen zumute. Er wollte sich aber nichts anmerken lassen, und er machte die Dinge lieber mit sich selbst aus. Also versuchte er, vor den anderen ein wenig zu lächeln, stellte dann nach einer Anstandszeit die leere Flasche ins Tragel zurück und machte sich auf den Weg nach Hause.

Er verstand seine Gefühle nicht gleich. Das ging ihm eigentlich immer so. Manchmal dauerte es Tage, bis ihm bewusst wurde, was in einer bestimmten Szene des Lebens, in einem speziellen Moment eigentlich mit ihm los gewesen war. Prinzipiell funktionierte er erst einmal. Alles andere würde sich schon noch finden.

Jetzt, in diesem Augenblick, verspürte er aber eine tiefe Traurigkeit. Der Anblick der blonden Frau im weißen Kleid, er hatte etwas ausgelöst.

Natürlich, der kleine Prinz da unten, der hatte sich schon auch angesprochen gefühlt, es war ja nun nicht so, dass Charlie von einem befriedigenden, ausfüllenden Sexualleben berichten könnte. Natürlich hatte er schon die eine oder andere Liebelei erlebt, aber wenn es ernst zu werden drohte, hatte er einen Rückzieher gemacht. Und das, wo er sich doch so sehr nach Geborgenheit sehnte, nach dem Gefühl, nicht allein in der Welt zu sein, nach Nähe, nach Wärme. Bis jetzt hatte es niemand geschafft, mit ihm diese Schwelle zu überwinden und über diesen bestimmten Punkt drüber zu gehen, der so viel Vertrauen erfordert.

Natürlich, seine Pflegeeltern hatten sich bemüht, auch Valentin Hausknecht und seine Frau hatten sich bemüht, eigentlich

49

alle Hudlhubber, die Spezln von der Feuerwehr, sie alle wollten es ihm leicht machen, weil der Gedanke, nicht zu wissen, wer man ist, jeden anrührte. So gut wie alle hatten sie versucht, ihm Zuneigung, Nähe, Wärme zu vermitteln.

Aber das Urvertrauen, dass alles gut wird im Leben, das fehlte Charlie trotzdem. Er war voller Zweifel, voller Sorgen, voller Nöte. Woher hätte es auch kommen sollen, dieses Urvertrauen, die feste Basis für ein Leben im breitschultrigen Stand?

Sehnsüchtig hoffte Charlie, dass er irgendwann mehr über seine Wurzeln herausfinden würde, vielleicht würde er dann ja den Halt finden, der ihm jetzt so sehr fehlte. Und vielleicht würde er sich dann öffnen können, um zuzulassen, was er jetzt verbarg.

Die Traurigkeit füllte ihn jetzt aus. Charlie war es nicht gewohnt, sich zu spüren, meistens schirmte er sich vor allem ab, was wehtun könnte. Jetzt aber, in diesem Augenblick auf dem Weg in seine kleine, kuschelige Dachwohnung, die er vor ein paar Jahren angemietet hatte, fühlte er sich unfassbar allein.

Ob diese Frau in ihrem weißen Kleid ihm würde helfen können, Mauern einzureißen? Dieses weiße Kleid, das die Linie des Körpers, den es umspielte, erahnen ließ, die festen, nicht zu kleinen und nicht zu großen Brüste, den Po, dessen zarte, runde Formen ein günstig ausgerichteter Windhauch wahrzunehmen ermöglichte.

Charlie spürte, wie er mit einem Mal fast schon wieder lächeln musste. Der kleine Prinz da unten hätte gerade kein Problem damit, Mauern einzureißen. Haha. Eigentlich war er ja gar kein Chauvi, also er, nicht der kleine Prinz. Der wäre jetzt direkt in Habachtstellung, also der kleine Prinz, nicht er.

Aber Charlie wusste, dass es um etwas ganz anderes ging, im Leben, in seinem Leben. Es ging um seinen Schmerz, um sein Herz, um seine Einsamkeit. Ein hübscher Po würde ihm da auch nicht raushelfen.

Charlie blieb kurz stehen und legte den Kopf in den Nacken. Er atmete die Kühle der Nacht am Ende eines erhitzten Tages ein, ließ die Luft die Lunge streicheln. Dann atmete er aus, und lächelte erneut. Naja, immerhin könnte er ihm den Weg unterwegs ein wenig versüßen, er, der Po.

So sinnierte er noch ein wenig vor sich hin, warf sich daheim vor dem Fernseher auf die Couch, pfiff sich irgendeine amerikanische Krimiserie rein, von der er am Ende schon nicht mehr wusste, was er da überhaupt gesehen hatte, putzte sich die Zähne, zog sich aus und legte sich in sein Bett. Er war wieder einmal allein. Mit sich, seinen Gedanken – und heute auch mit diesem Bild der Elfenbeinprinzessin, wie sie gerade zurückhaltend lächelnd ganz leicht den Kopf senkte, auf bayerisch würde man sagen: gschamig – als letzter schöner Gedanke des Tages. Gute Nacht.

7 | GEORG FRIEDRICH

Helmut Haller war ziemlich glücklich. Endlich.

Was für ein wundervoller Tag.

Er brauste in seinem schwarzen Dodge Ram durch die Stadt, er hatte die High-End-Soundanlage gut aufgedreht, er hörte die »Wassermusik« und er fühlte sich großartig. Hinten hatte er seine Miezen drin, und alles war wunderbar. Ja, Helmut Haller war rundum glücklich.

Es hatte eine ganze Weile gedauert, bis er das von sich behaupten konnte. Es war aber auch nicht einfach in einem ländlichen Raum aufzuwachsen, wenn man heißt wie eine Fußballlegende und selbst so gar nicht kicken kann.

Er hatte es ja wirklich probiert, aber es wollte sich einfach kein Ballgefühl einstellen. Dafür konnte er sehr gut Gewichte stemmen, und das tat er dann auch. Mit Zwölf war er schon fast so breit wie lang, mit 16 war er ein Tier und mit 17 ging er, ließ Hudlhub ohne jede Ankündigung hinter sich, um ein neues Leben anzufangen.

Er landete in Düsseldorf, machte sich mit seiner Kraft und seinem Leck-mich-am-Arsch-Gefühl einen Namen in gewissen Kreisen.

Helmut nannte ihn hier niemand. Hier, in der Düsseldorfer Szene, war er dafür bekannt, dass er Händel mochte, und das hatte ihm seinen erhabenen Spitznamen eingebracht. Und nicht, wie man ob seiner Figur vermuten mochte, weil er Hendl tonnenweise in gegrillter Form in sich hineingeschoben hätte, obwohl er mutmaßlich seinem Körper täglich ein paar mehr Kalorien als andere zuführen musste.

Nein, er mochte Georg Friedrich Händel nun mal, auch wenn man ihm optisch durchaus eher eine Zuneigung zu den Toten Hosen, zu Rammstein, und wenn überhaupt, dann vielleicht noch zu Mickie Krause zugetraut hätte. Irgendjemand hatte das mal ausgesprochen – und danach sieben eigene Zähne weniger.

Georg Friedrich.

Unter diesem Namen war er in der Szene mittlerweile bekannt wie ein bunter Hund, und dass er so hieß, war das Verdienst von Coco, die ihn ab und zu mit zu sich ins Zimmer nahm, und die bei solchen fast schon privaten Anlässen ihre Lieblingsmusik auflegte. Es war nicht immer die »Wassermusik«. Manchmal auch irgendwas mit Generalbass, die Oratorien eher nicht.

Beim ersten Mal war Helmut Haller, der mit Eurodance und heimatlicher Blasmusik groß geworden war, noch irritiert. Beim zweiten Mal überrascht, beim dritten Mal freute er sich drauf. Von da an hörte er Händel auch ohne Coco. Er wurde Georg Friedrich.

Und jetzt war er in der Stadt unterwegs. Die Sonne schien, der Mond schien helle, als sein Auto blitzeschnelle langsam um die Ecke fuhr. Georg Friedrich musste bei dem Gedanken an dieses alte Spottgedicht lachen. Drinnen saßen stehend Leute, schweigend ins Gespräch vertieft, und so weiter.

Was für ein herrlicher Tag. Wirklich.

Der Achtzylinder blubberte nur so vor sich hin, und er wusste, dass er es allen gezeigt hatte. Was für ein Triumph: Ausgerechnet ein Fußballspieler hatte – ohne es zu wissen – ihn auf den Weg hinaus aus Hudlhub gebracht. Er war jetzt mittendrin im prallen Leben.

Ein Fußballfan war er nie geworden der Helmut Haller, der jetzt Georg Friedrich war. Nur einmal, als er die Nachricht vom Tod des Namensvetters las, da war er melancholisch geworden. Er hatte ihn irgendwie schätzen gelernt über all die Jahre. Nur ihn.

Ansonsten konnte er mit Fußballern herzlich wenig anfangen. Darum war es ihm auch ein mittleres Fest, als er eben den Auftrag erhalten hatte, diesen Bundesligamittelfeldstar, der sich in seinem Revier etwas zu ausgelassen abreagierte, vor die Tür setzen zu dürfen. Der Mann hatte alle Grenzen vergessen, und wer

53

mit den Mädels nicht gut umging, der bekam es mit ihm zu tun, mit Georg Friedrich.

Also fackelte er nicht lange, riss die Tür auf, griff dem halbnackten Typen in seinen albernen Boxershorts mit dem Vereinlogo drauf unter die Arme und zog ihn raus, die Nähte hielten.

»Heee, mal langsam, Freundchen«, meinte der Meisterkicker, und das machte Georg Friedrich erst so richtig sauer. Freundchen, das war Teil des Wortschatzes, mit dem man ihn zur Weißglut bringen konnte.

»Wir werden ja sehen, wer hier langsam macht«, murmelte Georg Friedrich nur und hob den Kicker so hoch, dass er gerade noch den Boden berührte und mit den Zehenspitzen über den Gang trippelte wie Fred Feuerstein beim Bowling. Immerhin: Ohne Georg Friedrichs Hilfe hätte der Fußballspieler diese steinzeitliche Anmut nie erreichen können. Wenn das Wilma und ihre Freundin Betty Geröllheimer gesehen hätten!

Draußen, im Hof, hatte sich der Kicker wieder beruhigt, Georg Friedrichs Kraft war derart beeindruckend, dass sie fast schon besänftigend wirkte. Und der Hudlhubber stellte zu seinem eigenen Missfallen fest, dass der Kerl gar nicht so unsympathisch war.

Okay, er sah verdammt gut aus mit seinen manikürten Füßen, dem Knackarsch, seinem V-Rücken, dem ehrlich erworbenen Waschbrettbauch und der telegenen Fresse, aber er war ja an Frauen interessiert, und nicht an Männern.

»Mann, ich bin echt platt, und ich bin ziemlich dicht«, sagte der Kicker, »und ich bin auch nicht so gekleidet, dass ich mir jetzt ein Taxi nehmen und damit nach Hause fahren möchte. Spätestens übermorgen wäre ich damit in der Bild-Zeitung, und mein Trainer versteht bei so was überhaupt keinen Spaß. Kannst du mich nicht nach Hause fahren?«

Georg Friedrich dachte kurz nach, nickte dann, holte den Dodge hinters Haus, warf zur Feier der Vollmondnacht die »Feuerwerksmusik« rein, denn bis zum Abschuss war der Kicker ja heute nicht gekommen, so viel Häme musste schon sein, und blubberte los.

Die beiden schwiegen und hörten Händel.

Manchmal müssen Männer nicht viel miteinander reden, um sich zu verstehen. Auch dann nicht, wenn der eine den anderen gerade eben – falls nötig – auch ermordet hätte. Wobei Georg Friedrich noch nie hatte morden müssen, bisher hatte in der Regel ein freundlicher, beherzt zupackender Händedruck mit seiner Pranke ausgereicht, um das zu bekommen, was er wollte. Die Schmerzen, die dieser Händedruck verursachen konnte, waren unerträglich.

»Kommst du noch mit rein?«, fragte der Kicker, als sie schließlich die 300 Meter lange Zufahrt durch den Park zu seiner Protzvilla, vorbei an den beiden Iglu-Zelten, die er als Unterkunft für die beiden vietnamesischen Gärtner, deren Frauen und ihre jeweils vier Kinder aufgestellt hatte, hinter sich gelassen hatte.

Georg Friedrich drehte eben den Händel leiser und sah seinen halbnackten Beifahrer kurz von der Seite an. »Hee, Fußballer. Kennst du eigentlich Helmut Haller?«

»Den großen Augsburger? Natürlich! Jeder kennt ihn.« Da ging er mit.

Das Haus war ungefähr so, wie Georg Friedrich es sich vorgestellt hatte. Im großen Eingangsbereich fehlte allerdings ein Diener in Livree, wahrscheinlich gab es den aber zumindest untertags: einen Butler, der steif wie Alfred Pennyworth in Batmans Anwesen Wayne Manor mit schnarrender Stimme fragte: »Sie wünschen, bitte?« Und es hätte auch gepasst, wenn Helge Schneider jetzt gleich wie in seinem »Katzenmärchen« in Schlafanzug und Bademantel die breite Treppe aus den Gemächern im ersten Stock heruntergelustwandelt und dabei versehentlich über die Bommel seiner Schnabelschuhe gestolpert wäre.

Allerdings war es jetzt kein Komiker, der hier die Treppen runterkam, sondern einer der Mittelfeldstars des Fußballgeschäfts, und er hatte sich einen völlig unpassenden, geschmacklosen japanischen Hausmantel übergeworfen, der mit Jasminblüten verziert war und irgendwie auch danach roch, und das war der Moment, in dem Georg Friedrich anfing sich zu fragen, ob

55

er den Kicker vielleicht doch besser in ein Taxi gesetzt und das Kopfgeld für das beste Leserreporterfoto selbst eingestrichen hätte.

Die Einladung zum Drink nahm er trotzdem an. Wenn er schon mal hier war.

Das Wohnzimmer sah aus, als hätte es einer dieser neureichen Rapper-Pimps eingerichtet, überdimensionaler Bildschirm, überdimensionale Couch, überdimensionaler Reichtum. Der Kicker bedeutet seinem Gast, er könne sich gerne bedienen, sprang auf die Couch und trat dabei seiner Miezekatze rüde in die Flanke, die schrie vor Schmerz und Schreck auf, verschwand behände unter einer Kommode aus dem 17. Jahrhundert, die original zu dessen Lebzeiten im Schlafzimmer von Ludwig XIV. in Versailles gestanden haben soll, nun mit diversen Spielekonsolen und Stapeln achtlos hingeworfener Blu-rays belegt war und warf ihrem Herrchen einen giftigen Blick zu.

»Das Scheißvieh hat mir mein Spielerberater angedreht«, grunzte der Kicker, »mein Ex-Spielerberater, um genau zu sein. Diese Drecksmieze hat mich ein Scheiß-Vermögen gekostet. 47 000 Öcken für eine beschissene Mieze. Kannst du dir das vorstellen?«

Georg Friedrich kam nicht dazu, sich selbst ein Bild davon zu machen, denn dem Kicker war auf dem Weg zu einem Eck seiner sechsmal-zwei-Meter-großen Couch noch jemand im Weg: seine Freundin. »Und du, du verpisst dich jetzt auch, ich bin mit meinem guten Freund hier«, sagte der Kicker und packte seine Freundin an ihrem blonden Schopf. In ihrem weißen Kleid und mit ihrem auffällig elfenbeinfarbenen Teint war sie Georg Friedrich auf der weißen Couch noch gar nicht richtig aufgefallen.

Sie schrie, als sie hart auf dem Boden landete und der Kicker verstand nicht ganz wie es möglich war, dass er sich keine Sekunde später neben ihr selbst auf dem Boden wiederfand, mit erheblichen Schmerzen am Kinn und vier Zähnen in der Fresse weniger.

Georg Friedrich war doch eben noch in der anderen Ecke des Raums gestanden, wo er sich nicht zwischen einem im Port-

56

weinfass gefinishten Glenmorangie und einem schändlicherweise vom Markt genommenen und heute legendären 15-jährigen Laphroaig – ja, der Drecksack hatte noch einen – entscheiden konnte.

Wenn Georg Friedrich etwas nicht leiden konnte – außer Fußballern –, dann waren es Fußballer, die Tiere misshandelten. Und Frauen. Wobei ihn eine Frau, die sich mit einem solchen Arschloch abgab, nicht sonderlich interessierte.

Eine kurze, gezielte Berührung seiner in Hunderten Stunden im Studio gestählten Hand mit dem großen Maul des Kickers genügte, um dessen Handlungsspielraum zumindest vorübergehend final einzuschränken.

Während der Fußballer sich winselnd am Boden vor Schmerzen krümmte, ging Georg Friedrich zurück zur Bar, es wurde der Laphroaig. Ein Doppelter.

Er überlegte kurz, wie es nun weiter gehen sollte. Was war das bloß für eine beschissene Welt, in die er hier geraten war. Georg Friedrich probierte dann auch noch den Glenmorangie. Dann nahm er die Laphroig-Flasche und die Miezekatze unter den Arm und wollte gerade zur Tür hinaus.

»Nimm mich mit«, sagte die Blonde und sah ihm tief in die Augen. Georg Friedrich merkte erst jetzt, wie unglaublich schön sie war, ihm stockte fast der Atem als er bereit war, sich auf den Dunstkreis ihrer Aura einzulassen.

Irgendwie kam sie ihm bekannt vor, er hatte dieses Gesicht irgendwo schon einmal gesehen.

Er half ihr auf. Er hatte heute seinen netten Tag.

Und er konnte Fußballer wirklich nicht leiden. Den Mittelfeldstar, der inzwischen zusammengekrümmt am Boden flennte wie ein Baby, würdigte er keines Blickes mehr.

Wenig später saß Georg Friedrich wieder in seinem Dodge Ram, das Orchester fiedelte wie wild, und er fand das gut. Ja, er war ein netter Mensch und darauf war er stolz.

Eine Frage der Ehre.

Und er hatte eine Entscheidung getroffen: Er würde die Blonde in Sicherheit bringen, und irgendwie hatte sich in diesem Augenblick auch die Stadt für ihn verbraucht. Das war zwar alles ganz nett hier, und er mochte irgendwie auch, was er tat, er gefiel sich durchaus in der Rolle des großen Beschützers. Aber genau genommen war das doch auch nur wieder eine Scheinwelt, und er war doch auch nur auf der Flucht vor sich selbst, als er damals seine Heimat Hals über Kopf verlassen hatte.

Und dann noch diese Scheißkerle, die Tiere quälten, er wollte einfach nicht zu ihnen nett sein müssen.

Gut, musste er ja auch nicht, auch wenn er ziemlich sicher war, dass seine Auftraggeber nicht eben amused darauf reagieren würden, dass er gerade einen ihrer prominentesten Kunden vermöbelt hatte. Aber wie er vorhin die arme, teure Katze gesehen hatte wie sie ihn zutraulich anschnurrte, da fühlte er sich plötzlich wie daheim.

Und daheim, das war nicht Düsseldorf.

Georg Friedrich war mit einem Mal bereit, nach all den Jahren, wieder nach Hause zu fahren. »Ich heiße übrigens Helmut«, sagte er zu der blonden Frau und gab Gas.

58

8 | DER FEUERWEHRTRUPP WIRD 75

»Wie machen wir das eigentlich?«, fragte Luise.

»Was genau meinst du?«, fragte Tusnelda.

»Na, dass wir immer so genau dort hinkommen, wo wir hinwollen?«

»Du meinst: ohne Navi?«

»Natürlich: ohne Navi. Ich habe mich noch nie verirrt.«

»Ich auch nicht. Ich habe noch nie darüber nachgedacht, komisch ist das ja schon.«

»Eben.«

Tatsächlich waren Luise und Tusnelda wieder einmal zuverlässig auf Kurs. Die beiden Brieftauben waren in Köln losgeschickt worden.

Ihr Ziel: Salzburg.

Ihre Mission: Sie sollten ihren Eigentümern, dem Prospizil Alfred und dem Ambrosin Theo zu Ruhm und Ehre sowie zum Gewinn der Salzburgerischen Landesmeisterschaft verhelfen.

Wie sie das machten, darüber gab es unzählige Theorien. Neulich hatte jemand Eisenoxyd in Nervenzellen des Schnabels festgestellt und gemutmaßt, damit könnten sich Tauben ins Magnetfeld der Erde einloggen. Auszuschließen ist das ja nicht, zumal sich ja angeblich auch Hunde nach dem Magnetfeld der Erde ausrichten, wenn sie den Rücken krümmen, um ihr Geschäft zu verrichten.

Wie auch immer die Tauben es machten, sie machten es gut. So gut, dass die Menschheit eine Marsexpedition plant, noch ehe sie weiß, welche Linux-Version die Tauben in ihrem eingebauten TomTom haben. Als Napoleon im Sommer 1815 sein persönliches Waterloo (englisch ausgesprochen) in Waterloo (belgisch ausgesprochen) erlebte, waren es Tauben, die die Nachricht mal eben gen Deutschland transportierten. Zuverlässig und ohne gewerkschaftlich vorgeschriebene Pinkelpause von sieben Minuten pro Stunde, ohne Nachtzuschlag, ohne Sonntagszulage. Kurz:

einfach so. Wie praktisch. Und, um politisch hinreichend korrekt zu sein: Wie ausbeuterisch! Pfui!

Alfred Prospizil war das an diesem herrlichen Morgen vollkommen wurscht, er hatte ganz andere Gedanken. Er bereitet mit viel Liebe eine Melange zu, er brachte seinen täglichen Morgenspaziergang durch die Salzburger Altstadt, den er sich gönnen konnte, seit er vor zwei Jahren eine Vorruhestandsregelung, die ihm sein Arbeitgeber angeboten hatte, in Anspruch genommen hatte, hinter sich; die Getreidegasse mied er, wie üblich. Er sah den Touristen in all ihrer Pracht und Herrlichkeit lieber am Mozartplatz ins Gesicht, wenn sie die erste Phase der Verzückung schon wieder überwunden hatten. Zu viel gute Laune um diese Zeit, damit konnte er nicht umgehen.

Ein fernöstliches Touristenpärchen war schon früh Morgen unterwegs, es trug die original österreichische Tracht, die sie tags zuvor zum Schnäppchenpreis in einem der einschlägigen Läden erstanden hatten – das Komplettoutfit für den Herrn inklusive Lederhose, rotweiß-kariertem Hemd, Einstecktuch, Wadlstrümpfen und Haferlschuhen zum Paketpreis von nur 89 Euro, das Dirndl mit allem Pipapo sogar für nur 69. Dass diese Billigklamotten von einer chinesischen Designerin (Stundenlohn 1 Euro 20) entworfen und von teils deutlich zu jugendlichen Arbeiterinnen in der vierundvierziggrößten Stadt Chinas, in Zunyi (Stundenlohn Zwölf Cent) – also quasi daheim – hergestellt wurden, war ihnen a) nicht bewusst und deshalb auch b) völlig egal.

Alfred Prospizil auch. Er wollte den Titel, und er wusste, dass er sich auf seine Luise verlassen konnte, wie auch immer sie das machte mit der Orientierung.

Die beiden gefiederten Damen hatten mittlerweile längst die oberbayerische Grenze überquert und näherten sich Zentralbayern, was ihnen allerdings ziemlich egal war.

»Oh Gott, meine Teuerste«, wandte sich Tusnelda ihrer Flugbegleiterin zu.

»Ja, was haben Sie denn?«, gurrte Luise zurück.

60

»Ich weiß gar nicht, was ich gegessen habe, irgendetwas scheint mir überhaupt nicht bekommen zu haben. Ich habe ganz furchtbare Blähungen.«

»Ach, das kenne ich, meine Teuerste, tun Sie sich keinen Zwang an. Wie Sie wissen haben wir es eilig. Wir haben einen Wettbewerb zu gewinnen, und ich bin sicher, dass beim Herrn Alfred inzwischen schon die dritte Melange auf dem Tisch steht. Und Sie wissen ja... sein empfindlicher Magen.«

»Mein Herr Theo Ambrosin hat solcherlei Probleme nicht, aber gut, wenn Sie meinen!«, erwiderte Tusnelda und presste.

Mit der Luft kam leider auch Land mit, und das machte sich auf den Weg nach unten. Es hielt sich nicht so lange oben wie die Feder in der Szene, als Forrest Gump an der Bushaltestelle seine Lebensgeschichte erzählt. Der weiße Darmausscheidungsfaden bahnte sich vielmehr seinen Weg nach unten und nahm eine ballistische Flugbahn ein, just nachdem die Einstein'sche Relativitätstheorie nach dem Verlassen des Taubenkörpers zu gelten aufgehört und von Newtons Gesetzen abgelöst worden war.

Steffi unterhielt sich gerade mit dem Pfarrer. Beide hatten heute viel zu tun, denn die Feier anlässlich der 75. Wiederkehr der Gründung der Freiwilligen Feuerwehr von Hudlhub durch den Freiherrn von Hudl, der 1966 ohne Nachkommen zu hinterlassen das Zeitliche gesegnet hatte, sollte nicht spurlos an der Gemeinde vorbeigehen. Und wie immer waren es nur wenige, die die Arbeit machten.

Steffi drückte sich nie vor Arbeit.

Sie hatte vorhin schon die Girlanden um die Bühne gewickelt, auf der nachher der Bürgermeister, der Herr Landtagsabgeordneter Ludwig Haderlein und der Herr Pfarrer ihren großen Auftritt haben würden. Es tat ihr gut, zu arbeiten, zu werkeln, zu gschaffteln. Das hielt sie nämlich davon ab, sich Gedanken darüber zu machen, was in dem Brief stehen könnte, der mittlerweile daheim in der obersten Schublade der Anrichte in der Küche lag, ein historisches Stück, das sie auf dem Flohmarkt für ein paar Euro erstanden, selbst abgelaugt, neu eingelassen und so zu einem Lieblingsmöbel gemacht hatte.

Es war gut, dass der Brief erst einmal aus dem Weg war, weil sie noch nicht sicher war, ob sie mit dem umgehen könnte, was drin stand.

Vielleicht war es ja auch nur Werbung, ein Pamphlet zwischendurch mit irgendwelchen netten Kursangeboten, wenn man schon ihre Adressdaten hatte. Oder ein maschinengeschriebener Formbrief: Wir haben Ihre Bewerbung erhalten, bitte haben Sie etwas Geduld, bis unsere Prüfung Ihrer Unterlagen abgeschlossen ist. Nicht Fisch, nicht Fleisch wäre das. Es ist aber auch nicht einfach im Leben.

Gestern Abend hatte sich Steffi an der Fensterseite ihres Wohnzimmers auf den Boden gesetzt, gleich neben der schönen Palme, die sie mittlerweile schon sieben Jahre begleitete, obwohl der Beipackzettel im skandinavischen Möbelhaus ihr gerade mal ein Jahr gegeben hatte. Sie hatte sich einen Chai-Tee gemacht und sah den Brief aus sicherer Distanz an.

Hunderte Gedanken rasten durch ihren Kopf. Es ging um alles. Ihr Leben, ihre Zukunft, ihre Optionen, ihre Träume, die immer wiederkehrenden großen Fragen nach dem Weg zum Glück. Was würde sie aus ihrem Leben machen? Was hatte der liebe Gott für sie vorgesehen? Der richtige Partner, der Mann an ihrer Seite – wo war er? Wer war er? Am Ende wirklich dieser Charlie, der immer so verschlossen war, der den Eindruck erweckte, dass da weit mehr sein könnte als dieses stoffelige Technikergehabe. Lässt sich da etwas aufbrechen? Retten, das hatte sie längst verstanden, retten kann man die Partner nicht, und ändern schon gar nicht. Aber dieser stille Kerl, der sich so in die Arbeit stürzte, der so gern mit seinen Kumpeln abhing und doch anders war als die anderen – er interessierte sie. Irgendwie.

Steffi wischte als nächstes den Tragkraftspritzenanhänger ab. Anlässlich des Jubiläums war er saniert worden, er hatte einen neuen, feuerroten Anstrich bekommen. Meik, der sehr gut malen konnte, hatte die Bordwand nicht nur mit dem Gemeindewappen versehen, sondern auch mit einer Aufschrift: »75 Jahre Feuerwehrtrupp von Hudlhub«. Jeder, der die Mannschaft demnächst im Einsatz sehen würde, würde wissen, dass hier jahrzehntelange

62

Erfahrung gepaart mit Engagement und Sachverstand im Anrollen war. Das würde den Opfern einer Feuerkatastrophe ein Gefühl von Sicherheit vermitteln.

Danach richtete Steffi den Bereich der Essensausgabe her, später würde sie dann noch alle Bierbänke abwischen und danach am Klowagen Dienst schieben, einer musste es ja tun, und weil sie die ewigen Drückebergerausreden bei der Sitzung des Festkomitees leid war, hatte sie kurz gesagt: »Ich mach's«, was die anderen Hudlhubberinnen mit einer Mischung aus Erleichterung und Scham zur Kenntnis nahmen. Dass hier ein Mann Dienst schieben würde, stand sowieso von vornherein außer Frage.
Egal, ob Männlein oder Weiblein, sie alle wussten: Steffi tut eh schon so viel. Und sie machte alles mit einem freundlichen Lächeln, zu dem nur die Menschen fähig sind, die in sich ruhen – und das heißt nicht, dass nicht auch sie ihre Wünsche und ihre Bedürfnisse und manchmal Trauer in sich haben. Aber Steffi hatte gelernt, gut mit sich umzugehen, und wer kann das schon von sich behaupten.

Dieses ehrliche Lächeln stand ihr auch jetzt im Gesicht, als sie sich mit dem Herrn Pfarrer unterhielt. Nachdem der Bayer an sich seine Begeisterung ja gerne nach dem Motto »Nicht gschimpft is gelobt gnua« zum Ausdruck bringt, wusste er, was zu tun war.

»Fräulein Steffi«, sagte er in seiner konsequent so gepflegten Ausdrucksweise, die für sein Alter eigentlich viel zu antiquiert war, »ich weiß gar nicht, wie ich Ihnen danken soll. Sie engagieren sich so sehr für unsere Gemeinschaft, ach, gäbe es nur mehrere Menschen wie Sie in dieser Welt.« Dabei legte er den Kopf leicht schräg, eben hatte er seine Don-Camillo-Kappe abgenommen, um dem schwitzenden Haupt etwas Luft zu verschaffen, und Fräulein Steffi wusste ja ohnehin längst von seinem beginnenden kreisrunden Haarausfall.

»Ach, wissen Sie, Herr Pfarr…«, erwiderte Steffi, unterbrach sich aber, weil gerade etwas Weißes an ihr vorbeirauschte, das mit einem klitzekleinen, dennoch unüberhörbaren Geräusch gleich zwischen ihr und dem Pfarrer landete.

63

Platsch.

»Da haben Sie aber Glück gehabt, Herr Pfarrer!«, rief sie überrascht, denn üblicherweise traf ihn Murphys Gesetz mit einer derart grausamen Härte, die in Hudlhub fast schon sprichwörtlich war: Was schief gehen kann, geht auch schief.

»Tja!«, sagte der Pfarrer. Auch er war unübersehbar verdutzt und konnte den Blick gar nicht von Tusneldas Exkrementen lassen. Dann schaut er aber doch noch dorthin, von wo bekanntlich alles Gute kommt, und ganz hinten, in der Ferne konnte er noch zwei sich schnell entfernende, gurrenden Tauben erkennen, die sich offensichtlich viel zu erzählen hatten.

Der Herr Pfarrer würde am Nachmittag nicht am Triumph des Herrn Prospizil über Theo Ambrosin teilhaben, er würde nicht sehen, wie dieser vom österreichischen Landeshauptmann einen beachtlichen Pokal überreicht bekommen würde, er würde ja selbst genug zu tun haben und seine vor Tagen schon ausgearbeitete Rede über den Wert der Gemeinschaft im Allgemeinen sowie des Tragkraftspritzenanhängers mit kombiniertem Mannschaftswagen im Besonderen zu halten.

Die wollte er jetzt noch einmal durchlesen. Er verabschiedete sich von Steffi und machte sich auf den Weg. Die Taubenexkremente hatte er, zerstreut wie er war, längst wieder vergessen.

»Obacht, Herr Pfarrer!«, sagte Steffi ganz ruhig, aber das genügte schon, dass Hochwürden es tatsächlich fertig brachte über seine eigenen Füße zu stolpern. Steffi konnte nicht anders: Sie prustete los, denn ein solches Kunststück hatte sie schon seit der Schulzeit nicht mehr erlebt.

»Herr Pfarrer, was machen Sie denn schon wieder!«, sagte Steffi mitfühlend, als sich die Geistlichkeit gerade wieder aufrappelte.

»Ach, Fräulein Steffi«, erwiderte er, »wenn das alles ist, was mich beeinträchtigt, habe ich viele Gründe, dem Herrn zu danken!« Und außerdem, dachte er, ist wenigstens die Haube sauber geblieben. Das war aber auch alles. Tusneldas Hinterlassenschaft pappten überall.

»Ich denke, ich kann Ihnen guten Gewissens die weiteren

Vorbereitungen überlassen, Sie haben hier ja alles im Griff, Fräulein Steffi.« Und das Fräulein Steffi lächelte entspannt zurück. »Selbstverständlich, Herr Pfarrer.« Sie tat das, was sie tat, wirklich gerne. Sie mochte Hudlhub. Tatsächlich war die kleine Gemeinde längst nicht mehr nur ihr Zuhause, es war weit mehr für sie geworden. Das, was sie hier hatte, aufzugeben, wäre für sie alles andere als leicht gewesen. Ein Stück weit hatte sie fast Angst davor. Und eben musste sie wieder an den Brief aus Mannheim denken.

Und dann war da auch er, Charlie. Sie fühlte sich zu ihm hingezogen, weil es ihm womöglich ähnlich ging wie ihr. Aber vielleicht war er auch ein einziger Irrtum, ein stilles Wasser, das nicht tief, sondern furchtbar flach war. Sie war sich nicht sicher. Sicher war nur, dass er etwas ausstrahlte, das sie betörte.

Auch Charlie hatte inzwischen aus dem Bett gefunden und war zu den anderen gestoßen, die schon damit begonnen hatten, das Feuerwehrhaus für den Festakt herzurichten. Er sah noch reichlich verschlafen aus, die Haare standen kreuz und quer, er hatte zu den Jeans ein graues T-Shirt übergeworfen, das halb im Bund steckte, halb über der Hose hing. Der V-Ausschnitt ließ einen Blick auf die behaarte Brust zu, Steffi hatte in der Stadt und im Internet gelernt, dass das total out war, aber sie mochte seine herausquellenden Locken, sie mochte ja sowieso alles an Charlie. Irgendwie.

Bevor er gestern Abend zu den Kameraden ins Feuerwehrhaus gegangen war, hatte es noch dieses unangenehme Zusammentreffen mit Haderlein gegeben. Steffi, die den lauen Abend für einen ausgedehnten Spaziergang durch den Ort genutzt hatte, war nicht verborgen geblieben, dass der Landtagsabgeordnete ihn besucht hatte. Er schoss nämlich wutentbrannt und mit hochrotem Kopf schnellen Schrittes auf die Straße, während drinnen Charlie Werkzeug mit viel Kraft in eine Ecke warf.

Und als genug Zeit vergangen war, dass die Karosse des Herren Abgeordneten Hudlhub definitiv verlassen haben musste,

65

konnte man gut hören, wie Charlie »Blöde Sau!« in den Nachthimmel brüllte, und es war nicht schwer herauszufinden, wen er damit gemeint hatte.

Steffi hatte kurz überlegt, ob sie nicht einfach diese Grenze überschreiten und zu ihm gehen sollte, um einfach nur eine Hand auf seine Schulter zu legen. Einmal mehr entschied sie sich, es nicht zu tun. Ihre Zeit würde schon kommen, hoffte sie. Und wer weiß, was noch alles.

Sie hatte es nicht eilig, und die Typen, an die sie bisher geraten war, hatten gezeigt: Es kann schon ganz nett sein zu zweit, aber du kannst es eben nicht erzwingen. Also ließ sie den Dingen ihren Lauf und nahm das Leben so wie es ist. Es ist das an der Reihe, was gerade dran ist

Wie sie ihn jetzt, am Tag danach, bei seinen Kameraden stehen sah, atmete sie noch einmal tief durch, man könnte sagen: schmachtend; jedenfalls wertete der Herr Pfarrer das so, der über großes Einfühlungsvermögen verfügte und Menschen sehr schnell zu lesen vermochte, was sich anderen ob seiner Tollpatschigkeit nicht so bald erschloss. Jedenfalls merkte er sofort, dass er nun abgemeldet war.

Er überlegte kurz, ob er sich einfach so davon machen oder ob er Steffi noch mit einer höflichen Grußformel behelligen sollte und rieb sich beim Denken einer alten Gewohnheit folgend den Bauch. Dass da Taubenexkremente pappten, rief ihm der Hautkontakt in diesem Augenblick wieder in Erinnerung.

Und »Scheiße!« war das Wort, das ihm nun auch entglitt.

»Herr Pfarrer!«, rügte Steffi, die von einer Sekunde auf die andere wieder da war, den Ortsgeistlichen und reinigte ihm notdürftig die Hand. »So, und jetzt gehma heim, Hochwürden! Umziehen«, schob sie noch fast mütterlich hinterher, und so geschah es.

Drüben im Feuerwehrhaus drehten sich die Gespräche ganz offensichtlich noch um die Ereignisse vom Vorabend, und während Hochwürden sich trollte, strengte Steffi ihre Ohren an, damit sie verstehen konnte, was der leichte Sommerwind in Fetzen zu ihr trug.

»Charlie, gestern bin ich nicht dazu gekommen zu fragen: Was war denn gestern Abend eigentlich mit dem Haderlein?«, fragte Ludwig offen und indiskret wie immer. »Was hastn mit dem zu schaffen?«

Charlie wandte sich ihm zu, zögerte einen Moment, dann teilte er ihm unmissverständlich mit: »Ludwig, das geht dich einen Scheißdreck an!« Er sagte es so, dass die dreifache Ausfertigung der Ansage mit behördlichem Stempel und kirchlichem Segen gleich mitgeliefert wurde. Charlie dachte nicht daran, irgendjemanden in seine Geschäfte einzuweihen, nicht einmal seinen alten Freund und Ersatzvater Valentin Hausknecht – und auch nicht seine Kameraden von der Feuerwehr. Geschäft war Geschäft, sein Engagement in der Gemeinde für die Feuerwehr Privatsache.

Max und Meik sahen sich kurz an und zuckten gespielt zusammen.

»Uups«, sagten sie, und dann grinsten beide.

Wie um die Peinlichkeit der Szene zu retten, kam der Feuerwehrkommandant um die Ecke, der Franz, ein netter, aber bestimmter Kerl Anfang 50, nicht allzu groß und ausgestattet mit tonnenweise natürlicher Autorität. Er war einer dieser wenigen Männer, die mit Ende 20 schon richtige Kerle sind, während andere, selbst wenn sie sich mit Anzug und Krawatte verkleiden, noch keine Ahnung davon haben, wer sie eigentlich sind und was das Leben mit ihnen vorhat. Der Franz hatte da schon als junger Mann kein Milchbubigesicht mehr, er hatte es auch nicht nötig, sich einen Drei-Tage-Bart stehen zu lassen, um etwas darzustellen. Der Franz, das war immer schon einer. Damals, wie heute.

»So, Männer!«, sagte er, und Meik hätte sich am liebsten auf die Zunge gebissen, als er stereotyp »Wer sö socht, hatt noch nüscht gedon!« quer über den Platz plärrte, er konnte einfach nicht anders. Das war ein Reflex.

Der Franz wusste das und ignorierte solcherlei Kinkerlitzchen.

»Und? Alles klar für heute? Ihr wisst bescheid: Um 14 Uhr

67

geht es los, in Uniform, das versteht sich von selbst, und dass mir vor dem Festakt keiner einen Fleck auf dem Hemd hat!«

Er warf einen prüfenden Blick ins Feuerwehrhaus, wo der feuerrote Feuerwehrbulldog mit dem Tragkraftspritzenanhänger und der neuen Bordwandbemalung stand.

»Na, das sieht doch alles ganz gut aus!«, sagte er, machte kehrt und ging erst mal nach Hause.

Das taten die anderen auch.

Jetzt erst entdeckten die Kameraden Steffi und grüßten quer über den Platz. Hans schaute länger als die anderen hin, aber das war ihm selbst nicht wirklich bewusst. Steffi merkte das wohl, ignorierte dieses verstohlene Interesse, das sie selbst nicht teilte. Für Hans waren die Antennen nicht geschärft, und der Hans glaubte sowieso seinerseits, für jedwede Frau den Arsch zu weit unten zu haben, also trank er lieber und vertrieb sich die Zeit mit seinen Kumpels. Das würde ja eh nichts werden, wie immer. Also Prost, und bis später, Steffi!

Sie sah hübsch aus, an diesem Tag, sie hatte sich für die Arbeiten ein Männerhemd übergeworfen, das einer ihrer Ex-Typen bei ihr liegen gelassen hatte, und es gibt einen Männerschlag, bei dem diese Art der Bekleidung ziemlich gut ankommt. Alle beim Feuerwehrtrupp von Hudlhub gehörten zu diesem Schlag, und sie staunten nicht schlecht, als sie die Postlerin so sahen, so fröhlich, so keck – und, wer hätte das gedacht – ein bisschen sexy.

Steffi winkte entspannt zurück, und ihr entging nicht, dass Charlie, ehe er dem Beispiel der anderen folgte und sich trollte, seinen Blick einen Moment länger als sonst auf ihr ruhen ließ. Und auch er deutete einen Gruß mit der Hand an.

Jedenfalls hatte sie kurz das Gefühl, er hätte sie zum ersten Mal überhaupt wahrgenommen. Obwohl sie sich Hunderte Male schon begegnet waren, so groß war Hudlhub schließlich nicht. Diesmal aber spürte sie, wie er sie von oben bis unten und von unten nach oben zurück musterte, was sie meistens, wenn ihr das widerfuhr, als störend und unangenehm empfand, diesmal aber überhaupt nicht.

Ihr wurde vielmehr ganz warm und flauschig dabei.

68

Dann machte sich Charlie mit den anderen aus dem Staub. Er sagte zwar nichts, aber ihr war doch so, als hätten seine Mundwinkel leicht gezuckt. Ein Zeichen! Ein Signal! Mit ein wenig gutem Willen konnte man das durchaus als ein freundliches Lächeln deuten.

Okay, dachte sich Steffi, wahrscheinlich eher mit ziemlich viel gutem Willen.

Aber immerhin.

9 | SO OFT WIE ES GEHT

Ludwig Haderlein drückte das Pedal durch. Für ihn gab es nicht allzu viele Regeln, außer, wenn er im Maximilianeum war. Da gab es eine klare Hierarchie, und ihm war durchaus bewusst, dass er auch in seiner dritten Legislaturperiode ein Hinterbänkler geblieben war. Er saß also ziemlich weit weg von vorn bei den anderen unbedeutenden Abgeordneten und damit in der Hierarchie unten. Weit unten. In der dritten Amtszeit sollte man es eigentlich schon einige Reihen weiter vor geschafft haben. Ich werde es Euch schon noch zeigen, dachte Haderlein in jenen Momenten, in denen er sich seines Versagens gewahr wurde.

Wo er einen Namen hatte, das war im Hofbräuhaus am Orlandoplatz, also am Platzerl, einem nicht nur bei Touristen, sondern auch bei einigen Abgeordneten beliebten Treffpunkt. Hier gab es gute Qualität zu fairen Preisen und viel zu sehen, warum also nicht. Haderlein konnte sehr jovial sein, er war mit einem gewissen Mutterwitz ausgestattet, wenn auch die meisten schnell bemerkten, dass nichts, was er von sich gab, wirklich aus dem Herzen kam.

Man nahm seine Gesellschaft hin, weil er einer von ihnen war, und daran würde sich so bald nichts ändern. Sie würden ihn wohl noch eine ganze Weile im Genick haben, und so lange sie seinen fahlen Atem von hinten spürten und nicht ihrerseits seine Schuppen von hinten zählen mussten, war das schon so in Ordnung. Irgendwann würde man ihn ja vielleicht einmal brauchen. Und bis dahin spielte man bei seinen mehr oder weniger lustigen Spielen mit.

Der Hudlhubber Abgeordnete hatte beispielsweise die Tradition der Bezahlung per Drehmaschine eingeführt. Gerne griff er im Abgeordnetenzimmer des Hofbräuhauses zu einem Blatt Papier, malte dort einen Kuchen drauf, und jeder Anwesenden, der lieber mittrank als die Petitionsschreiben verzweifelter Bürger le-

70

sen und bearbeiten zu müssen, bekam eine Schnitte zugewiesen. Dann holte Haderlein einen Kugelschreiber heraus, meistens einen mit der Aufschrift www.ludwighaderlein.de, und den drehte er wie früher beim Flaschendrehen, jenem Spiel, das erfunden wurde, damit man womöglich in die Situation gelangte, sich einen Kuss einer Angebeteten zu ermogeln.

Das Ergebnis der Drehaktion hatte damals, in der Jugend, oft Überwindung gekostet, wenn es nämlich dazu führte, dass sich zwei Männer im Rund unter dem Gejohle der anderen küssen mussten, die Landtagsabgeordnetendrehmaschine kostete keine Überwindung, sondern nur Geld. Denn derjenige, auf dessen Kuchenstück die Spitze liegen blieb, musste die nächste Runde bezahlen. Die Teilnehmer trugen es mit Fassung. Denn ein Anlass für einen steuerabzugsfähigen Bewirtungsbeleg fand sich hinterher immer. Und manchmal waren auch irgendwelche Lobbyisten mit von der Partie, die trotz aller Drehaktionen am Ende sowieso die gesamte Zeche übernahmen.

Während der Kugelschreiber aber rotierte, spielten die anwesenden Abgeordneten und die Gefälligkeitsherbeiführer um sie herum also das Spiel mit und brüllten Worte wie »Dreh!« oder »Weiter!« oder »Oana geht no!«, und der Haderlein fühlte sich in diesen Augenblicken ein wenig weniger hinterbänklerisch als sonst.

Daheim war Haderlein ein anderer Mensch. Da war er ein kleiner Fürst, und das genoss er auch. Und wenn er einen kleinen, einfachen Mechatroniker wie den Charlie zusammenpfiff, dann war klar, wer Ober und wer Unter war, wer etwas zu sagen hatte und wer nicht. Aus seiner Sicht zumindest.

Trotzdem hatte sich Haderlein eben geärgert, der Kerl kam einfach nicht zu Potte, und so unmöglich war das nun nicht, was er von ihm wollte. Ärgerlich, dass man im Leben manchmal auf andere angewiesen war. Aber wenn er in seiner vierten Amtszeit nicht immer noch Hinterbänkler im Maximilianeum sein wollte, dann musste er sich Bedeutung verschaffen, und

71

das ging eben manchmal nur mit Gewalt. Charlie sollte ihm dabei helfen.

Besondere Ziele erfordern eben besondere Maßnahmen.

Ein Knall.

Was war das?

Haderlein spürte einen dumpfen Schlag, erst am Kühler, dann auf der Scheibe. Er stieg in die Eisen, dass die Reifen auf der Straße quietschten, seine Karosse geriet leicht ins Schlingern, aber dank ABS und ESP und was sich sonst noch mit drei Buchstaben abkürzen ließ und wichtig klang, blieb das Fahrzeug kurze Zeit später auf der Straße stehen.

Haderlein atmete tief durch, dann schnallte er sich ab und stieg aus. Er hatte irgendetwas gerammt, und das lag nun ein paar Meter hinter ihm.

Auf der Straße entdeckte er ein süßes, kleines Rehkitz, das sich offensichtlich verletzt hatte, aber gar nicht einmal so schwer. Es war drauf und dran aufzustehen und davonzulaufen.

Haderlein wusste das zu verhindern. Er sprang hoch in die Luft und landete mit seinen Absätzen genau auf dem Kopf des niedlichen kleinen Rehkitzes.

Das Kitz rührte sich nicht.

Dann sprang er noch einmal, und schließlich noch einmal. Er lachte, als er das Knacken der splitternden Knochen hörte. Das Gehirn des Tieres spritzte auf die Straße. Die Augen platzten, die Zähne wurden aus dem Kiefer getrieben.

Dann war es wieder still im Wald.

Nur Haderlein Schritte waren zu hören. Aus dem Kofferraum holte er ein Jagdgewehr, damit blies er dem Rehkitz vollends den Schädel weg. Er mochte es nicht, wenn andere später auf zermalmten Rehkitzköpfen Spuren seiner Absätze fänden.

Den Schuss konnte man meilenweit hören, aber Haderlein war das egal. Er holte sein Handy raus und rief den Förster.

»Ja, ich habe dem Leiden des armen Tieres ein Ende gesetzt«, hörte er sich mit gespielt betretener Stimme sagen, »glücklicherweise hatte ich mein Gewehr dabei.« Dann tippte sein schleimi-

72

ger, feuchter Zeigefinger auf den roten Telefonhörer im Smart-phonedisplay – war nicht demnächst wieder der Vertrag und damit ein neues Handy fällig? –, und griff in die innere Sakkota-sche, wo er für gewisse Momente immer eine kubanische Cohiba stecken hatte. Die zündete er jetzt an, inhalierte den ersten Zug und lehnte sich an seine Staatskarosse. Es gibt unangenehmere Weisen, auf Förster zu warten, dachte er und blies den Rauch genüsslich durch die gespitzen Lippen nach oben in den Nacht-himmel.

Morgen, wusste er, war Vollmond.

10 | EIN AUFTRAG

Der Kicker war sauer.

Nicht nur ein bisschen sauer, sondern richtig. Er selbst mochte mit anderen auch schon so umgesprungen sein.

Aber andere mit ihm? Niemals.

Gut, dass er Leute kannte, die jemanden kannten.

Er war noch gar nicht beim Zahnarzt eingetroffen, mit einem in ein Küchenhandtuch eingewickelten Eisblock am Kinn, da wusste er schon, wem der schwarze, aufgemotzte Dodge Ram gehörte. Er wusste, wie Georg Friedrich wirklich hieß, wo er herkam und wo er mutmaßlich hinwollte.

Mit seinem 47 000 Euro teuren Schmusekätzchen.

Na warte, Freundchen, dir werde ich es zeigen, dachte der Kicker. Aussprechen konnte er es ja nicht, obwohl kein einziges »S« und nur ein Zett in diesem Satz zu finden war.

Aber die Schmerzen.

Es ärgerte ihn ein wenig, dass er im Wartezimmer Platz nehmen musste, er!

Auf dem niedrigen Glastischchen fand er neben fettigen Fingertappern Ausgaben von Zeitungen, die gefühlt ausschließlich für Friseursalons und Arztwartezimmer produziert wurden, es gab eben für alles einen Markt. In einer Ausgabe entdeckte er seine Freundin, oder besser: seine Ex-Freundin, wie immer in einem weißen Kleid, wie immer mit jener ebenmäßigen, fast elfenbeinfarbenen Haut, die sie so besonders machte. Eigentlich schade, dachte er, als er die Rundungen unter dem Kleid begaffte, sie war schon ein heißer Feger gewesen.

Ein steiler Zahn, hatte sein Vater ja immer gesagt. Wie im Film zogen Erinnerungen an ihm vorbei, wie er neulich nackt im Bett auf ihr saß, sie mit Handschellen an die goldenen Stangen an der Stirnseite des historischen Himmelbetts aus dem frühen 19. Jahrhundert gefesselt, das er beim Shopping in einem Antiquitätenladen für weniger als 30 000 Euro erstanden hatte, ein Schnäppchen also, wie er ihr dann mit der flachen Hand ins Gesicht schlug, wie ihr die Tränen die vollkommenen Wangenknochen herabliefen und sie dabei so wunderbar wehrlos aussah – ja, sie hatten schon schöne gemeinsame Momente gehabt, fand der Kicker. Er war sicher, dass sie diese Momente auch geliebt haben musste, er, der Superstar war ja so erotisch, jeder seiner Schläge ein Geschenk für jede Frau.

Als er kurz sehnsüchtig seufzen wollte, kehrte der Schmerz im Kieferbereich zurück, genau dort wo ihn Georg Friedrichs Faust mit voller Wucht getroffen hatte. Der perfekt gezielte und gesetzte Schlag rang dem Kicker so etwas wie Respekt ab.

Noch einmal schaute er auf das Bild seiner Ex. Egal.

Was gut ist, kommt wieder.

Er wollte jetzt erst einmal neue Zähne haben, und das möglichst bis zum nächsten Spieltag.

Und sein Kätzchen.

Er kannte jemanden, der jemanden kannte, der jemanden kennt. Der würde schon dafür sorgen, dass er sein Eigentum zurückbekam. Die SMS mit dem entsprechenden Auftrag hatte er schon abgeschickt.

Sein Handy vibrierte. Aha, die Auftragsbestätigung. Geht doch, dachte der Kicker, und im selben Moment öffnete sich auch die Tür. Eine schlanke Dame ganz in Weiß erschien, sie war nicht halb so anmutig wie die Ex, aber sehr wahrscheinlich dreimal klüger, fand der Kicker. Er stellte sie sich vor, gefesselt auf seinem Himmelbett. Ihm würde da schon einiges einfallen, was er mit ihr anstellen würde. Aber ihr Körper war unter seinem Niveau. Pech gehabt, dachte der Kicker.

»Sie sind der Nächste!«, sagte die Frau in Weiß.

»Das wurde aber auch Zeit!«, murmelte der Kicker in sein Küchentuch, und wahrscheinlich war es besser, dass die Ärztin – sie holte ihren Promi-Patienten persönlich ab – nicht verstanden hatte, was er da eben sagen wollte.

Sie hatte auch die Passage aus dem »Marathon-Mann« mit Dustin Hoffmann auf YouTube gesehen.

75

11 | ES IST VOLLMONDNACHT

Dampfige Nacht, alles ist überhitzt.

Tropischer Duft, sogar der Schatten schwitzt. Flächenbrand über Stadt und Land.

Alles außer Rand und Band, total überspannt.

Der Vollmond, der sich an der Glut des großen Lagerfeuers auf dem Hudlhubber Dorfplatz wärmte, war noch größer als sonst, er offenbarte vereinnahmende Einblicke in seine Meere und Täler und fast meinte man die Relikte der Apollo-Missionen aus den 70er Jahren erkennen zu können.

Wenn man denn hinschaute.

Aber wer würde in dieser Nacht schon den Mond anschauen? Das Hudlhubber Feuerwehrfest tobte, und im Gebüsch des Gemeindeparks war längst die Hölle los. Hinten links rammelten zwei Häschen, daneben zwei Katzen, daneben die Gattin des Feuerwehrkommandanten, die schon am Nachmittag so viel getankt hatte, dass sie am Abend nicht mehr wusste, dass ihre Liaison mit dem zwanzig Jahre jüngeren Bäckergesellen Schmidt-Meier heimlich war.

Irgendwann hatten sie öffentlich begonnen das zu tun, was bisher nur hinter verschlossenen Türen geschehen war: Sie begannen zu knutschen, und der aufrechte Franz war selbst am meisten überrascht darüber, wie wenig peinlich ihm das war.

Endlich lagen die Tatsachen auf dem Tisch, er hatte sich ja schon lange gedacht, dass was faul war.

Ein paar Meter weiter rammelten die Zenzi und der Max, ausnahmsweise miteinander. Von den beiden wusste man, dass sie eine offene Beziehung pflegten.

Einmal sollen sich die beiden bei einem Fest freundlich gegrüßt haben – »Hallo Schatz, ach DA bist du!« – als jemand versehentlich das Licht anmachte und er in einer Partybesucherin steckte und sie in einem anderen, quasi nebeneinander. Im Dunkeln lässt sich's bekanntlich gut munkeln. »Hallo Schatz, schön dich zu sehen«, sagte sie, er nickte ihr höflich zu, rief: »Kann mal jemand das Licht ausmachen?«, dann machten sie weiter mit dem, was sie zuvor begonnen hatten.

Es war ein schönes Fest, ein würdiger Festakt, in dem die Redner nicht nur die Leistungen der Feuerwehr, sondern der ganzen Dorfgemeinschaft gewürdigt und die eigenen herauszustellen natürlich auch nicht vergessen hatten.

Auch der Herr Pfarrer hatte mit frisch gewaschenen Resthaaren unter dem Don-Camillo-Häubchen die richtigen Worte gefunden, herzlich hatte er Steffi zugenickt, die wie immer ein Muster an Diskretion war, freundlich war er die Reihe der Kameraden abgegangen, die alle zünftig und korrekt angezogen waren, außer Charlie, dem das Hemd halb aus der Hose hing, aber ihm war das egal, er war schließlich Techniker und kein Dressman, und er sah trotzdem verdammt männlich aus.

Und Ludwig, der es dann doch noch geschafft hatte, sich Minuten vor dem Festakt mit Ketchup einzusauen, seine geliebte Frau hatte nur verständnisvoll den Kopf geschüttelt und versucht den Schaden so gut wie möglich zu beheben, aber zaubern konnte auch sie nicht. Nun war es wie es war, wie auch der Kommandant, der Franz, feststellte, der zu diesem Zeitpunkt noch bestens gelaunt war.

Der Ludwig war es schließlich, der den Feuerwehrbulldog anwarf und eine gemächliche, erhabene, stolze, breitbrüstige Platzrunde drehte, damit ein jeder die künstlerisch überaus wertvolle Bordwandmalerei vom Meik bewundern konnte.

Die Festgäste verfolgten die Fahrt des einzigartigen Feuerwehrfahrzeugs in andächtiger Stille und die Dorfkapelle spielte dazu den Narhalla-Marsch, der Notenwart hatte versehentlich die falschen Blätter eingesteckt.

Den meisten fiel das gar nicht auf.

Und alle klatschten und johlten, als Ludwig Haderlein schließlich am Ende seiner gerade einmal 44-seitigen Rede, die er mit dem Satz »Ich bin kein Freund großer Worte und langer Reden, darum werde ich mich heute kurz fassen« begonnen hatte, dem Meik eine Ehrennadel ansteckte und es schaffte, ihn damit nicht zu verletzen.

Das tut aber auch ekelhaft weh, wenn sich eine Ehrennadelspitze durch die Uniform hindurch mit ordentlich Druck in die Haut bohrt.

Meik war damit der erste Draußdige, dem in Hudlhub eine Ehrung zuteil wurde.

Von der Rede hatte Meik vor lauter Aufregung gar nicht so viel mitbekommen, was auch gut so war, sie bestand aus lauter Textbausteinen, die man im Internet runterladen konnte. Man musste dann nur noch den Anlass einfügen, den Ort und drei, vier lokal verortete Stichworte und fertig war das ungebremste Gelaber für jeden Anlass. Noch mehr Aufwand fürs Redenschreiben hätte ja auch nicht viel Sinn gemacht, jeder Politiker weiß schließlich, dass sowieso kein Mensch bei Grußworten zuhört, mit Ausnahme der Reporter, die von Berufs wegen dazu verdammt sind. Und Grußworte sind in der Regel derart uninteressant, dass selbst die aufbereiteten und aufs Wesentliche reduzierten Nachberichte in der Zeitung kein Mensch las, warum denn auch.

Jedenfalls konnte Haderlein nicht einmal mit seinem Gelaber verhindern, dass die Ehrung für Meik eine große Sache war.

Die Übergabe des Ehrenzeichens war ein großer Augenblick, und Meik verdrückte vor lauter Rührung ein Tränchen. Das Wort Heimat – auch für ihn hatte es eine Bedeutung, und die war keineswegs von Filmschmonzetten aus den 50er und 60er Jahren und Heile-Welt-Getue, vom neuen Trachtenkult in bayerischen Volksfestbierzelten, vom neuen bayerischen Heimatsound oder anderen Rückbesinnungswellen geprägt.

Der Meik wollte einfach nur irgendwo ankommen, nachdem er dort, wo er geboren worden war, heute keine Heimat mehr hatte, weil dort, wo er zur Welt kam, heute schlicht niemand mehr lebte, der nicht mindestens 75 Jahre alt war.

Drum bedeutete es ihm etwas, Teil der Gemeinschaft zu sein,

78

und er musste jetzt auch nicht »So« sagen, denn er hatte eine ganze Menge dafür getan.

Als er später wieder bei seinen Kameraden war, schaute er auf die Ehrennadel, fegte einen vermeintlich vorhandenen Staubfussel mit dem Handrücken weg und sagte voller Stolz: »So!«

»Wer sö socht, hat noch nüscht getan!« brüllten die anderen, und alle mussten lachen. Und dann klopften sie ihm auf die Schulter, ihm, dem Ex-Ossi, der längst einer der Ihren geworden war. Und das mit der Ehrung war ja auch wirklich etwas ganz Besonderes.

Der alte Valentin konnte das bestätigen, er lebte schließlich länger in Hudlhub, als es die Feuerwehr gab. Und er zögerte auch nicht, das den Leuten, die mit ihm am Biertisch saßen, wortreich wiederholt mitzuteilen, ob sie es hören wollten oder nicht, er war heute ungemein redselig, ganz ungewohnt, aber es war eben so wie es war.

Valentin war auch zum Festakt in seiner Radlerkluft erschienen, er hatte vor ein paar Jahren aufgehört, sich überhaupt noch etwas anderes zu kaufen. Den Blaumann, sozusagen die Standeskleidung bayerischer Landwirte früherer Generationen mit meist zu kurzen Hosenbeinen und einem unvermeidlichen, über die Jahre speckig gewordenen Hut, an den sich die Form des Kopfes schon angepasst zu haben schien, hatte er lange genug getragen. Und ein Sonntagsgewand brauchte er nicht mehr, seit sich seine Frau abgesetzt hatte.

Er hatte sich ja sowieso immer nur herausgeputzt, weil sie sonst jedes Mal ankündigte, sich von ihm scheiden zu lassen. Hätte sie es nur früher getan, dachte er jetzt, im Nachhinein, und zupfte sich seinen Radlerdress zurecht.

Steffi hatte sich in Charlies Nähe ans Lagerfeuer gesetzt.

Er starrte unverwandt in die Flammen und drehte die halb leere Bierflasche gedankenverloren in seinen Händen. Sie machte es ihm nach. Irgendwann, hoffte sie, würde er vielleicht einmal hoch schauen, und dann würde er sie vielleicht sogar sehen. Und vielleicht würden sich dann ihre Blicke treffen.

Beide starrten vor sich hin, sahen und hörten das Lagerfeuer und das Knacken des trockenen Holzes in den Flammen.

Und irgendwann trafen sich tatsächlich ihre Blicke, und Charlie warf der Postlerin ein freundliches, wenn auch kurzes Lächeln zu.

»Servus Steffi«, sagte er leise, »das hast gut gemacht, heut.«

»Was genau, Charlie?«

»Ich glaube, ohne Dich hätte es das Fest heute nicht gegeben.« Es war ihm also aufgefallen, freute sie sich. Nein, besser: Sie war ihm aufgefallen.

Na bitte.

»Ach Schmarrn, das war doch gar nichts.«

»Du musst Dein Licht nicht unter den Scheffel stellen. Die Hudlhubber sind ja ganz nette Leute, ich bin ja auch nicht ohne Grund hier. Freiwillig. Aber wenn es Arbeit gibt, stehen sie nicht alle in der ersten Reihe und brüllen ‚Hier!‘ « Charlie starrte auf seine Bierflasche und lachte leise. Nicht böse. Eher verständnisvoll. Dann blickte er zu Steffi herüber. »Du bist da anders.«

Sie sagte nichts, schaute nur ins Feuer und wartete ab.

»Du bist ja auch nicht von hier. So wie ich.« Charlie nahm noch einen tiefen Schluck aus der Flasche, machte das Bier leer, ehe es zu warm wurde und holte sich noch eins. Steffi wartete etwas verdutzt. Und jetzt?

Dann kam er wieder, nahm denselben Platz wie zuvor ein, reichte Steffi wortlos ein frisches Bier, dann stierten die beiden wieder ins Feuer.

Die Flammen hatten aber auch etwas Besonderes. Etwas Magisches.

»Schön«, sagte Steffi.

»Ja, schön!«, sagte Charlie ohne aufzublicken. Steffi überlegte, ob das der Zeitpunkt war, ein wenig näher zu Charlie hinüberzurücken, oder sollte sie warten, ob er es tat? Sie beschloss, noch ein wenig zu warten. Die Nacht war noch lang.

Dann blickte Charlie auf.

Etwas hatte seine Aufmerksamkeit geweckt, und das war nicht Steffi. Die Blonde mit der Elfenbeinhaut war am Ende des Dorfplatzes aufgetaucht, sie trat ein, zwei Schritte aus dem Dunkeln. Und doch beleuchtete sie die Nacht mit ihrer Erscheinung, ihrer Präsenz. Auch Steffi fühlte, wie die Aura dieses Wesens sie berührte. Was war das denn?

Niemand in Hudlhub wusste, wer sie war und woher sie kam. Nicht allen war das egal. Denn es ärgerte die Hudlhubber traditionell ungemein, wenn sich etwas rührte und sie nicht bescheid wussten.

Georg Friedrich hatte sich seit seiner Rückkehr noch nicht sehen lassen. Er brauchte Zeit, um sich darüber klar zu werden, wohin für ihn die Reise ging. Er hatte die Kicker-Freundin lediglich gebeten, sich zurückzuhalten und ihn keinesfalls zu erwähnen. »Die Leute hier sind nicht unrecht«, hatte er ihr gesagt. Als sie ihn leise fragte, warum er dann von hier weggegangen war, schwieg Georg Friedrich. Das ging nur ihn etwas an.

Die Blonde mit der Elfenbeinhaut war nicht dumm.

Sie beschloss vorsichtig zu sein, aber ihr Bedürfnis nach etwas Luft, nach Bewegungsfreiheit war kaum zu stillen, angesichts der jüngsten Ereignisse. Sie war verletzt, sie war irritiert, sie musste erst einmal verarbeiten, was passiert war. Worauf hatte sie sich da nur eingelassen. Dieser dämliche Kicker. Wie konnte sie nur so dumm sein und mit diesem Kerl etwas anfangen. Und was hatte sie nicht alles ertragen. Sie verstand die Welt nicht mehr.

Und sie war noch nie in Bayern gewesen, außer am Flughafen, in der Allianz-Arena und auf der Autobahn, die die beiden Orte in etwas mehr als zehn Minuten miteinander verband.

Sie musste raus.

Sie verspürte den Drang, sich zu bewegen.

Sie konnte nicht still sitzen, sie konnte sich nicht vergraben. Wenigstens im Schutze der Nacht musste sie raus, raus aus ihrem eigenen Saft.

Sie konnte ja nicht ahnen, dass die Dorfbewohner diese Nacht zum Tag machten. Sie hielt sich, wie sie fand, dezent zurück, aber eine wie sie war eben nicht dezent.

Charlie bemerkte sie sofort, er konnte den Blick nicht mehr

von ihr lassen, bis sie ein paar Minuten später wieder in der Dunkelheit verschwunden war.

Diese Haltung, diese Grazie. Ihre Aura hatte ihn ereilt.

Steffi hatte sich in diesen kurzen Augenblicken gefühlt wie bei einem Tennismatch, ihr Kopf wanderte von links nach rechts, sie sah die Frau in Weiß und sie spürte die Faszination, die von ihr ausging. Steffi entging nicht, wie Charlie von ihr schier aufgesaugt wurde.

Steffi hatte auf so was keine Lust.

Heute war nicht der Tag zum Trübsalblasen, es war nicht der Tag für Kopfkino, für brainfuck, für sinnloses Hirnzermartern, dafür hatte der Brief aus Mannheim eh schon die ganze Zeit gesorgt, und nicht nur der, jetzt war die Zeit, sich vor sich selbst zu schützen und auf andere Gedanken zu kommen.

Sie sprang auf und ging zu den anderen, die längst um das Lagerfeuer tanzten, seit einer Weile kam die Musik aus der Konserve, und sie passte zu dieser Vollmondnacht. Orgiastisch, abgefahren, verführerisch.

Steffi ließ sich anstecken und tanzte wie wild, zusammen mit den anderen Derwischen, die alles um sich herum vergessen hatten. Richard, der Dorfkünstler, der eine alte Motorradfahrerbrille aufgesetzt hatte, eine, die man gut und gerne auch Luis Trenker zugetraut hätte, wenn er in Schwarzweiß im wilden Schneetreiben vormittags das Matterhorn und am Nachmittag gleich noch die Eiger Nordwand hinterher erklomm.

Der Künstler schnallte sich gerade seinen Tragegurt um, klinkte sich an einem Seil, das er am Morgen schon vorsorglich an der großen Eiche am Dorfplatz vorbereitet hatte, ein und schwebte nun rund um das Feuer wie ein Nachtfalter, und ein bisschen auch wie ein Nachtschwärmer.

»Fliag, fliag fliag!«, sang er und lachte. »Nachtschwärmer, fliag, fliag, fliag!«, sangen die anderen, und Steffi und alle am Lagerfeuer lachten mit, tanzten mit, ließen die Arme kreisen und sprangen zu ihm hoch.

Georg Friedrich, der sich im Schatten der Dunkelheit ebenfalls wieder einmal aus dem Versteck gewagt hatte, nicht zum ersten

Mal seit seiner Rückkehr, beobachtete die Szenerie und dachte: Was rauchen die denn hier für Zeug? Da hätte er auch in Düsseldorf bleiben können.

Er irrte sich.

Keiner hier hatte etwas geraucht.

Es war etwas anderes, es war der Rausch dieser Vollmondnacht, wahrscheinlich bildeten Merkur, Venus, die Erde, Mars, Jupiter, Saturn, Neptun und Uranus an diesem Tag zufällig eine Kette. Oder drüben, in Alpha Centauri oder in Beteigeuze gab es einen Sonnensturm. Oder es waren die dunklen Wolken, die sich von Zeit zu Zeit in der ansonsten klaren Nacht am Mond vorbei schoben, und hätte man ein paar Wölfe in der Ferne heulen gehört, hätte das niemanden irritiert, nicht einmal in Hudlhub.

Es war Sommer.

Und es war eine ganz besondere Vollmondnacht.

12 | KRONLEICHTERS PHILOSOPHIE

Vollmond.

Das ist die Zeit für Werwölfe.

Das ist die Zeit, die Haare zu schneiden, die Fußnägel zu maniküren, einen Roman zu beginnen, Sonnenblumen auszusäen, Rote Beete zu essen, Hühneraugen zu behandeln, Liegestütze zu machen, sich zu schröpfen, sich nicht zu schröpfen, den Gatten oder die Gattin zu schröpfen, kurz: Vollmond ist die Zeit, das zu tun, wonach einem gerade ist.

Der Hudlhubber Philosph Matthias Kronleichter (1726–1754) hatte es in seinem Spätwerk (»Vom Kreuchen und Fleuchen«, 1753) so formuliert: »Wenn Vollmond ist, sey es einem jeden angeraten, die Nacht zum Tage zu machen, weil es ohnehin nicht leicht sein wird, den Schlaf, und sey er noch so bedürftig, zu erlangen.«

Kaum ein anderer Hudlhubber starb so jung wie Kronleichter, aber auch kaum ein anderer Hudlhubber hatte einen so großen intellektuellen Einfluss auf die Gemeinde gehabt.

Seinem Rat, die Vollmondnächte regelmäßig zu durchwachen, folgten die Hudlhubber allerdings nur in Ausnahmefällen.

Und auch in dieser Nacht der 75-Jahr-Feier bekam das nicht allen. Charlie zum Beispiel handelte sich über die Stunden, die er stierend am Lagerfeuer verbrachte, einen Mordsrausch ein, für den er am nächsten Tag bezahlen würde: Stundenlang hing er am nächsten Morgen mehr oder weniger über der Schüssel. Das waren dann diese Momente, in denen er die Ungezügeltheit des Augenblicks verfluchte, was für ein Mist. Charlie schwirrte die Birne, Fluten von Gedanken überrollten sein Gehirn ungebremst, brachen sich schwallartig an den Wänden seines Schädels, und das tat weh. Und wieder musste er aufs Klo. Er hasste den Tag, er hasste seinen Kopf, er hasste sein Leben.

Immerhin: Das Mittagessen schmeckte ihm schon wieder.

84

Während Charlie ein Bier nach dem anderen am Lagerfeuer in sich hineinfüllte, betete Gertrud Haller in der Hudlhubber Kirche. Sie glaubte, am Nachmittag hinten, am anderen Ende des Dorfweihers, ihren Sohn Helmut gesehen zu haben, von dem sie nicht einmal wusste, wie er wohl heute aussah, ob er überhaupt noch lebte, ob er sie womöglich schon zur Oma gemacht hatte.

Nun suchte sie den Trost der Madonna, denn dass sie ihn tatsächlich gesehen hatte, das war ja absurd, unmöglich, ausgeschlossen. Seit er Hudlhub damals kurz nach seinem 17. Geburtstag verlassen hatte, hatte niemand aus dem Ort jemals wieder etwas von ihm gehört.

Was für ein kaum zu ertragender, schmerzvoller, dunkler Schatten.

Der Bürgermeister träumte indes einen intensiven Traum, nachdem auch er im Bett gelandet war, er war schon um kurz nach acht voll wie eine Strandhaubize, versuchte aber trotzdem noch eine oder zwei Stunden lang die Form halbwegs zu wahren. Gemeinderat Paul Haller, der Vater vom verschollenen Helmut, hatte ihn nach Hause gebracht und gab ihm bei der Heimkehr tatkräftig Hilfestellung. Niemals wäre der Bürgermeister die sieben Stufen der breiten Treppe, die zu seinem Haus führte, in diesem Zustand alleine hinauf gekommen, wahrscheinlich hätte er mindestens eine der beiden Säulen, die sich links und rechts an deren Ende befanden, gerammt. Vielleicht nur mit dem Kopf, vielleicht aber auch mit einem wirklich wichtigen Körperteil.

So fasste sich Haller senior zunächst ein Herz, dann stellte er sich hinter den Herrn Bürgermeister und schob ihn mit beiden Händen an dessen Allerwertesten die Stufen hinauf, das war die Position mit der besten Hebelwirkung. Und es gelang ihm, den Herrn Bürgermeister zielsicher Richtung Haustüre zu bugsieren. Leider schob er dann doch etwas arg dynamisch, so dass der Herr Bürgermeister an der letzten Stufe stolperte, und ohne sich mit den Händen abstützen zu können ungebremst mit dem Schädel auf der Tür aufschlug.

Der alte Haller konnte nicht anders: Er musste lachen, und der Bürgermeister bekam eh nicht mehr viel mit, außerdem war er längst in einem Zustand, in dem man sich nicht mehr wirklich verletzen kann.

Haller brachte den Bürgermeister schließlich zu Bett, überlegte kurz, ob er ihn auch noch ausziehen sollte, zumal es ja hieß, der Bürgermeister sei auch deshalb Bürgermeister geworden, weil er so exzeptionell ausgestattet sei, einmal will ihn der Reiß Sepp in der Stadt bei einem zufälligen Zusammentreffen in der gemischten Sauna gesehen haben. »Mei, hat der ein Teil«, erzählte der mittlerweile verstorbene Dorfkapellmeister hernach herum und deutete dabei die Abmessungen einer gepflegten Bach-Trompete mit den Händen an. Andererseits wäre das mehr Information gewesen als er tatsächlich haben wollte, darum verzichtete Haller auf allzu intime Hilfe, warf ihn einfach auf sein Bett, was ihm ein rüdes Grunzen der Bürgermeistergattin einbrachte, die weithin unüberhörbar bereits den Schlaf der Gerechten schlief. Gut, dass er nicht gleich um die Ecke wohnte, dachte Haller, denn dieses Geschnarche wäre ein guter Grund gewesen, einen Lärmschutzwall bei der Gemeinde zu beantragen.

Dem Bürgermeister wär's egal gewesen. Der fühlte sich mit einem Mal wieder frisch und fit. Und bald darauf stand er wieder auf einer Bühne, neben ihm der Franz und der Haderlein, alle gut gelaunt, und der Haderlein überreichte ihm einen Pokal für den Sieg der Gemeinde im Wettbewerb »Unser Dorf soll schöner werden!« Und er bedankte sich überschwänglich, hielt gerührt eine sehr emotionale Rede, die alle Anwesenden derart bewegte, dass sie kollektiv in Tränen ausbrachen. Es machte ihn stolz, wie er seine Schäflein zu berühren vermochte, ja, er war ein guter Bürgermeister, fand der Bürgermeister.

»Meine Herren«, sagte Haderlein plötzlich, drehte sich um, und bat zwei Männer in schwarzen Anzügen und mit dunklen Sonnenbrillen zu sich, die wie aus dem Nichts auftauchten. Ihnen folgte eine Spezialeinheit der Polizei, bis an die Zähne bewaffnet und mit kugelsicheren Westen ausgestattet, an deren Ende Handgranaten baumelten, alle mit Knarren im Anschlag.

»Meine Herren«, sagte Haderlein, »ich denke, wir können diese Rede als Schuldeingeständnis werten. Verhaften Sie diesen Mann!«

Und das taten sie.

Der Bürgermeister wurde in einen schwarzen Polizeibus geschleppt, die Beamten drückten seinen Kopf herunter, damit er sich nicht selbst beim Einsteigen verletzen und womöglich später versuchen konnte, die Beamten wegen unangemessener Gewaltanwendung zu belangen.

Kurz darauf fand er sich in einer Zelle wieder, die Handschellen hatten sie ihm nicht abgenommen, und weil er eh nichts machen konnte und immer noch nicht wusste wie ihm geschah, haute er sich erst einmal eine Runde aufs Ohr. Im Unterbewusstsein konnte er die wahnsinnigen Schreie der anderen Gefangenen hören und das rüde Gefurze der bei unzähligen Bückaktionen in der Gemeinschaftsdusche irreversibel geweiteten Analregionen.

Und der Bürgermeister weinte sich bitterlich in einen unruhigen Schlaf.

Mit einem Mal fiel ihm alles wieder ein: Wie seine Frau neben ihm lag, mit ihren Lockenwicklern, wie sie noch lauter schnarchte als sonst, wie er versuchte sie zu wecken, damit sie sich doch bitte auf die Seite legen möge, sie wachte tatsächlich auf, beschwerte sich über sein Gebrülle und schmierte ihm eine.

Wie er daraufhin aufstand, in den Werkzeugkeller ging, in aller Seelenruhe seine Axt nahm, zu ihr zurückkehrte und wieder und wieder ohne mit der Wimper zu zucken auf sie einschlug. Leider prallte die Axt an den Lockenwicklern ab, nichts passierte, außer, dass die Gattin die Augen aufriss, ihn ansah, ihn anbrüllte, von ihm wissen wollte, was ihm denn einfiele und was er denn da überhaupt tue. Er erinnerte sich, wie er darauf die Axt quer nahm, weit ausholte – und plötzlich sah er alles in Zeitlupe.

Die Axt nähert sich dem Hals, fährt in einer geraden Linie knapp am röhrenden Hirsch vorbei, der auf einem Ölschinken über dem Bürgermeisterbett die Wand ziert, der riesige Mund seiner Alten weitet sich zu einem einzigen, tiefen, durch die Verlangsamung verzerrten Schrei, dann dringt die Axt in die Haut ein, durchtrennt Arterien, Venen, die Luftund die Speiseröhre. Helles, rotes Blut spritzt in alle Richtungen. Jetzt durchtrennt die

87

Axt die Wirbelsäule zwischen den Nackenwirbeln zwei und drei, erste Knochensplitter, Gewebe und schließlich der ganze Kopf fliegen unkontrolliert durch den Raum.

Und dann steht auch schon Bernd Zackig da, der Reporter der Heimatzeitung, er fotografiert die ganze Sauerei, überall Blut, überall Blitzlicht, überall Hirnteile, und am nächsten Tag ist es dann für alle unübersehbar in der Zeitung: »Bürgermeister bringt seine Alte um – gewinnt er jetzt den Wettbewerb: ‚Unser Dorf soll schöner werden?‘ « Der Bürgermeister hörte noch die schrecklichen, schrillen »Weißer Hai«-Geigen – dann wachte er schweißgebadet auf. Er sah, dass er im Sonntagsanzug im Bett lag, und neben ihm drehte sich seine Frau mürrisch zu ihm herüber.

»Ist was?«, raunzte sie und rückte sich die Lockenwickler zurecht, die sie sich wie an jedem Samstagabend in die dünner werdenden Haare gedreht hatte.

»Nein, mein Kuschelhaserl«, erwiderte er leise, »es ist alles in Ordnung.« Dann drehte er sich auf die Seite und schlief weiter. Nun aber traumlos und tief.

Es war Vollmondnacht, und der Mond tanzte, und das blieb auch dem Herrn Pfarrer nicht verborgen. Weil er ein Leben führte, in dem der Begriff »Maß halten« eine völlig andere Bedeutung als bei den meisten anderen Hudlhubbern hatte, zog er sich weit früher als die anderen vom Fest zurück und machte sich zu einem ausgedehnten Nachtspaziergang auf.

Gleich hinter dem Dorfweiher ging es hinaus in einen tiefen Hohlweg, links und rechts türmten sich die mit dunkelgrünem Efeu bewachsenen, hohen Naturwände auf, die Luft war hier auch an heißen Sommertagen immer frisch.

Bald lösten die Geräusche der Natur den allmählich verschwindenden Lärm der Feier im Dorf ab, eine Grille war noch wach und mitteilsam, ein paar Mücken schwirrten leise zwischen den hohen Bäumen, die genügend Vollmondlicht von oben durchließen, um den Weg in ein kühles Blaugrau zu tünchen. Es war hell genug, dass sich Hochwürden sicheren Schritts auf dem

Hohlweg bewegen konnte. Der Weg mündete in einem weiten Feld, an das sich nach einigen Hundert Metern ein kleiner Hain anschloss. Der Pfarrer schlenderte hier oft und gerne entlang, wenn er sich auf sich besinnen wollte, wenn er ein seelsorgerisches Problem mit sich herumschleppte, das es zu lösen galt.

Und manchmal setzte er sich dann für eine Weile auf die Bank vor dem verlassenen Haus des verstorbenen, früheren Dorfkapellmeisters Sepp Reiß. Hier draußen, etwas abseits des Orts, befand sich dessen Hof, direkt am Waldrand. So gesellig er bisweilen war, so sehr hatte der alte Reiß Sepp auch seine Ruhe geschätzt, weit mehr als seine Verflossene, die ja später mit Valentin Hausknechts Frau durchgebrannt war.

Hier, auf seinem Hof, waren nur er und seine Musik, wenn auch nicht für lange. Denn der Schnaps war auch noch da, und weil er damit nicht so gut umgehen konnte wie mit Trompete, Posaune, Wald und Flügelhorn, Akkordeon, Gitarre, Kontrabass und Co., war dann bald auch noch jene zunächst veritable und schließlich auch finale Leberzirrhose entstanden.

Er hatte sich da eigentlich ein schönes Platzerl ausgesucht, der Reiß Sepp, dachte der Pfarrer, als er sich diesmal aufs Bankerl vor dem Haus setzte, um auch heute kurz innezuhalten. Diese Vollmondnacht hatte tatsächlich etwas Magisches.

Plötzlich spürte er einen Schlag am Hinterkopf. Dann spürte er nichts mehr.

13 | VOLLMONDMORGEN

Die Vollmondnacht war längst nicht vorbei.

Steffi tanzte immer noch. Sie hatte sich von Charlies Anwesenheit frei gemacht und war gewillt, die laute Musik unter freiem Himmel zu genießen, in der Atmosphäre eines Lagerfeuers. Das hat was.

Tanzen, das mochte sie immer schon, auch wenn es ein wenig Überwindung kostete, aus sich herauszugehen, zu ahnen, dass Blicke an dir hängen bleiben. Zuerst, da fühlst du dich vielleicht noch beobachtet, du fühlst, wie andere schauen, mit einer Mischung aus »Die traut sich was« und »Was macht die denn da«.

Irgendwann, da gewinnt die Musik, dann kannst du sie genießen, vergisst alles andere um dich herum, ist doch egal, was die anderen denken.

In dieser Nacht ging es Steffi so, sie war nur noch Musik, sie war frei.

Frei wie ein Vogel.

Nur noch Haut, Herz, Körper in einer lauen Sommernacht, die vom Vollmond bestrahlt wird. Tanzen am Lagerfeuer, das ist nicht wie sonst. Die frische Luft lädt die Lungenflügel auf, sie durchströmt den ganzen Körper. Und die brennende Hitze der lodernden Glut auf der einen Seite lässt die kühle Frische der Nacht vergessen.

Die Feuerwehrleute hatten es sich auf dem Boden bequem gemacht, sie waren mit sich selbst beschäftigt. Alle lümmelten sie sich auf mitgebrachten Decken, und damit sie nicht dauernd aufstehen mussten, hatten sie sich der Einfachheit halber in Griffweite ein paar Tragel Bier geparkt.

Charlie war wie immer in sich gekehrt, so kaschierte er seine Verletzlichkeit, die heimlichen Verwundungen, die Einsamkeit. Einmal, da hatte er sich bei einem Fest ziemlich viel Mut angetrunken, um sich einem Mädchen zu nähern, das er sehr mochte, und die Signale waren eigentlich ziemlich eindeutig.

Trau dich, signalisierte sie ihm, dann bin ich dabei.

Irgendwie traute er sich, aber erst nach einer halben Flasche Grappa. Und dann, als er endlich neben ihr stand, so nah, dass er nur noch den Arm um ihre Schultern legen musste, als er sich entschieden hatte, genau dies nun zu tun, bückte sie sich, weil ihr Schnürsenkel aufgegangen war.

Charlie fiel hinter ihr einfach um.

Weil die hämmernde Musik aus den Boxen so laut war, bekam sie das gar nicht mit.

Zum Glück nicht. Charlie schmunzelte, als ihm diese Szene wieder einfiel. Dann verfiel er wieder in seine Stase.

Ludwig hatte wie immer Hummeln im Allerwertesten, er war aber viel zu betrunken, um noch richtig Spektakuläres anzustellen.

Meik spielte an seiner Ehrennadel herum, er freute sich wirklich über die Auszeichnung, und er freute sich, dass sein Engagement so sehr anerkannt wurde.

Franz hatte sich zu seinen Jungs gesellt, nach diesem Erlebnis heute mit seiner Frau und ihrem Bäckergesellen. Das war schon ein tiefer Einschnitt in sein Leben. Aber heute wollte er nicht mehr darüber nachdenken, was morgen sein würde. Franz war froh, jetzt nicht allein zu sein, seine Jungs waren sein Auffangnetz vor dem Absturz. Auch er hatte heute zu viel getrunken, aber er wusste immer noch wer er war und warum. Immerhin.

Die meisten waren längst heimgegangen, morgen war schließlich auch noch ein Tag. Manche aber ließen heute Fünfe grade sein.

Max wurde langsam kalt, er stand auf, und begann an der Frotteejacke zu nesteln, die er um seine Hüfte geschlungen hatte. Den blöden Knoten bekam er irgendwie nicht auf, er verfolgte allerdings das, was er gerade tat, auch nicht mit dem allergrößten Nachdruck. Grade lief ein Oldie an, »Humble Stance« von Saga, er tanzte mit. Die 14 Weizen, die er bis dahin verinnerlicht hatte, merkte man ihm nicht wirklich an, aber

Männer und Multitasking, das geht bekanntlich nicht wirklich gut zusammen. Man kann eben nicht alles haben, toll aussehen und etwas in der Birne haben und eine Granate im Bett sein und ein sensationeller Feuerwehrmann und Frauenversteher und überhaupt, dachte Max, und sehr viel weiter dachte er nicht mehr, er hatte nämlich die Länge des Schlags seiner Uniformhose unterschätzt.

Der war bei einer ungeschickten Tanzbewegung an einem glühenden Ast hängen geblieben, der aus dem Lagerfeuer ragte. Und weil die Uniformhose natürlich nicht zu 100 Prozent aus Baumwolle, sondern vielmehr vollständig aus fernostasiatischer Kunstfaser bestand, geriet sie sofort in Brand.

Die Ersten am Lagerfeuer begannen jetzt, laut und vernehmliche Warnhinweise von sich zu geben (allerdings weit weniger hieroglyphisch als auf einem medizinischen Beipackzettel): »Obacht, Max!«. Andere stellten Tatsachenbehauptungen auf: »Max, du brennst«, darauf Max: »Ich brenn dir gleich eine!«

Charlie war derweil schon wieder den halben Weg vom Feuerwehrhänger her zurück, einen 15-Kilo-Handfeuerlöscher in der einen, den medizinischen Notfallkoffer in der anderen Hand.

Und dann war er auch schon zur Stelle, ließ den Notfallkoffer fallen, zog den Sicherungsring aus dem Feuerlöscher und schäumte Max samt Bein und Hose erst einmal sauber ein. Dann stellte er den Feuerlöscher ab, riss Max mit einem Ruck die Hose vom Leib, darunter kamen seine Boxershorts aus dem Löwen-Shop in der Münchner City zum Vorschein.

Charlie kramte die Brandsalbe aus dem Koffer und cremte Max die rechte Wade ein, die war nämlich ganz schön rot. Und eine rote Wade bei einem Blauen, das ging ja gar nicht.

Inzwischen war Saga fertig, es folgte: Ed Sheeran. Auch gut, dachte Max. Während die anderen sich noch fragten, wie der Charlie das so schnell hingekriegt hatte, tanzte der Max noch eine Weile weiter, auf dem einen Bein, das Charlie gerade behandelte.

Dann erst braute sich bei ihm etwas zusammen.

»Ja, kreizkruzäfix!«, brüllte er plötzlich, »duad des weh, ja

92

spinnst! Du malefizbleder Sauscheißdreckhax, ich glab's ja ned!« Die anderen fanden das eher lustig als Mitgefühl erregend.

Charlie schraubte die Tube wieder zu, verstaute sie im Notfallkoffer, Ludwig versorgte derweil den Feuerlöscher, und als alles wieder an seinem Platz war, als der Ludwig und der Charlie und die anderen schon wortlos auf die gelungene Rettungsaktion angestoßen hatten, kehrte wieder etwas Farbe in Max' Gesicht zurück.

»Ja mi leckst am Arsch!«, sagte er schließlich, ging ein paar Schritte, atmete tief durch, dann setzte er sich wieder an seinen Platz.

»So«, sagte er, und alle mussten lachen. Dann brüllten alle wie aus einem Munde: »Wer sö socht, hat noch nüscht getan!«

14 | IMMER AM BALL

Bernd Zackig bekam von all dem überhaupt nichts mit.

Er war nach dem Festakt am Hudlhubber Feuerwehrhaus wieder zurück in die Stadt gefahren, hatte noch eben ein Bild beim Orgelkonzert in der evangelischen Christuskirche gemacht, wo einmal im Quartal immer um 16.16 Uhr (weil das gar so schön bedeutungsschwanger ist) ein prominenter Kirchenmusiker auftritt, um Spenden für die Gemeinde zu sammeln, hatte sich dann zum Bahnhofsgriechen gesetzt, um einen Souflakispieß, Tomatenreis und Bratkartoffeln und einen Kaffee helleniko glyko zu sich zu nehmen, den Ouzo ließ er lieber weg, und war dann in die Redaktion gegangen, um den Bericht von der Jubiläumsfeier aus dem Kopf zu bringen. Er schrieb:

Hudlhub (bz) Mit einem rauschenden Fest hat der Feuerwehrtrupp von Hudlhub seinen 75. Geburtstag gefeiert. In all diesen Jahren hat die engagierte Wehr zwar noch nie auch nur ein einziges echtes Feuer erfolgreich gelöscht, weil in Hudlhub noch nie ein Haus brannte, aber wenn, und das hat auch der Bürgermeister herausgestellt, dann wäre die Wehr da gewesen wie eine Eins.

Auch der Landtagsabgeordnete Ludwig Haderlein hob die Leistungen der Wehr heraus. Er sagte:»Ich weiß, dass diese Wehr Großartiges leisten könnte, wenn sie es denn müsste!« Er hat im Namen des Ministerpräsidenten einen Zinnteller mitgebracht, den er Kommandant Franz Seitz überreichte. Eine Ehrennadel erhielt aus seiner Hand Feuerwehrmann Meik Zwetschge, der mit sicherem künstlerischem Strich den roten Tragkraftspritzenanhänger des Feuerwehrtrupps von Hudlhub anlässlich des Jubiläums mit einem neuen Design versehen hatte. Die kirchliche Weihe nahm schließlich Pfarrer ...«

Und so weiter und so fort. Bernd Zackig hackte den Text in seinen Computer, so wie er es immer gemacht hatte: mit der beliebten Zwei-Finger-Technik, die Generationen von Redakteuren auch deshalb kultivierten und pflegten, um sich vom abtippenden Teil der Branche abzuheben. Viele Redakteure seiner Zeit waren nun mal Quereinsteiger, Querköpfe, gern Studienabbrecher, Menschen, die nicht daran dachten, sich ins System einzufügen, Typen, die bereit waren, sich der Obrigkeit zu widersetzen, sich gegen das Establishment zu stellen. Und solche Querdenker konnten und wollten in der Regel nicht mit zehn Fingern schreiben.

Er war auch so einer, und er war auch irgendwie stolz drauf, wenn er auch oft dachte, dass er doch eigentlich schön blöd sei, wenn er sah, wie kinderleicht und rasend schnell den aktuellen Praktikanten aus der Generation Computerkid das Tippen fiel, während er immer wieder die Lösche-rückwärts-Taste einsetzen musste, wehe, wenn die mal hakte.

Heute war ihm das aber egal, er haute seinen Text runter, denn morgen, da musste er schon wieder früh raus, er hatte einen Termin in der Stadt, wo ein örtlicher Künstler geehrt wurde, der vor 100 Jahren gestorben war, der Malerfürst von Lenbach, der eben kein Münchner war, wie die meisten dachten, nachdem es in der Landeshauptstadt nicht nur ein Lenbach-Haus gibt, sondern sogar einen Lenbachplatz. Im Rathaus der Stadt, in der Lenbach das Licht der Welt erblickt hatte, hatten die Bürger einen Festakt vorbereitet, der unter dem Schutz der dortigen Stadtfeuerwehr stand, weil der Festsaal des Rathauses aus Brandschutzgründen seit Jahren eigentlich für Versammlungen von mehr als fünf Personen gleichzeitig gesperrt war und die aktuelle Finanzlage eine mehrere Millionen Euro teure Sanierung auch nicht hergab. »Überlegen Sie sich gut, was Sie mit dem Geld, das Sie nicht haben, anfangen«, mahnte der Kämmerer den Stadtrat während der Haushaltsberatungen ein ums andere Mal. Weil der Künstler aber einmal, als er in fortgeschrittenem Alter seine Geburtsstadt wieder einmal besuchte und ihn die inzwischen hochherrschaftlich gewordene Blase zwickte, in dem Rathaus die Toilette benutzt hatte, war der Ratssaal nach ihm benannt worden – und wie viele Gründe hätte man denn noch gebraucht, um den Festakt genau hier abzuhalten?

So war nicht nur Bernd Zackig gespannt darauf, wie das wohl aussehen würde – ein Festakt unter Feuerwehrschutz.

Er würde, wie immer, am Ball sein.

Er schrieb noch seinen Artikel fertig, dann ging er ins Bett. Hier, in der Stadt, ging es ganz einfach zivilisiert zu, dachte sich Zackig als er mit zweimaligem Klatschen dafür sorgte, dass das Licht in seinem Schlafzimmer langsam verlosch, ohne dass er einen Lichtschalter bedienen musste. Und nicht etwa linear. Zuerst nahm die Leuchtkraft schnell ab, und dann immer langsamer, da hatten irgendwelche Techniker oder Ingenieure einen wahrhaft chilligen Wohlfühleinschlaflichtausalgorithmus programmiert.

In Hudlhub hatte so etwas bestimmt niemand, dachte er noch, während er schon fast weggeschlummert war, da sagten sich gerade bestenfalls Hase und Igel gute Nacht.

15 | TOTAL ÜBERHITZT

»Bin ich froh«, lallte Ludwig am Lagerfeuer, »dass wir heute nicht in der Stadt beim Festakt ran müssen.«

»Wieso?«, wollte Meik wissen.

»Ich bin sehr sicher, dass ich spätestens beim zweiten Gruß-wort einschlafen würde. Und es hat zwar über die Jahrhunderte noch nie gebrannt, im Rathaus, aber jetzt, wo man weiß, dass der Brandschutz fehlt, herrscht dort ja jetzt Lebensgefahr. Amtlich verordnete Lebensgefahr.«

»Oh Gott!«, sagte Max, der trotz der Brandwunde gar nicht daran dachte, nach Hause zu gehen, er hatte ein Handtuch auf dem Bein, in das der mittlerweile dritte Eisbeutel eingerollt war, immer wieder schleppte er sich rüber zum Feuerwehrhaus und holte Nachschub aus dem Gefrierfach des Kühlschranks im Ka-meradschaftsraum. Von Innen arbeitete er weiter konsequent mit kühlender Flüssigkeit gegen die Folgen der Verletzung an; er hatte da in der Schule sehr genau aufgepasst: Bei Wunden hilft Alkohol. Das hatte er sich gut gemerkt.

»Wir können das Eis aber auch für dich holen, das macht uns nichts aus«, lallte der Ludwig jedes Mal, wenn Max sich wieder zum nächsten Gang aufraffte.

»Ich brauche keine Hilfe, ich bin schon groß!«, zischte Max dann nur und versuchte nicht zu humpeln, obwohl das Bein höl-lisch weh tat. Er musste an einen alten Schulfreund denken, der sich mit 13 einmal den Fuß verknackst hatte. Den Spitznamen – Humpel – hatte er bis heute, und das, obwohl er mittlerweile Topmanager in München war. Max wusste also, was er zu tun hatte. Wie so oft.

Steffi tanzte gerade nicht. Sie spürte, wie die Müdigkeit sie allmählich übermannte, dieses Gefühl, wenn sich das, was der Mediziner Cerebrum – mit Betonung auf Brumm – nennt, in Brei verwandelt und da irgendwas im Kopf dumpf zu schwirren beginnt.

Sie entschied, sich noch ein wenig die Beine zu vertreten und schlenderte durch den Ort. Nachts fühlt sich alles ganz anders an. Weil der Alltagslärm fehlt, scheint die Welt nur noch aus zirpenden und surrenden Insekten zu bestehen. Steffi ging durch die Hauptstraße, bog dann nach rechts in den Ahornweg ab, dann nach links in die Blütenstraße, dann kam die Eichenallee.

Ja, und dann passierte etwas, was eigentlich nicht leicht passieren konnte, in Hudlhub: Steffi hatte sich verlaufen.

Doch zu viel Bier?

Jedenfalls stand sie plötzlich in einer riesigen Halle, geradezu einer englischen Kathedrale aus rauem, in die Höhe strebendem, dunkelgrauen Stein, sonst schmucklos. Die Kunst des Baumeisters, der nur diesen einen Gedanken hatte: dem Herrn zu huldigen. Je höher die Steinwände sich seinem Reich näherten, umso filigraner wurde die Konstruktion, umso heller wurde das Licht, das kontrolliert und in jedem einzelnen Winkel gewollt, geplant in den riesigen Raum strahlte. Steffi ging langsam durch das Hauptschiff in Richtung Altar. Aber dort, wo eigentlich der Altar stehen sollte, verjüngte sich die Kirche zu einer sandsteinernen Höhlenwand voller Furchen, geformt von Hunderttausenden Jahren der Erosion. Die Öffnung in der Wand war so groß, dass sie gerade eben hindurch kam.

Jetzt befand sie sich in einem Gang, er führte sie nach links, es war eng, aber nicht furchteinflößend, denn am Ende leuchtete ein gleißendes Licht. Steffi musste nur noch an der einen Mauerscheibe vorbei, dann öffnete sich ein weiterer, noch größerer Raum. Sie hatte so etwas schon gesehen, bisher aber nur im Kino. Die Halle war vielleicht 100 Meter lang und genauso breit, freitragend, ein Meisterwerk der Baukunst. Jetzt erst fiel ihr auf, dass der Raum überhaupt keine Decke hatte, vielmehr stand sie in einem riesigen Innenhof.

Und dort, wo eigentlich der Boden sein sollte, öffnete sich der Blick nach unten in ein leviathanisches Steinlabyrinth, um das sie ebenerdig auf einem steinernen Sims herumgehen konnte. Sie tastete sich nah an der Mauer herum, damit sie nicht abstürzte.

Da unten, da waren Menschen. Tante Trude, beispielsweise, die

98

gestorben war, als Steffi kaum sechs Jahre alt war. Sie kannte das Gesicht von Fotos, es sah sie ausdruckslos an, die Frau hob die Hand zum Gruß, sagte aber nichts. Ob ihres Alters ging sie gebückt, aber sie sah erstaunlich fit aus, dafür, dass sie – Steffi rechnete kurz nach – ungefähr 118 sein dürfte. Weiter hinten im Labyrinth entdeckte sie den Reiß Sepp, er hatte ziemlich zugenommen, sein ganzer Rumpf sah aus wie ein Wetterballon, aus dem unten die dünnen Beinchen hervorragten, er war von Kopf bis Fuß weiß.

Jemand hatte dem Reiß Sepp einen Dolch in den Bauch gerammt, er sah Steffi fragend, ganz offensichtlich schmerzfrei und merkwürdig ausdruckslos an, als er den Dolch jetzt packte und mit jener fließenden Bewegung aus sich herauszog wie ein Ritter, der sein Schwert aus der Scheide nimmt, um sehenden Auges in einen möglicherweise tödlichen Kampf zu ziehen. Verständnislos starrte der Reiß Sepp auf die Klinge, sie war genauso weiß wie er, frei von Blut, und weil er gerade nicht wusste wohin damit, steckte er sie wieder zurück in seinen Bauch.

Steffi ging weiter, sie war inzwischen in einem französischen Spiegelkabinett aus dem 17. Jahrhundert angekommen, oben herum reich verziert, fröhlich, verspielt, auf Augenhöhe aber vorzüglich geputzt. Hinter einem der Spiegel huschte eine Frau in einem weißen Kleid hervor, sie hatte wallendes, blondes Haar, ihre Haut war fast elfenbeinfarben. Ihre Schönheit raubte Steffi den Atem, diese perfekt operierte Nase, die großen, warmen Augen, und der Mund...

Die Elfenbeinprinzessin ging auf Steffi zu, die spürte, wie sie in eine Art Stase verfiel.

Jetzt fühlte Steffi ihre Hand auf ihrer Schulter, ihr wurde wohlig und warm.

Dann nahm die Elfenbeinprinzessin sie in den Arm, und so konnte sie die Formen des wundervollen, perfekten Körpers an ihrem spüren, sie genoss diesen Augenblick.

Wie gerne hätte Steffi ihre Lippen auf die Lippen der Elfenbeinprinzessin gelegt, wie gerne hätte sie sie jetzt geküsst, innig, langsam, zärtlich, aber das ging nicht. Denn die Elfenbeinprin-

99

zessin machte einen Schritt zurück, sah ihr mit einem Ausdruck voller Freundlichkeit lange in die Augen, legte wie zum Abschied die Hand auf ihre Wange.

Steffi ließ ihr Gesicht in die angebotene Hand fallen, schloss kurz die Augen, um diesen wundervollen Moment genießen zu können.

Als sie die Augen wieder öffnete, hatte sich ein leises Lächeln in das Gesicht der Elfenbeinprinzessin gelegt, und Steffi lächelte zurück.

Steffi sah, wie Charlie hinten, am Ende des Raumes auftauchte, sein Blick war auf den Po der Prinzessin fixiert, und als würde er wie von einem Magneten angezogen, ging er ferngesteuert darauf zu. Steffi nahm er überhaupt nicht wahr, als ob er sie geradezu vorsätzlich ignorierte, und das erfüllte sie mit tiefer Traurigkeit.

Die Elfenbeinprinzessin aber drehte sich um, sie hatte die begehrlichen Blicke, die sich von hinten näherten, mit feinen, geschulten Antennen natürlich gespürt. Festen und vor allem sicheren Schrittes verließ die Elfenbeinprinzessin das Spiegelkabinett ohne sich auch nur ein einziges Mal zu irren, nahe an Charlie vorbei. Als sie ihn passiert hatte, drehte sie sich noch einmal um und sah Steffi erneut tief in die Augen, als wollte sie sagen: Dein Charlie interessiert mich nicht. Er ist mir egal, er ist nicht mein Beuteschema.

Ich wünsche Euch alles Glück dieser Welt.

Charlie wiederum befand sich jetzt fast unmittelbar vor Steffi, auch er war nur einmal leicht an einem der Spiegel angeeckt. Er hielt die Augen geschlossen. Steffi staunte, denn Charlie schnarchte. Ganz furchtbar laut.

Und er schnarchte immer noch lauter, so, als würde er einen ganzen Wald abholzen wollen.

Die Wildschweine, die sich entsprechend auf die Flucht begaben, um sich vor den umstürzenden Bäumen zu retten, die sich ein neues Zuhause suchen mussten, die imitierte er nun auch noch.

Grunzgrunz. Grunzgrunz. Gruuuuuuuuunz.

100

Steffi rieb sich die Augen, und als sie sie öffnete, lag sie am Lagerfeuer in Hudlhub. Keine fünf, sechs Meter von ihr entfernt, da lag auch der Charlie, zusammengekrümmt wie ein Embryo.

In der Hand hielt er das letzte Bier, das er nicht mehr ganz geleert hatte. Sie hatte sich wohl doch nicht mehr die Beine vertreten, schlussfolgerte Steffi.

Und das war eigentlich auch gut so.

Steffi mochte diese ganz besondere Stimmung des herannahenden Morgens, wenn sich hinten, am Horizont, die Schwärze der Nacht allmählich in dunkles Blau verfärbte, wenn man aber noch vergeblich das Morgenrot suchte, weil es dafür noch viel zu früh war.

Der Geruch des allmählich verlöschenden Lagerfeuers stieg ihr in die Nase.

Steffi drehte sich auf die andere Seite, und bettete sich in Gedanken mit ihrem Gesicht auf die warme Hand der Elfenbeinprinzessin. Mit der Erinnerung an dieses wundervolle, unübertrefflich schöne Lächeln schlief sie noch einmal ein.

16 | EINE VERWECHSLUNG

Als der Pfarrer erwachte, konnte er zunächst nichts sehen.

In Gedanken tastete er erst einmal seinen Körper ab, Arme, Beine, alles noch da. Sehen konnte er nach ein paar Mal Blinzeln auch wieder, was er sah, irritierte ihn dann doch. Er schien ein Geschirrtuch auf dem Kopf zu haben, es war blau und weiß gemustert. Er fühlte etwas Kühles auf der Stirn, würde er sich mit den profanen Dingen des Lebens beschäftigen, hätte er wissen können, dass es diese Tücher vor ungefähr 22 Jahren beim Krone-Markt, der später ein Handelshof und noch später das Kaufland wurde, im Angebot gegeben hatte. Für 99 Pfennige das Stück.

Es müffelte ein wenig.

Allmählich wurde dem Pfarrer klar: Da hatte ihm jemand Eis auf eine Beule gelegt. Der Kopf tat ihm nämlich unheimlich weh, und inzwischen erinnerte er sich auch daran, einen Schlag bekommen zu haben. Und der Pfarrer konnte diesen Jemand jetzt auch reden hören.

»Verdammt, musste das sein?« Das war eine Frauenstimme, sie sprach blitzsauberes, von keinerlei Dialekt gefärbtes Hochdeutsch.

»Mann, was hätte ich denn machen sollen!« Das war eine hochdeutsche Männerstimme mit leichter bayerischer Färbung.

»Vielleicht hättest du abwarten können, ob er einfach wieder geht?«

»Und wenn das einer von denen gewesen wäre, die dich zurückholen wollen?«

»Wie sollen die uns denn hier finden? Hier? Am Arsch der Welt? Ich bitte dich.«

»Du, solche Leute sind gut. Jeder hinterlässt Spuren. Wir vielleicht auch.«

»Obwohl du erstmal 100 Kilometer in die falsche Richtung

102

gefahren bist, dann hast du unterwegs mindesten fünf verschiedene Autokennzeichen an deine Karre geschraubt, warum auch immer du so was im Kofferraum hast.«

»Man kann nie wissen.«

»Ich finde: Du hättest abwarten sollen.«

»Das hast du schon gesagt.«

»Oder mit ihm reden, immerhin ist er Pfarrer.«

»Aber das wusste ich doch nicht, als er sich im Dunkeln auf die Bank gesetzt hast.«

»Das konnte er doch wirklich nicht wissen!«

Der Mann und die Frau sprangen wie von der Tarantel gestochen auf. Den letzten Satz, den hatten nicht sie gesagt, sondern der Geistliche unter dem Geschirrtuch. Die Elfenbeinerne hatte jetzt keine Lust mehr zu taktieren, sie nahm ihm das Tuch vom Kopf.

»Bist du verrückt, jetzt kennt er doch unsere Gesichter«, rief der Mann.

»Ach, sei still!«, sagte sie.

Der Pfarrer hielt die Augen noch einen Moment geschlossen, um sich ans Licht zu gewöhnen. »Ganz ruhig, ich tu euch schon nichts«, sagte er dann, und das mutete dann doch komisch an, wenn ein auf einer Couch liegender, gefesselter Mann, der nicht Dwayne »The Rock« Johnson war, so etwas sagte. Die Stimme war jedenfalls derart brüchig, dass man ihm das leicht glauben mochte. Kein Wunder, er war ja gerade eben fast fünf Minuten bewusstlos gewesen, das muss man erst einmal wegstecken.

»Siehst du, Georg Friedrich, er ist ganz harmlos«, sagte die Frau und setzte ein entwaffnendes Lächeln auf. Dem Pfarrer entging nicht die außerordentliche Schönheit der Frau, die symmetrischen Züge, die ebenmäßige Haut, als er nun doch einen Blick wagte.

»Und jetzt nennst du auch noch meinen Namen«, zischte Georg Friedrich hinterher.

»Georg Friedrich?«, wunderte sich der Pfarrer, »deine Stimme klingt eher wie die von jemandem, den ich einmal als Helmut kannte, mein Sohn!«

103

»Das wissen Sie, Herr Pfarrer?« wunderte sich Georg Friedrich zurück, »Sie waren doch gar nicht unser Pfarrer, als ich ging.«

»Ich war früher schon einmal hier. Für einige Monate als Kaplan.«

»Ach, das waren Sie?«

»Das war ich.«

»Und Sie können sich immer noch an meine Stimme erinnern?«

»Weißt du, mein Sohn, Leute, die in Bayern nichts mit Fußball am Hut haben, sind derart rar, die merkt man sich.«

Jetzt musste Georg Friedrich zum ersten Mal lächeln. Der Pfarrer übersah nicht, wie ausgesprochen zärtlich er dem edlen Kätzchen, das auf seinem Schoß schnurrte, mit seinen riesigen Pranken den Kopf kraulte. Und wie behutsam, ja, fast liebevoll, er das Kätzchen nun der Elfenbeinprinzessin anreichte, um die Hände frei zu bekommen. So konnte er dem Pfarrer aufhelfen.

Er bot ihm etwas zu trinken an, der Pfarrer nahm dankbar ein Glas Wasser.

»Möchtest du mir nicht deine Begleitung vorstellen, mein Sohn?«, sagte der Pfarrer.

»Oh. Verzeihung«, sagte Helmut, kramte in seiner Kinderstube und nannte ihren Namen.

Er nickte ihr freundlich zu. »Ich habe dich heute schon gesehen, mein Kind, du warst beim Fest.«

Die Elfenbeinprinzessin nickte. »Ich dachte, ich wäre weit genug weg geblieben.«

»Manche Menschen übersieht man nicht leicht«, lächelte der Pfarrer, und es amüsierte ihn, dass sein Gegenüber sanft errötete, was auf der elfenbeinfarbenen Haut besonders leicht zu erkennen war.

Na bitte, dachte der Pfarrer, das Eis ist gebrochen.

Der Kopf schmerzte noch immer, Georg Friedrich wusste schon, wie man richtig zuhaut, und müde war er auch, es war ja auch ein langer Tag gewesen. Die Weihe des renovierten Feuerwehranhängers schien Wochen her zu sein. Der Pfarrer dachte nicht mehr lange nach und kam gleich zur Sache.

»Und warum versteckt ihr euch hier?«, fragte er.

»Das ist eine lange Geschichte«, erwiderte Helmut und beschränkte sich auf eine kurze Variante, aber lang genug, dass der Pfarrer ein vollständiges Bild hatte. Er wusste nun, dass er es zwar mit Sündern, nicht aber mit Ganoven zu tun hatte.

So saßen sie nun alle im verlassenen Haus des alten Reiß Sepp, zwei gestandene Fußball-Hasser, und eine Frau, die drauf und dran war, künftig einen weiten Bogen um alles zu machen, was mit Bällen spielte.

Georg Friedrich war längst eingefallen, woher er sie kannte. Er hatte ihr Gesicht immer wieder in Zeitungen gesehen, sie war eine der Spielerfrauen, die von der Yellow-Press geliebt wurde. »Die Elfenbeinprinzessin« hatte sie eine Boulevardzeitung einst genannt.

Ja, sie hatte nicht schlecht gelebt, in der Welt der Kicker.

Das einzige, was sie daran gestört hatte, waren die Kicker. Speziell einer: der an ihrer Seite. Obwohl: Als sie den Kicker in einer Nobeldisco in Hannover kennenlernte, war er charmant und witzig und wusste zu feiern. Sie war mit einer Freundin in der Disco gewesen, zum ersten, und von da an nicht zum letzten Mal. Als ihr Kicker einen neuen Vertrag in Düsseldorf erhielt, ging sie mit. Da erst begann ihm sein Ruhm zu Kopf zu steigen, da erst fing er an, sie mies zu behandeln. In solchen Momenten erwog sie ihre Alternativen.

Die waren nicht sehr prickelnd, sie war Augenoptikerin, sicher, das war ganz nett, und das war auch ein wirklich abwechslungsreicher Beruf, aber eben nicht das, was sie sich für den Rest ihres Lebens vorgestellt hatte.

Der Kicker hatte ihr eine Tür in eine neue Welt aufgemacht, eine Welt voller Glanz und Glamour.

Und der schöne Schein hatte sie zunächst überwältigt, plötzlich war sie Stammgast auf roten Teppichen, sie wurde für Fotoshootings zurecht gemacht, sie durfte posieren, in Kameras leuchten. Sie war dort, wo sich auch die Van der Vaarts, die Brandners und

105

die Effenbergs dieser Welt bewegten, und das war erst einmal neu und schön. Doch je tiefer sie eingetaucht war, umso mehr hatte sie die Abgründe gesehen, und manchmal auch spüren müssen. Sie war längst zu schwach geworden, sich der Verlockungen aus eigener Kraft zu entziehen.

Insofern war sie ganz froh, dass Georg Friedrich binnen Minuten alles durcheinander gewürfelt hatte, was über Jahre entstanden war. Ja, und jetzt, jetzt saß sie also in Hudlhub, wer hätte das gedacht.

»Wenn es euch nichts ausmacht«, sagte der Pfarrer, »würde ich jetzt ganz gerne ein wenig schlafen. Ich würde wirklich gern nach Hause gehen und mich in mein Bett legen. Und morgen sehen wir, wie ich euch helfen kann.«

Georg Friedrich und die Elfenbeinprinzessin blickten sich kurz in die Augen und nickten. »Also gut«, wandte er sich schließlich an den Pfarrer. »Sie verraten uns nicht?«

»Wie könnte ich«, erwiderte der Pfarrer und lachte, »ich glaube nicht, dass ich mich auf Dauer vor dir verstecken könnte, und ich habe vorhin schmerzhaft gelernt, dass du mit deinen Fäusten umzugehen weißt ...«

»Herr Pfarrer ...«, setzte Georg Friedrich an, und knackte unpassenderweise mit den Fingern, als er gerade drauf und dran war, sich zu entschuldigen.

»Und außerdem war das, was ihr mir gerade gesagt habt, eine Beichte«, fuhr der Pfarrer ungerührt fort. »Und die fällt bekanntermaßen unters ...«

»... Beichtgeheimnis«, fiel ihm die Elfenbeinprinzessin ins Wort.

»Amen«, beendete der Pfarrer die Diskussion.

17 | NICHT WEIT WEG VOM LIMES

»Und?«

»Haut hin, Lucius.«

»Jetzt hocken wir also da, wir zwei Alten.«

»Wie meinstn das?«

»Ja, weißt es nicht mehr? Vor ungefähr 30 Jahren sind wir zwei zum ersten Mal hier gewesen, auf dem Weg zum Limes. «

»Ja, freilich. «

»Und als der dappige Krieg beendet und der dappige Cäsar erschlagen ... «

»... erstochen!«

»... also gut: erstochen war, da sind wir hierher zurückgekommen. «

»Weil's hier so schön war. «

»Und es ist ja auch so schön, nicht wahr? «

»Ja, mein Freund. So schön, dass wir beide uns hier niedergelassen haben. «

Lucius und Tiberius, die beiden Männer, die sich einst als Soldaten auf dem Weg zum Limes verlaufen hatten, denen Hudlhubber Himbeeren das Leben retteten, sie saßen nebeneinander und seufzten synchron.

Ach ja. Waren das noch Zeiten.

»Und jetzt sind wir beide schon Großväter. «

»Und der alte Cäsar ist längst irgendwo verwest. «

»Weil er ja unbedingt immer Krieg führen musste. «

»Anstatt auf seine Gesundheit zu achten.«

»Da hast du Recht, und ich habe ja auch immer brav meine Idaeus ribus gegessen habe, du alter Gärtner. «

»Drum bist du jetzt ein alter Mann, Tiberius, und es heißt immer noch Idaeus rubus, du Ignorant. «

»Schon recht, aber: Ich habe auf dich gehört, Lucius. Idaeus rubus also. «

»Das lernst du in diesem Leben nimmer.«

»Aber ich sag's mir immer beim Einschlafen vor: Idaeus rubus. Idaeus rubus. Und dann schlaf ich immer ein, und am nächsten Morgen weiß ich es dann nicht mehr.«

»Die aus diesem Tal sind aber auch die besten weit und breit.«

»Sie sind außergewöhnlich.«

»Das stimmt. Sehr gesund. Und erst Recht jetzt. «

»Weil du sie hier im Tal weitergezüchtet hast, Lucius. Über Jahrzehnte. «

»Ja, ich bin so weit ganz zufrieden. «

»Das darfst du auch sein, mein Freund. Die Himbeeren aus Hudelibus, und speziell nachdem du sie verfeinert hast, sind die besten der Welt. Die Allerbesten.«

»Und die Gesündesten!«

»Genau. Davon werden noch Generationen und Generationen nach uns profitieren. Aber jetzt gehen wir und holen uns einen Frühschoppen, oder was meinst? «

»Ein bisserl was geht immer, Tiberius. «

»Das meine ich doch auch. Der Mensch lebt nicht nur von Himbee...«

»... wovon?«

»... von Idaeus rubus allein.«

»Idaeus rubus. Richtig. So viel Zeit muss sein.«

»Hast ja recht. Also, gehma?«

»Also gehma. «

18 | LUG UND TRUG

Er hockte wieder einmal in aller Ruhe an seinem Stammtisch in seinem Stamm-Café. Charlie sah müde aus, wie so oft hatte er die halbe Nacht durchgearbeitet.

Jetzt lümmelte er sich an die Theke, er ließ den Kopf in die Schultern fallen, mit der einen Hand rieb er sich die Augen. Irgendwann um drei hatte er die Werkstatt abgeschlossen, um sieben war er schon wieder an der Werkbank gestanden, er war mit den Vorbereitungen für den Umbau ziemlich weit gediehen. Der Mechanismus funktionierte und er wusste, Haderlein würde genau das bekommen, was ihm zustand. Alle würden sich wundern, wusste Charlie, wenn das Teil endlich zum Einsatz käme, aber Haderlein hatte es ja nicht anders gewollt, der Wichtigtuer, der Großkotz, der Hinterbänkler, der eklige.

Mürrisch und lustlos schlürfte Charlie seine Latte, der Espresso war stark, und die Milch würde einen müden Mann wie ihn munter machen. Das war dringend nötig, denn Charlie hatte noch einiges zu tun.

Fanny, die Bedienung, eine Institution beim Wirt, schenkte wortlos nach, sie kannte Charlie schon ewig, sie wusste, wann er seine Ruhe haben wollte, und zwar jetzt.

Charlie ging die Konstruktion im Kopf noch einmal durch, alle Schaltungen, alle Integrationspunkte, im Prinzip könnte er die einzelnen Bauteile an Haderleins Auto schon anbringen, aber die Steuerung war noch nicht final ausgetestet. Und das Ding musste selbstverständlich beim ersten Mal auf Anhieb funktionieren, Charlie wollte und konnte da nichts riskieren.

Die Zeit war ganz einfach noch nicht reif. Er würde alles noch zweimal checken, das Rindvieh von einem Abgeordneten sollte schließlich etwas davon haben. Jeder bekommt das, was er verdient.

»Was bistn so grimmig?«, fragte die Fanny dann doch.

»Wieso? Schau ich grimmig aus?«, erwiderte Charlie.

109

»Und wie!«

»Das wollte ich gar nicht, mir geht halt einiges durch den Kopf. Dann schau ich so.«

»Was machst dir denn alles so schwer, Charlie?«

»Ich mach mir doch gar nichts schwer.«

»Oh mei, Charlie. Das sieht doch jeder hier, und jeder weiß es. Nur du nicht.« Fanny hatte sich inzwischen neben Charlies Tisch aufgebaut, die freie Hand hatte sie in die Hüfte gestemmt, in der anderen hielt sie den Putzlumpen, mit dem sie gerade die Tische sauber machen wollte. Fanny hatte das Herz am rechten Fleck, sie war durch ihren Beruf in die harte Schule des Lebens gegangen.

Und sie hatte viel Herz, das sie auch gerne zeigte, auch wenn sie wusste, dass sie damit das Klischee einer bayerischen Wirtshausbedienung nur allzu sehr erfüllte. Es störte sie nicht, wenn die Männer ein wenig genauer hinschauten, wenn sie sich nach vorne beugte und dadurch der Blick auf eine oberbayerische Hügellandschaft freilegte, für die man in der Bodenseeklinik bei Dr. Mang eine ordentliche Stange Geld hinlegen müsste. »Bewunderst mal wieder meinen Geist?«, fragte sie manchmal nach, wenn sie zum Scherzen aufgelegt war. Und wenn ihr Opfer rot anlief, verpasste sie ihrer Stimme einen mütterlichen, verständnisvollen Unterton: »Mach nur. Appetit holen darfst dir, aber gegessen wird dahoam.« Manche Männer wurden dann erst richtig rot, und Fanny kringelte sich innerlich vor Lachen: Wie die Welt wohl wäre, wenn bei den Männern das Blut beim Denken immer da wäre, wo es nötiger gebraucht wird.

Charlie sah ihr nicht ins Dekolletee. Er war sogar dafür zu müde, außerdem nahm er Fanny eh nicht als Frau, sondern als Institution wahr. So starrte er nur seine Lattetasse an. Er dachte über den Brocken nach, den die Fanny ihm eben hingeworfen hat.

»Wie meinstn das?«, fragte Charlie.

»Jetzt bist du schon so lang in Hudlhub, jeder hier kennt deine Geschichte. Magst nicht allmählich Gras drüber wachsen lassen, und dir endlich eine Frau suchen, eine Familie gründen, so wie alle anderen auch? Stattdessen verkriechst du dich in deiner Werkstatt und das Leben rauscht an dir vorbei.«

»Das ist aber nicht so einfach.«

»Wieso? Es gibt doch genug fesche Madln in Hudlhub, du musst nur einmal hinschauen. Aber du schaust ja immer die falschen an, Charlie.«

»Und du weißt das.« Charlie stützte sich inzwischen mit beiden Händen an der Sitzfläche ab, das gab ihm die Möglichkeit, unruhig hin und her zu rutschen.

»Ich glaub schon, Charlie.«

»Wen zum Beispiel?«

»Das täts jetzt wissen wollen, gell?«

»Schon.«

»Was ist zum Beispiel mit dem Fräulein Marion?«

»Die Kindergärtnerin?«, fragte Charlie. »Nicht mein Typ.«

»Oder unsere Postlerin.« Fanny begann, mit einer Hand hölzerne Stuhllehnen zu wischen.

»Steffi?«, fragte Charlie.

»Zum Beispiel«, erwiderte Fanny, »und stattdessen machst da immer mit dem Haderlein rum, was hastn mit dem? Was läuft denn da, Charlie? Alle hier fragen sich das.«

»Fanny, sei mir nicht bös, aber ich mag jetzt nicht mehr reden, ich muss nachdenken, ja?« Charlie wollte nun endgültig aus dem Gespräch raus, das ihm immer unangenehmer wurde, je mehr Fanny den Nerv traf.

»Schon recht, Charlie«, sagte Fanny und machte beim nächsten Tisch weiter. »Nix für ungut!«

»Nein, nix für ungut, Fanny, ich dank dir auch, dass du so offen mit mir redst.« Sprachs, und versuchte sich wieder dem Projekt Haderlein zuzuwenden, aber so recht wollte es ihm nicht gelingen.

19 | GESUNDHEIT

Haderlein selbst war derweil mit völlig anderen Dingen beschäftigt. Er hatte sich ein paar Gschwollene bestellt, mit Kartoffelbrei und Soße. Hubert, der Ober, machte sich gerade auf den Weg, ihm noch eine frische Halbe zu bringen, so ließ es sich doch leben. Im Maximilianeum tagte gerade der Haushaltsausschuss, eigentlich war es ihm eine Ehre gewesen, dass die Fraktion ihm angesichts seiner erneuten Wiederwahl einen Sitz zugeteilt hatte, ein Zuckerl für den Kollegen aus der Provinz, der nun auch schon so lange dabei war, aber doch Meilen weit entfernt von einer großen Karriere.

Andererseits: Wen interessierte schon dieser ganze Zahlenmist, die Lobbyisten kartelten doch eh untereinander aus, wer was wofür bekam.

Er habe noch etwas Dringendes für seinen Wahlkreis zu erledigen, hatte er den Kollegen zugemurmelt, als er sich entschuldigend von dannen machte, und jeder hatte dafür Verständnis.

Ein guter Abgeordneter hat nämlich gefälligst zuallererst für seine eigenen Leute da zu sein, denn der Wähler ist der oberste Souverän. So wurde es den Abgeordneten alle paar Jahre wieder eingetrichtert, wenn eine neue Legislaturperiode begann, wenn sich ein neues Parlament zusammenraufte, um das Land gemeinsam durch die Fährnisse des Alltags zu schiffen: Über allem steht, dass der Wähler der oberste Souverän sei.

Jawoll.

Niemand sonst.

Jawoll.

Schon gar nicht die großen Firmen. Jawoll.

Keinesfalls Lobbyisten.

Und in gar keinem Fall gar nie nie – doppelt unterstrichen durch die bayerische doppelte Verneinung – Partei- oder Eigeninteressen.

112

Haderlein ließ sich das alles durch den Kopf gehen, auch seine Gschwollenen, als er so im Hofbräuhaus saß, er hatte diesmal einen Platz im großen Saal ausgewählt, beim Volk, denn schließlich war er das ja auch: einer aus dem Volk und einer fürs Volk.

»Heute ganz allein, Herr Abgeordneter?«, fragte Hubert, der Ober, als er gerade zurück kam.

»Ja, Hubert, ich muss über wichtige Dinge nachdenken. Und bei einem guten Essen kann ich ganz besonders gut nachdenken.«

Herr Hubert nickte, machte den dritten Strich auf den Deckel des Herrn Abgeordneten, wünschte noch einen guten Appetit und ging zu seinem nächsten Tisch. Eben hatte sich eine Horde britischer Touristen niedergelassen, alle trugen sie die Trikots ihres Vereins, alle waren sie gut gelaunt, und alle wollten sie Bier, vor allem, weil Herr Hubert ein bisschen aussah wie Mister Bean, und das gefiel den Briten. Das weckte Heimatgefühle.

Und weil Herr Hubert das seinerseits sehr genau wusste, klopfte er beiläufig mit einer Stoffserviette auf die Stühle der Briten, wischte dem einen damit über die Glatze und amüsierte sich drüber, dass die Briten in diesem Augenblick darüber nachdachten, ob er das, was er tat, nun ernst meinte, oder nicht. Als Herr Hubert dann die Order aufgenommen hatte, war auch dem Letzten klar, dass sie hier auf einen hoch begabten Showmenschen getroffen waren, auf dem Weg zum Ausschank tat er nämlich so, als würde er das schief sitzende Hütchen einer betagten Münchnerin, die allein saß, richten wollen – mit dem entsprechenden Mister-Bean-Blick.

Herr Hubert kannte die alte Dame wohl, wusste, dass sie, die Stammkundin, sich gerne eine wenig von ihm verwöhnen ließ. Er musste die Briten nicht mehr ansehen, um zu wissen, dass er ihnen gerade ein Erlebnis bereitete, von dem sie nach ihrer Rückkehr im Pub noch Jahre später erzählen würden.

Ein Profi, dachte Haderlein nur, der die Szene mit Genuss verfolgte, fast wären seine Gschwollenen kalt geworden.

113

20 | FRAU ANTJE UND FRAU ANTJE

Wiebke und Frauke waren seit dem Kindergarten Freundinnen. Sie hatten gemeinsam alle Sketche von Otto auswendig gelernt – Ohr an Großhirn, Ohr an Großhirn: Habe soeben das Wort »Saufkopf« entgegen nehmen müssen. Großhirn an Ohr, Großhirn an Ohr: Wer hat das gesagt?

Oder: Eine Kutsche reitet durch den Wald und es ist bitterkalt. Und es liegen acht Meter Schnee! Nebeneinander, Mensch!

Oder: Sagt der Vegetarier: Kind, komm rein, das Essen wird welk. Oder: Dipdipdip in the Whizwhizwhiz in the water in the water, cleeeean! – nur, um ihre Familien damit zu nerven, sie hatten Dutzende von Familienfeiern damit gesprengt, denn keiner traute sich, den Redeschwall der beiden süßen Kleinen zu unterbrechen, weil jeder wusste: Sie würden Rotz und Wasser heulen, und das so lange und so laut, bis die Nachbarn Kindesmisshandlung mutmaßen und die Polizei rufen würden. Warum sie das wussten?

Wiebke und Frauke hatten das mehrfach durchexerziert.

Als sie älter wurden, waren sie die beiden einzigen Mädchen am Deich, die sich für Motorräder interessierten, sie ließen sich von den Jungs zeigen wie man schraubte und die Jungs waren bald sehr neidisch, weil sie nur popelige CBRs hatten, die (nicht nur) in den »Werner«-Comics Güllepumpen genannt wurden, die beiden Mädchen aber hatten sich zwei schnittige Italiener, eine Moto Guzzi und eine Laverda, zurechtgepimpt.

Wiebke und Frauke hatten außerdem schon früh ihre Liebe zu asiatischem Kampfsport entdeckt, ihre Schwarzgurte hingen schon im Kleiderschrank, noch ehe sie volljährig waren, und beide wussten nur zu gut, wie man jemanden mit dem Einsatz von nur zwei Fingern lähmen oder, wenn es sein musste, auch töten kann, ohne dass er es merkt.

Und schließlich waren sie auch gemeinsam auf die schiefe

Bahn geraten, weil sie nachhaltig keine Lust hatten, so zu sein, wie es von ihnen erwartet wurde. Sie machten ihr Ding, und das geradlinig und ohne Rücksicht auf Verluste, auch nicht auf eigene.

Sie kannten keine Angst, und nicht zuletzt deshalb galten sie in der Szene als unschlagbares Duo, und wären sie fiktive Figuren gewesen, dann wären sie sicherlich im Drehbuch zu »Pulp Fiction« an der Seite von Harvey Keitel als Problembeseitiger aufgetaucht.

Denn niemand hätte den beiden so unschuldig und züchtig aussehenden Blumen aus dem hohen Norden zugetraut, dass sie irgendjemandem etwas zu leide tun konnte.

Oh doch. Sie konnten.

Eben waren die beiden mit einer Mission unterwegs nach Bayern. Der Auftraggeber hatte den Job ungefähr so formuliert: »Reißt Georg Friedrich den Arsch auf und macht mit der blonden Schnalle, was ihr wollt – aber bringt mir mein scheißteures Kätzchen zurück, und zwar schnell.«

Das alles zusammen war dem Star-Kicker zehn Mille wert, und dafür bekam man durchaus eine Woche Wiebke und Frauke. Wenn es sein musste, gab es auch noch einen Montag obendrauf gratis dazu, auch einen Dienstag, keinesfalls allerdings einen Mittwoch. Das war der große Serientag. Da gab es immer »Grey's Anatomy«.

Das war heilig.

Der Achtzylinder-Jaguar tat seine Arbeit wie er es tun sollte. Er schnurrte entspannt, aber kraftvoll über die Autobahn, aus der liebevoll nachgerüsteten 16-Lautsprecher-Anlage kam der Soundtrack zu »Kill Bill«, beide hatten – konnte ja auch gar nicht anders sein – den Film vor Jahren schon ins Herz geschlossen.

Frauke fuhr entspannt, sie steuerte den Wagen mit einer Hand, die gelangweilt rücklings auf dem Oberschenkel auflag. In der anderen ließ sie ihre beiden Yinund Yang-Kugeln kreisen.

»Du, Frauke«, sagte Wiebke nachdem sie »Kill Bill« lautstärkenmäßig auf »Kill Billy« reduziert hatte, »wenn wir sowieso schon so weit im Süden sind, dann könnten wir doch gleich noch ein bisschen weiter fahren, über die Alpen. Ich bräuchte dringend noch ein paar neue Schuhe. Und ...«

»... warum nicht an der Quelle kaufen? Gute Idee, Wiebke«, erwiderte Frauke, »wir waren ja schon eine Ewigkeit nicht mehr beim Schuhgott am Gardasee.«

»Im Paradies.«

»Im gelobten Land.« Und in Gedanken shoppten sich die beiden schon durch die unendlichen Weiten des Schuhmarkts im Einkaufscenter am unteren, rechten Ende des Gardasees, mit dem großen Apfel als weithin unübersehbares Symbol.

Zuerst aber mussten sie noch das Kätzchen abholen, und dem würde ein gepflegter Italien-Trip sicherlich auch nicht schaden. Schlimm genug, dass es früher oder später zu diesem Rindvieh von Kicker zurückmusste. Aber es stand außer Frage, dass sie auch diesen Job zur höchsten Zufriedenheit ihres Auftraggebers erledigen würden. Ehrensache.

Nur wann sie ihn erledigten, das ging den Auftraggeber nichts an. Ein paar Tage hin oder her – wer würde ihnen da schon auf die Schliche kommen. In ein paar Stunden würden sie jedenfalls Hudlhub erreichen, wo die Katze nach ihren Informationen mit hoher Wahrscheinlichkeit gerade herumstreunte.

Es war sehr leicht gewesen, herauszufinden, wie Georg Friedrich richtig hieß und wo er seine Wurzeln hatte. Ein paar Telefonate mit Typen, die man irgendwann einmal mehr oder weniger lustvoll flachgelegt hatte. Die Dankbarkeit von Männern war sehr leicht herzustellen und hatte eine außerordentlich lange Halbwertszeit.

Und wohin sonst zieht es Männer, wenn sie Mist gebaut haben? Richtig: Heim zu Mama. Georg Friedrich hatte Mist gebaut. Mit einem guten Kunden legt man sich nicht an, mit einem Starkicker dreimal nicht. Punkt.

Weitaus schwieriger war es, herauszufinden, wo dieses blöde Hudlhub denn liegt. Irgendwo, nahe dieser verschrobenen Spargelstadt, soviel war klar. Zum Glück gab es nicht allzu viele Spar-

116

gelstädte, die nicht allzu weit entfernt war von der Stadt, in der Helmut Haller einst ein Fußballgott geworden war. Und noch weniger Spargelstädte gab es, die das Europäische Spargelmuseum ihr Eigen nennen konnten.

Die Sache mit dem Kätzchen, das war kein großes Ding, Frauke und Wiebke waren da sehr sicher. Georg Friedrich den Allerwertesten aufzureißen sowieso nicht, er würde nie wieder eine solche Dummheit begehen.

Und Blondie? Blondie würden sie laufen lassen, das arme Ding war angesichts der Jahre mit dem Fußball-Arsch sowieso gestraft genug, so viel Yellow Press hatten auch sie verfolgt, um die Schöne bestens aus den einschlägigen Gazetten zu kennen.

Gerade passierten die beiden Nordlichter Nürnberg. Es würde nicht mehr lange dauern.

21 | MISTER BEAN

Herr Hubert hatte seine Briten mittlerweile komplett im Griff. Auch seine Kollegen mussten grinsen, wenn er seine Mister-Bean-Nummer abzog, und selbst der mit einer gehörigen Portion Arroganz und Selbstherrlichkeit ausgestattete Ludwig Haderlein war derart fasziniert, dass er ganz vergessen hatte, worüber genau er eigentlich nachdenken wollte, während er sich vor der Haushaltsausschusssitzung drückte.

Wahrscheinlich hatte er sowieso nicht wirklich über etwas nachdenken wollen, aber wer wusste das nach vier Halben schon noch so genau.

Während er gerade auszurechnen versuchte, wie sich der Bierkonsum auf den Promillegehalt in seinem Blut auswirkte, spürte er, wie plötzlich sein Stuhl von hinten zur Seite gerückt wurde, ohne Vorwarnung. Haderlein warf den Kopf zur Seite und nahm im Augenwinkel einen Mann in einem blauen, kurzärmeligen Hemd war, das den Blick auf ein nicht ganz kleines George-Clooney-Tattoo aus »From Dusk till Dawn« freilegte.

Einer von der CSU ist das nicht, dachte Haderlein.

»Entschuldigung, darf ich mal vorbei?«, fragte der Mann schließlich, zu spät, just nachdem er bereits vorbei war, und grinste Haderlein frech an. Natürlich, ein Abgeordnetenkollege, aber einer von den anderen. Stefan Knapp-Meier von der SPD, Experte für nichts, Quereinsteiger, etwas alternativ angehaucht, im Großen und Ganzen aber ganz in Ordnung.

Er haute Haderlein jetzt auf die Schulter, lachte selbst am lautesten über seine natürlich absichtlich zu spät gestellte Höflichkeitsfrage und sagte: »Na, Haderlein, hat der Haushaltsausschuss fertig getagt?«

»Ich glaube schon«, erwiderte Haderlein, er hatte gerade keine Lust zu schwindeln. Hinten unterhielt gerade Herr Hubert wie-

118

der seine Engländern, er umfuhr das Ohr eines seiner Gäste mit seiner Clip-Krawatte; der so Gereinigte versuchte sich nicht zu bewegen, während seine Kumpel fast ihr Bier verschluckten. Die waren inzwischen bei der dritten Maß, der Umsatz war beträchtlich, Herr Hubert mochte es, wenn seine Gäste zufrieden waren – und seine Kasse stimmte.

»Naja, zurzeit steht ja auch nichts Wichtiges an, im Haushalt, und ihr macht ja eh, was ihr wollt!«, lachte der Sozi, während er neben Haderlein Platz nahm.

»Ist es Ihnen Recht, wenn ich mich zu Ihnen setze?«, fragte KnappMeier, erneut, nachdem er Tatsachen geschaffen hatte.

Ohne zu antworten, zeigte Haderlein Herrn Hubert mit den Fingern das Victory-Zeichen, der bestätigte die Bestellung – zwei Bier – mit einem unmerklichen Augenaufschlag. »Ist es Ihnen Recht, dass ich ein Bier für Sie mitbestellt habe?«, wandte sich Haderlein jetzt an den Sozi.

»Sie haben ja direkt Humor!«, lachte Knapp-Meier verwundert.

»Unfassbar!« Ein Bier, sagte er, das gehe doch immer, auch wenn seine Frau davon nicht unbedingt etwas erfahren müsse, die sei nämlich gerade auf einem Gesundheitstrip. Sie habe vor kurzem ein Seminar besucht, bei dem es um die Auswirkungen von Obst auf die Zellteilung ging, laberte Knapp-Meier, aber als Haderlein das Wort »Gesundheit« hörte, war er gedanklich schon fast ausgestiegen. Ihn interessierten die wichtigen Dinge des Lebens.

Da passte das Timing von Herrn Hubert ja wieder einmal hervorragend, der die beiden Krüge für die Abgeordneten brachte, nicht ohne auf dem Weg zu ihnen noch ein wenig mit einem Fuß bei einem der Engländer am Stuhl einzufädeln und einen Stolperer anzudeuten.

»Attention, Mister Jubööörth!« brüllte einer der Engländer, von den anderen kamen Anfeuerungsrufe im derbsten Manchester-Slang hinterher, aber da hatte Hubert längst schon wieder die üblich entspannt-gelassene Haltung der top ausgebildeten

Servicekraft eingenommen, mit der er sich über die Jahre einen hervorragenden Ruf im Hause erworben hatte.

»Zwei Helle, die hohen Herren, bitte sehr, bitte gleich!«, sagte Herr Hubert und zwinkerte Haderlein zu.

»Auf die Gesundheit!«, sagte Knapp-Meier und hob den Krug.

»Auf die Gesundheit!«, erwiderte Haderlein, und er war froh, dass er einigermaßen im Training war. Jedenfalls würde dem dappigen Knapp-Meier nicht an seiner Aussprache auffallen, dass er heute schon einiges getankt hatte. Knapp-Meier bekam es dennoch mit, er musste ja nur die Striche auf dem Bierdeckel zählen. Ein Blick aus den Augenwinkeln genügte, um die Lage zu erfassen, als Haderlein mit Hubert kommunizierte: Da war jemand ausgetrocknet. Das heißt: Jetzt nicht mehr.

Knapp-Meier entging selten ein Detail, er war Journalist, bevor er in die Politik ging. Da hatte er vor allem dies gelernt: eins und eins zusammenzuzählen. Wobei es die fast noch größere Kunst war, eins und eins überhaupt erst einmal wahrzunehmen, egal wie versteckt eins und eins in der Weltgeschichte grade herumstanden.

»Auf die Gesundheit!«, sagte Knapp-Meier noch einmal und nahm einen langen, tiefen, gierigen, lustvollen, durstigen, beherzten Schluck. »Ah!«, sagte er dann und wischte mit dem Handrücken den Schaum vom Mund und in die Hose. »Wenn es nach meiner Frau geht«, sagte Knapp-Meier, »dann wäre das schon denkbar, dass Bier gesund ist. Aber dafür müsste es zu einem guten Teil aus Himbeeren bestehen.«

»Himbeeren?« Haderlein stutzte. Sein Interesse war halb geweckt, schließlich kam er aus Hudlhub, und die Himbeeren aus Hudlhub waren seit Jahrzehnten, ja seit Jahrhunderten legendär gut. »Wieso Himbeeren?«, hakte er nach.

»Weil meine Frau mir gestern beim Mittagessen erklärt hat, dass Himbeeren die Zellteilung beim Menschen anregen, sie enthalten bioaktive Stoffe, Antioxidantien und vor allem Flavonoide, die sehr gut für den Permeabilitätsfaktor sind. Oder so ähnlich. So ganz genau habe ich mir das auch nicht gemerkt. Hauptsache, der Gesundheitsguru bei diesem verschissenen

120

Seminar am Tegernsee hat meine Frau glücklich gemacht. Das hat mich immerhin 800 Euro für drei Tage gekostet. Drei Tage! Können Sie sich das vorstellen?«

Knapp-Meier nahm den zweiten und letzten Schluck aus dem Glas.

»Denn das ist mir am wichtigsten: dass meine Frau glücklich ist, nicht wahr, Haderlein?«

»Ich weiß nicht«, sagte Haderlein, »ich bin noch nicht verheiratet.«

»Ach, ein schwuler Schwarzer? Nicht nur lustig, sondern auch noch tolerant, wie?«, lachte Knapp-Meier und haute dem Schleimer kräftig auf die Schulter. Aber Haderlein hörte gar nicht mehr richtig hin. Das mit den Himbeeren, das ging ihm nicht mehr aus dem Kopf.

Flavonoide. Natürlich, dachte er.

»Nix schwul, du Sozi«, sagte er aber doch, nachdem sein Unterbewusstsein Knapp-Meiers Botschaft dann doch noch zugestellt hatte, »nur gescheit!«

»Und weise ist er auch noch!«, grinste Knapp-Meier. »Haderlein, ich freue mich jetzt richtig, ein Bier mit Ihnen getrunken zu haben, ich glaube, ich habe Sie bisher völlig falsch eingeschätzt!«

»Sie mich auch!«, sagte Haderlein, und Knapp-Meier fand auch das lustig.

Haderlein legte gedankenverloren einen Fünfziger auf den Tisch ohne auf das Wechselgeld zu warten, zwinkerte Herrn Hubert kurz zu, der hob die Hand zum Gruß, aber nicht, ohne einem der Engländer scheinbar Bean-versehentlich die Haare mit der Außenseite des Zeigefingers vom Nacken aus nach oben zu streichen. Der schaute kurz schmerzverzerrt hoch, musste dann aber selber lachen, weil die anderen mittlerweile auf die Bänke stiegen und jubelten, wenn Herr Hubert auch nur in ihre Nähe kam. So sehr hätten sie sonst höchstens gejubelt, wenn Chelsea den FC Bayern in einem Champions-LeagueFinale im eigenen Stadion schlagen würde, aber allein ein solcher Gedanke war ja schon absurd, und so was hatte es auch in der Fußballgeschichte noch nie gegeben.

Der war aber auch wirklich einer, der Mister Jubööört. Wer hätte gedacht, dass die Deutschen so lustig sind!

22 | KOPF VERDREHT

Steffi machte ihre Arbeit.

Sie sortierte die Post, die unsortiert vom Verteilzentrum in Augsburg nach Schrobenhausen ging und von dort aus weiter nach Hudlhub. Auch heute war es nicht sehr viel, wie immer hauptsächlich Werbung, vor allem wieder etliche Abzocker-Gewinnspiele für die Senioren im Ort, die zu irgendwelchen Kaffeefahrten eingeladen wurden, bei denen angeblich hohe Gewinne auf sie warteten, die sie vor allem aber nur einen Haufen Geld kosten würden: Herzlichen Glückwunsch, Sie haben 10 000 Euro gewonnen, die können Sie bei einem Ausflug mit unserem Reisebus abholen, und außerdem noch die wertvollen Sofortgeschenke, darunter ein Rasierapparat, ein Fresskorb mit einem ganzen Parmaschinken und eine Katzenfelldecke. Und außerdem haben wir dann ganz billige Kaffeeservice mit dabei, das wir für 30 Euro einkaufen und an Sie zum Vorzugspreis von heute nicht 1799, nicht 1699, auch nicht 1599, sondern von nur 1999 Euro an Sie weitergeben! Sie Glückspilze! Geben Sie Ihre Rente nicht für sich selbst aus, sondern werfen Sie sie uns direkt in den Schlund!

Steffi vergaß nie, wenn sie solcherlei Briefe austrug, bei den Senioren im Ort zu klingeln und sie zu warnen: Gell, da machen Sie bitte nicht mit, das ist Betrug. Und manchmal fand sie sogar Gehör.

»Meinen's wirklich, Fräulein Steffi? Aber ich könnte das neue Kaffeeservice gerade so gut gebrauchen, meine Katzen haben mir allein in den letzten sechs Wochen vier Tassen kaputt gemacht! Und da gäb´s so schöne mit Goldrand aus echtem Gold zum Schnäppchenpreis von weniger als drei Monatsrenten.« Und hatte nicht die Bundesregierung die Renten eh gerade um drei Euro brutto pro Jahr erhöht, obwohl sie wusste, dass diese Kassen auch ohne eine solche Erhöhung spätestens 2030 leer sein würden?

Steffis mochte ihre Arbeit, und sie machte etwas aus dem Alltag, indem sie versuchte ihre Zeit sinnvoll zu nutzen. Und das war einer der Unterschiede vom Leben auf dem Land und in der Stadt: Hier wusste sie genau, wer es wert war, sich für ihn oder sie anzustrengen, sich zu engagieren. Denn man kennt sich.

Das ist das Schöne, wenn man wo zu Hause ist.

Und man kann es sich schon einrichten. Wenn ihr danach war, dann traf sie sich mit ihren Freundinnen aus der Stadt, sie ging schön aus, genoss die Vergnügungen, die ihr angeboten wurden, Kino, Konzerte, Billardspielen, Bowling oder einfach auch nur einen Cocktail trinken oder manchmal auch mal zwei.

Im Großen und Ganzen war das alles in Ordnung, es war sogar ziemlich schön, sie hatte Aufgaben, weil sie aus ihrer Arbeit eine Aufgabe machte.

Es gab da aber auch noch diese andere Seite, diese Stimme im Hinterstübchen, die sagte: Das war es nicht.

Da ist noch mehr. Es gibt Wichtigeres.

Ja, auch die Kinderfrage.

Genau genommen, wusste Steffi natürlich schon, worauf sie wartete, gerade in diesen letzten Wochen, seit sie sich bei der Popakademie beworben hatte.

Was hatte sie sich nur dabei gedacht?

War sie wirklich bereit, das neue Zuhause, das sie sich durchaus mit Kraft und Anstrengung erworben hatten für ein paar Flausen aufzugeben? Der Brief aus Mannheim lag noch immer ungeöffnet daheim, sie war nicht bereit für eine Zuoder auch eine Absage.

Und jetzt hatte ihr doch tatsächlich auch noch jemand den Kopf verdreht, weil er irgendetwas an sich hatte. Wenn sie nur wüsste, was, dachte sich Steffi.

Irgendwie war er so schüchtern, und er hatte so schöne Hände, und diese feurigen, dunklen Augen. Aber das war es nicht. Eher schon ihre gemeinsam Geschichte, die sie verband, dieser innige Wunsch, Wurzeln zu schlagen, wie gerne würde sie darüber einmal mit ihm reden. Vielleicht sollte sie es einfach tun.

»Hast mir mein' Kopf verdraht«, sang Steffi manchmal, wenn sie gedankenverloren vor sich hinträllerte, und so war es auch.

124

Sie hatte es nicht eilig. Lieber gscheid, dachte sie sich. Dann konzentrierte sie sich wieder auf ihre Arbeit. Sie würde auch heute wieder einige Senioren warnen müssen. Postlerin, fand sie, war eine schöne Sache und relativ krisensicher. Und heute Mittag, da würde sie mit ihrer Mama essen, ihr ein wenig Zeit mit der Tochter schenken, am Nachmittag hätte sie dann noch ein paar Stunden zu arbeiten, und danach, da würde sich dann sicherlich noch etwas Schönes finden. Denn Warten ist für den, der wartet, eigentlich ganz schön bequem.

Und auch da war sie sich sicher: Bestimmt war sie nicht die einzige, die wartete.

23 | AUFBRUCH

»Jetzt gehen S' halt einfach mit.«

»Na, Herr Pfarrer, ich weiß nicht! Ich habe doch noch soviel Wäsche, ich kann nicht einfach so mit Ihnen spazieren gehen. Und Sie sind doch ein wildfremder Mann! Was werden die Leute denken, wenn ich allein mit Ihnen in den Wald gehe. Ich bin eine verheiratete Frau, und Sie wissen doch, dass mein Mann im Gemeinderat ist. Und für den muss ich heute auch noch einen Kuchen backen, weil er sich das so gewünscht hat!«

»Ich bitte Sie, Frau Haller. Erstens bin ich aufgrund meines Amtes über jedwede Zweifel, die Sie hier hegen, erhaben, und zweitens halten Sie jetzt endlich den Rand und gehen S' ganz einfach mit!«

»Aber, Herr Pfarrer ...«

»Keine Widerrede, Frau Haller, vertrauen Sie mir, ich weiß, was ich tue. Und diesen Satz habe ich aus einer amerikanischen Fernsehserie abgeschaut, die am Ende immer gut ausging. Also bitte!« Und der Herr Pfarrer war heilfroh, dass Frau Haller keine von denen war, die jetzt ihr Smartphone herausziehen und das Filmzitat googeln. Sie wäre dann nämlich auf Sledge Hammer gestoßen und mit hoher Wahrscheinlichkeit nicht mitgegangen. So aber sagte sie: »Wenn Sie meinen, Herr Pfarrer.« Na also.

»Ja, ich meine. Und jetzt warten S' ab, Frau Haller, dann werden Sie schon sehen. Wissen Sie: Warten kann ein jeder, ob deppert oder gscheid. Alles, was man braucht ist einfach nur ein bisserl Zeit.«

»Ja, Herr Pfarrer, wollen Sie mir jetzt damit sagen, dass ich deppert bin?«

»Frau Haller, jetzt gehen Sie bitte einfach weiter. Immer auf dem Weg bleiben, immer geradeaus. Haben wir uns jetzt verstanden?«

»Herr Pfarrer, so kenn ich Sie ja gar nicht. So männlich. So bestimmend. Fast wie mein ...«

»Frau Haller, bitte.«

»Also gut, Herr Pfarrer.«

24 | IMMER DIESE TOURISTEN

Bernd Zackig hatte einen schlechten Tag. Bis zum Mittagessen waren ihm drei potenzielle Aufmacher geplatzt, und allmählich fiel ihm wirklich nichts mehr ein. Wenigstens erfüllte sich am Nachmittag die alte Tageszeitungsjournalistenweisheit, dass immer genau soviel passierte, dass am Abend die Zeitung voll ist. So war es auch diesmal.

Der Landrat gab noch eine Pressemitteilung heraus, die Stadtmarketinggenossenschaft läutete die Suche nach einem Christkind für den Weihnachtsmarkt ein, am Nachmittag gab es noch einen kleinen Unfall, der Gott sei dank glimpflich abging, ein weiteres Foto für die Ausgabe von morgen war es auch. Immerhin.

Nur das Titelbild für oben auf der Seite eins hatte er noch nicht. Weil es aber noch eine weitere Journalistenweisheit gibt, nein, nicht die, dass dem Redaktör nichts zu schwör ist, sondern, dass den fleißigen Redakteur das Glück nicht im Stich lässt, wartete er eine Weile ab. Denn manche Dinge kann man erwarten.

Irgendwann aber wurde er doch ein wenig nervös und Zackig beschloss, dem Glück etwas auf die Sprünge zu helfen.

Eine Eis schleckende Katze, ein paar sich auf einer Mauer räkelnde Kinder, irgendetwas in der Art, mit dem man nicht gleich rechnete, wäre jetzt recht.

Zackig hatte es nicht weit von der Redaktion ins Stadtzentrum. Er schlenderte, die Kamera in der Hand, durch die Lenbachstraße, als sich von hinten das Blubbern eines Vielzylinders auf dem ruppigen Kopfsteinpflaster aus den 80er Jahren näherte. Mindestens acht Töpfe, war sich Zackig sicher und drehte sich um. Es war ein schwarzer Jaguar mit zwei Frauen, die aussahen, als würden sie ihm jetzt gleich Käse aus Holland aufschwatzen. Er wäre empfänglich dafür gewesen; Zackig mochte Käse geradezu unheimlich gern.

Frau Antje Nummer eins ließ eben die Fensterscheibe herunter, der Jaguar erledigte das in einer geräuschlosen, very-british-stilvollendet-fließenden Bewegung, und das, obwohl das Vereinigte Königreich als Qualitätssiegel gar nicht so berühmt war.

»Entschuldigen sie«, sagte Frau Antje Nummer eins, »in was für einen Stadt sind wir denn hier gerade?«

»Ist das Ihr Ernst?«, fragte Zackig verblüfft zurück.

»Sehen wir aus als ob wir spaßen?«, fragte Frau Antje zwei, die sich von der Fahrerseite aus herüberbeugte und ihn mit einem nicht nur stechenden, sondern auch noch Pfeile schießenden Blick geradezu vernichtete.

Von einer Sekunde auf die andere wusste Zackig: Nein, die spaßen nicht. Ein Schauer der Kälte überfuhr seinen Körper, ihn fröstelte. Tatsächlich konnte er beim schnellen Blick ins Innere des Jaguars kein Navi entdecken, und auch kein Smartphone mit Routenoder Map-App, armes Holland.

In seiner Gesäßtasche hatte er noch die – wenn auch verknüllte – heutige Ausgabe der örtlichen Tageszeitung. Immer noch verschreckt zog er sie heraus, entschuldigte sich dafür, dass er nicht zufällig gerade ein jungfräuliches, vollkommen unzerknittertes Exemplar vorzuweisen hatte. Gleich oben auf dem Titel stand, wo sie gerade waren.

»Ah jetzt ja«, sagte Frau Antje Nummer eins, und irgendwie hoffte Zackig, dass sie passend zu diesem Augsburger-Puppenkisten-Zitat augenblicklich zu singen beginnen würde – »Eine Insel mit zwei Bergen« –, damit er nicht mehr ganz so viel Angst vor den Käseverkäuferinnen haben musste, aber sie sangen nicht. Schade eigentlich.

»Sagen Sie mal ...«, fing Frau Antje Nummer eins stattdessen an und machte gar nicht erst den Versuch vertrauenerweckend auszusehen.

»Jaaaa?«, sagte Zackig langsam.

»Sagen Sie mal, waren Sie schon mal in Hudlhub?«

»Jaaaa!«, sagte Zackig ähnlich langsam.

»Und?«

»Und was?«

»Na, wie ist es da?«

»Schön!«

»Ein bisschen einsilbig sind Sie ja schon!«

»So?«

»Schon.«

Zackig riss sich am Riemen. »Und was wollen Sie in Hudlhub?«

»Ausspannen!«

»In Hudlhub?«

»Ja, in Hudlhub.«

»Na, dann sind Sie dort wohl genau richtig. Wenn es dort auch nicht besonders viel Käse...« Zackig biss sich auf die Zunge. Zu spät.

»Käse? Wir mögen keinen Käse. Nur totes, rohes Fleisch. Dann noch einen schönen Tag.«

Die beiden Frau Antjes sahen sich bedeutungsschwanger an, dann glitt die getönte Jaguar-Scheibe auch schon wieder sanft nach oben. Das Gespräch war offensichtlich beendet, und irgendwie war Zackig froh, dass ihn diese Gottesanbeterinnen nicht aufgefressen hatten.

Was auch nötig war, denn er brauchte ja noch sein Foto für die Seite Eins oben. Mein lieber Mann, dachte er, was waren das denn für Flintenweiber.

Er hatte allmählich keine Zeit mehr zu warten, bis etwas passierte, fotografierte stattdessen den Jaguar der beiden Frau Antjes zwischen den Häuserschluchten und erfand einen Bildtext von wegen »Verkehrschaos in der Innenstadt wird immer schlimmer«. Und so mancher Leser wunderte sich am nächsten Tag, was für eine Laus Zackig da über die Leber gelaufen sein könnte.

25 | WOMÖGLICH EINE GUTE IDEE

Haderlein war sauer.

Erstens hatte er nach seiner biertechnischen Feldstudie mit den vier Hellen im Hofbräuhaus – denn natürlich hätte er aus keinem anderen Grund derart beherzt zugegriffen – einen kleinen Surbel, und damit stand er nun auch noch im Stau. Mit seiner wunderbaren neuen Idee im Kopf. Dabei hatte er es wirklich eilig, nach Hause zu kommen. Er hatte gerade überhaupt keine Lust zu warten. Vielleicht hatte er schon viel zu viel Zeit mit Warten verbracht.

Damit war jetzt Schluss.

Gesundheit.

Was für ein großartiger Gedanke.

Da musste erst so ein dahergelaufener Sozi dahergelaufen kommen und ihn darauf bringen! Unglaublich.

Als Knapp-Meier von den Flavonoiden sprach, da war ihm nämlich etwas eingefallen, ein Text, den er vor vielen Jahren einmal gelesen hatte, eigentlich per Zufall, aus purer Langeweile. Er stammte von dem Hudlhubber Philosophen Matthias Kronleichter (1726–1754). Der hatte nämlich in seinem Alterswerk (»Vom Kreuchen und Fleuchen«, 1753) irgendetwas zum Thema Himbeeren fabuliert. Und dieses Alterswerk lag eines Tages, als er irgendwo eine lange Sitzung zu erledigen hatte, bei ihm daheim auf dem Klo.

Matthias Kronleichter hatte zwar wohl nicht immer Recht gehabt, wenn er etwas zum Besten gab, oft aber doch.

Haderlein meinte sich daran zu erinnern, dass der Kronleichter davon erzählte, dass ihm alle alten Leute, die er kannte, zu seiner Zeit erklärt hatten, sie hätten jedes Jahr jede Menge Himbeeren zu sich genommen.

»Sey schlau, mein Freund, und pflückte er sich Himbeer wo es ihm möglich sey, und er werde die Tugend des Alters erfahren«.

Irgendetwas in der Art hatte schon der Kronleichter Hias selig gewusst, der wohl selbst unter einer Himbeer-Allergie litt, was er ebenfalls in seinem Alterswerk bedauernd zum Ausdruck brachte. Vielleicht war er ja gar nicht so jung gestorben, weil er zu viele Vollmondnächte durchgemacht hatte, überlegte Haderlein, sondern, weil er vielmehr zu wenige Flavonoide zu sich genommen hatte, und damit zu wenige Antioxidantien in seinen Körper brachte, die die Zellteilung auf Trab hielten.

Haderlein hatte einen Plan. Er würde nicht nur das leckerste Bier der Welt brauen, sondern vor allem das gesündeste.

Ein Bier, das das Leben nachweislich verlängerte, zumindest für all diejenigen, die nicht unter Himbeerallergie litten. Dafür musste er genau zwei Dinge tun: erstens beim Kronleichter nachlesen, ob ihn seine Erinnerung nicht trüge, und zweitens den Himbeer-Toni fragen, wie es möglich sei, die Flavonoide der Himbeeren vom Geschmack zu trennen, damit niemand merkte, wie er das Bayerische Reinheitsgebot von 1516 umschiffte.

Wie dumm, dass der Himbeer-Toni – und er kannte niemanden, der mehr von Himbeeren wusste – gerade im Gefängnis saß. Hoffentlich musste er nicht zu lange warten. Aber er war ja Landtagsabgeordneter, ihm würde da schon etwas einfallen.

26 | UNTERWEGS

»Ist's denn noch weit, Herr Pfarrer? Also, ich müsst jetzt wirklich noch einen Kuchen backen, für meinen Mann.«

»Frau Haller, jetzt halten Sie bitte endlich den Mund und gehen Sie einfach weiter. Vertrauen Sie mir!«

»Ich weiß ja, Herr Pfarrer, Sie wissen, was Sie tun!«

27 | STADTRUNDE

Es dauerte nicht lange, dann hatten Frauke und Wiebke in der Stadt ein Hotel gefunden, das zu ihrem Erstaunen erstens relativ komfortabel, zum anderen aber auch deutlich teurer als erwartet war. Der Spargel hier muss ganz schön gut sein, mutmaßten die beiden, wenn die Hoteliers solche Preise erzielen können.

Die beiden entschieden, sich erst einmal in der Stadt umzusehen, denn so richtig eilig hatten sie es nach der langen Autofahrt auch nicht. Sie waren außerdem nicht mehr ganz so heißspornig wie damals, als sie noch jünger waren. Also immer langsam mit den jungen Pferden.

Der Ort war ganz nett, sie drehten eine Stadtrunde, die war ausgeschildert, vorbei an den Sehenswürdigkeiten. Wobei die beiden mehr als erstaunt von der Tatsache waren, dass es in einem Kaff in Bayern zwar Sehenswürdigkeiten zu finden gab, dafür aber keinen einzigen richtigen Biergarten.

Eigentlich hatten sie diesen Landstrich bereits abgehakt, Bayern war für sie – genauso wie Österreich – auf dem Weg nach Italien ganz einfach nur im Weg.

Es gibt eben Orte, für die gilt: Wenn es nichts zu sehen gibt, dann kann man auch ganz einfach weiterfahren. Ein Motto, das Reisen ungemein beschleunigte, wenn man es denn beherzigt.

Nun aber mussten sie beide – Wiebke wie Frauke – zugeben: Es gab hier dann doch etwas zu sehen.

Nicht viel, aber immerhin genug für einen Abend. Da waren sie baff. Aber morgen, wussten sie beide, da würden sie los legen und die Angelegenheit, wegen der sie gekommen waren, schnell und professionell erledigen.

28 | EINE BEGEGNUNG

Das Erste, was sie sah, war eine Katze. Keine wie die Streuner, die sonst in Hudlhub unterwegs waren, diese Mieze war deutlich gepflegter als alles, was ihr bisher begegnet war. »Wieso um alles in der Welt laufen hier solche Rassekatzen herum?«, wunderte sie sich.

Aber hatten sie im Dorf nicht vorgestern beim Bäcker etwas von einer blonden Frau erzählt, die keiner kannte, und die mit einer Katze am Halsband durch Hudlhub spaziert war? Einfach so, ohne sich vorzustellen, ohne zu sagen, was sie hier wollte?

Es war Nachmittag, die Sommerhitze hatte die Erde aufgewärmt, und sie hatte mit fast allem gerechnet, aber damit nicht.

Das Zweite, das ihr auffiel, war, dass im Haus vom Reiß Sepp, dem sie sich allmählich näherten, die Fensterläden aufgeklappt waren. Und nicht nur das: Alle Fenster standen sperrangelweit auf.

Und ein Auto war da auch, ein sehr großes, schwarzes sogar, mit einer Ladefläche, auf der man einen halben Mähdrescher unterbringen könnte.

Der Förster?

Aber was machte der im Haus vom alten Reiß?

Denn der war ja schon seit Jahren tot, seine Frau war noch länger davon, sie war ja jetzt eine Jetsetterin, die sich mit ihrer Freundin in einem vornehmen Ort auf Mallorca eingerichtet hatte, im Südwesten der Insel, wo Angelina Jolie eine Yacht haben sollte, so stand es neulich in der Zeitung beim Friseur. Und die Kinder hatte es in alle Himmelsrichtungen verschlagen.

Hier, in diesem Haus, lebte seit bald zwei Jahrzehnten niemand mehr – und jetzt? Auf einmal? Gertrud Haller staunte immer mehr, je länger sie mit dem Herrn Pfarrer unterwegs war.

»Was ist denn ...?«, fragte sie irritiert.

»Das werden Sie schon noch sehen, Frau Haller«, sagte der

Pfarrer mit einem derart bestimmten Ton, wie sie ihn noch nie von ihm gehört hatte.

Festen Schrittes ging er weiter, allerdings nicht sehr lange. Dann übersah der Pfarrer einen am Boden liegenden Ast, und auf dessen scharfe Spitze traf er jetzt mit seinem linken, mittleren Zeh, der durch die schwarzen Sommersandalen ebenso wenig geschützt war wie durch die grauen Socken, die seine Haushälterin ihm neulich im Zehnerpack aus einem der gut ein Dutzend Supermärkte der 16 000Einwohner-Stadt erworben hatte, die allesamt vom Stadtrat auf der grünen Wiese genehmigt worden waren, was zu einer Verlagerung des Einkaufsverhaltens hinaus aus der Altstadt führte und ein millionenschweres Altstadtbedeutungsrettungsprogramm erforderlich machte. So etwas tut unheimlich weh.

Auch das Auftreffen eines spitzen Astes auf einen ungeschützten Mittelzeh.

»Au!«, sagte der Pfarrer, und versuchte, den linken Fuß mit den Händen zu fassen zu bekommen, um den lädierten Zeh zu massieren und um zu sehen, wie schlimm es blutete. Weil er kein Meister des Tai Chi war, weil er genau genommen über ein selten schlechtes Gleichgewichtsgefühl verfügte, musste er dafür mit dem gesunden Fuß auf der Stelle hüpfen. Das ging ein paar Mal gut, dann verhedderte Hochwürden sich auch mit der Socke und der Sandale des anderen Fußes mit dem Ast, und er ging zu Boden, nicht ohne ein weiteres Mal laut »Au!« zu schreien.

An einen Psalm über Mäßigung im Schmerzempfinden in der Heiligen Schrift konnte er sich allerdings in diesem Augenblick nicht erinnern, wenn überhaupt, dann in der Heiligen Schrift der Medizinmänner, im Pschyrembel. Drum brüllte er gleich noch einmal: »Au!« Und tatsächlich löste sich ein kleines Tröpfchen Blut aus dem linken Zeh, die Socke war natürlich kaputt, wie gut, dass er noch 19 Stück davon hatte, dachte der Pfarrer.

»Herr Pfarrer!«, rief derweil Frau Haller ganz entsetzt, lief so behände sie konnte zu Hochwürden und half ihm auf die Beine, was nicht ganz einfach war, denn Hochwürden waren kein Ausbund an Geschicklichkeit, und Frau Haller hatte in den letzten Jahren mehr Kuchen gebacken (und gekostet) als Sport getrieben; bisweilen sind die Kleidergrößen, deren sich der aus Baden-Württemberg stammende Designer Harald Glööckler gern und mit einigem Geschick annimmt – neulich erst hatte Frau Haller wieder über einen Shoppingkanal während des Bügelns bei ihm eingekauft (und man hatte sie zuvor tatsächlich noch zum Meister persönlich ins Studio durchgestellt, so dass sie live im Fernsehen und noch Wochen danach Tagesgespräch in Hudlhub war) –, dann doch hinderlich. So kam es, dass sie dem Pfarrer nicht wirklich helfen konnte und selbst stürzte.

Da lagen sie nun beide am Boden, weniger als einen Meter voneinander entfernt, und beide ächzten sie schwer – er bei einer Körpergröße von 1,92 Metern kaum 68 Kilogramm schwer, sie andersherum – als sie sich mühten, die unerquickliche Lage wieder gegen das einzutauschen, was die Evolution ihnen vor ein paar Tausend Jahren geschenkt hatte: den aufrechten Gang nämlich.

Noch jemand hatte die Schreie und das Ächzen gehört, kam aus dem Haus gerannt und näherte sich dem Pfarrer mit kraftvollen Schritten.

»Was ist denn hier los?«, fragte Georg Friedrich, der zunächst der dicken Frau, und dann auch dem dünnen Pfarrer beherzt auf die Beine half. Er erkannte die Frau nicht gleich, sie ihn aber schon.

»Helmut!«, rief Frau Haller und schlug die Hände im Gesicht zusammen. Und noch einmal: »Helmut!« Sie musste erst einmal tief Luft holen.

»Mama!«, japste jetzt auch Georg Friedrich, er war verblüfft, schockiert und doch beseelt und nahm es mit Fassung und ohne eine weitere Reaktion hin, dass er, dieser riesige Kleiderschrank von einem Mann, erst einmal eine gepflegte Watschen fing, wie er sie lange nicht mehr kassiert hatte.

»Du hättest doch wenigstens einmal anrufen können!«, schimpfte Mama.

»Ja, Mama!«, sagte Georg Friedrich, und senkte den Kopf, sofern die sich auftürmenden Nackenmuskeln links und rechts von seinem Hals ein Senken des Kopfes überhaupt zuließen. Je-

136

denfalls konnte man erahnen, dass er seinen Kopf gerne senken wollte.

Es war der Pfarrer, der die Situation auflöste.

»Liebe Frau Haller, nun nehmen Sie doch endlich ihren verlorenen Sohn in den Arm. Nach all den Jahren!« Er musste nicht mehr weiter reden, denn die Tränen kullerten bereits, und bei Georg Friedrich auch, und vor lauter Rührung vergaß auch Hochwürden für einen Augenblick das schmerzhafte Pochen in seinem linken Zeh. Und außerdem schmiegte sich auch noch die noble Miezekatze empathisch an sein gesundes Bein, das war schön.

Dennoch brauchte er Georg Friedrichs Hilfe, um nach einigen tränenreichen Minuten dessen Einladung ins Haus folgen zu können. Er hatte sich bei seinem Tanz auf dem Ast wohl zu allem Überfluss ein Band im rechten Sprunggelenk gezerrt. Warum er nur immer so viel Pech hatte, fragte sich der Pfarrer nicht zum ersten Mal in seinem Leben.

Als die Elfenbeinprinzessin, die die ganze Szene mit einer Mischung aus Rührung und Amüsement beobachtet hatte, den Pfarrer an der Eingangstür entgegennahm, als sie seinen Arm um ihre festen, warmen Schultern legte, hatte er die Sache mit dem Pech aber schon wieder vergessen, manchmal war der Herr Pfarrer eben auch nur ein Mann, und angesichts von so viel Anmut wollte er sich dann auch keine Blöße geben. »Es geht schon wieder, Fräulein.«

»Eigentlich müsste ich ja jetzt ein ernstes Wörtchen mit Ihnen reden, Herr Pfarrer«, wandte sich nun Georg Friedrich mit einem Blick an den Geistlichen, der grimmig gemeint war, aber im Überschwang der Gefühle eher wohlwollend ausfiel. »Eigentlich war das so nicht abgesprochen.«

In den nächsten Stunden hatten sich Mutter und Sohn viel zu erzählen, manches zu vergeben, und bald waren viele Wunden der Vergangenheit vergessen, ebenso der Kuchen für den Herrn Gemeinderat Haller, und der Herr Gemeinderat selbst auch.

137

Per Handy lotste der Pfarrer schließlich auch den Vater unter einem Vorwand hinaus zum Haus des alten Reis. Er wusste: Es war besser, das Inkognito von Georg Friedrich und der Elfenbeinprinzessin bis auf Weiteres zu wahren.

29 | DER MORD

»Wie – Mord?« Bernd Zackig war ganz aufgeregt.

»Na, ein Mord ist passiert!«, brüllte Ludwig ins Telefon.

»Wie – ein Mord?«, fragte Zackig noch einmal.

»Zackig!«, brüllte Ludwig, »Mars an Erde: Was ist denn ein Mord? Willst du jetzt Fotos machen, oder nicht?«

»Na klar will ich die Fotos!«

»Dann mach dich auf den Weg und komm nach Hudlhub, aber zackig.«

Zackig hatte inzwischen das Licht angemacht. Es war die Nacht zum Samstag, 3 Uhr morgens, so lange war er noch gar nicht im Bett. Egal, was jetzt passiert war – für die Wochenendausgabe kam es jedenfalls zu spät, so ein Mist. Allmählich konnte er wieder klare Gedanken fassen.

»Und wer ist denn nun ermordet worden?«, fragte er.

»Das siehst dann schon.«

»Und wo genau ...?«

»In der Greppen, vielleicht 200 Meter südlich von der Kirche, da geht der Feldweg los. Weißt wo?«

»Ja freilich.«

»Also beeil dich, wir schauen, dass die Leiche noch da ist, bis du kommst.«

Zwei Minuten später saß Zackig im Auto, diesmal wollte er sich nicht auf seine alte Kreidler verlassen, und keine 15 Minuten danach hielt er an, sprang raus und schlug sich durch die Büsche, er hatte das Licht in der Greppen schon entdeckt. Er war nicht sicher, was er hier überhaupt tat. Wäre er nicht verpflichtet gewesen, erst einmal die Polizei zu alarmieren, oder hatten das die Leute vom Feuerwehrtrupp schon gemacht? Jedenfalls hatte er nirgends unterwegs Blaulicht entdeckt, und hier, in der Greppen auch nicht. Verdammt, was war hier eigentlich los?

Zackig verlangsamte seine Schritte, je mehr er sich dem Lagerfeuer näherte. Er versuchte keinen unnötigen Lärm zu machen, nicht zu laut zu atmen, und hoffte, dass die Redaktionskamera mit dem aufgesteckten Systemblitz sich nicht selbstständig machte. Er hatte das Teil schon ein paar Mal an den Musikknochen im Ellenbogen bekommen, und das tat jedes Mal höllisch weh. Und er hatte überhaupt keine Lust darauf, jetzt laut loszuschreien.

Er war nur noch wenige Meter vom Licht entfernte – da brannte ein Lagerfeuer in der Greppen, der behördlicherseits vorgeschriebene Sicherheitsabstand zum Wald wurde hier garantiert nicht eingehalten. Neulich erst hatte er eine diesbezügliche Pressemitteilung des Landratsamtes bearbeitet. Aber das war jetzt auch egal.

Zackig hielt den Atem an, er ging in die Knie und robbte die letzten paar Zentimeter vorwärts. Und dann rutschte sie doch los, die Kamera, und wieder einmal knallte sie gegen den Ellenbogen.

»Autsch!«, zischte Zackig und biss sich vor Schreck auf die Lippen. Dann hörte er Ludwigs Stimme: »Du kannst rauskommen, Zackig, wir haben dich eh schon gehört, du Vorzeigeindianer. Mit dir an seiner Seite wäre Winnetou im Wilden Westen jedenfalls keine Legende geworden.«

Und dann Max: »Keine Sorge, Zackig, du bist rechtzeitig da. Die Leiche ist noch nicht weggelaufen.«

Zackig atmete durch, stand auf und ging so ruhig wie möglich in die Lichtung. »Na, Männer, was geht ab?«, fragte er so cool er konnte und rieb sich den Ellenbogen.

»Mach erst mal deinen Hosenstall zu«, grinste Max, »so viel Zeit hättest du dir schon lassen können.«

»Schon recht, Max«, sagte Zackig und machte den Hosenstall zu.

»Trink einen Schluck!«, befahl Ludwig, der für seine 23 Jahre wirklich unglaublich selbstbewusst war, und warf eine Bierflasche durch die Luft.

Zackig fing sie sicher auf.

»Achtung, der Öffner!« Jetzt kam ein Feuerzeug hinterher. Zackig machte die Flasche auf und nahm einen tiefen Schluck. Und dann sah er es: Dort, neben dem Lagerfeuer, lag jemand am Boden, der Wind hatte leicht gedreht und die lodernden Flammen

140

in die andere Richtung gelenkt. Er konnte den Körper erkennen. Das heißt: vor allem die gelben, halbhohen Survival-Stiefel. Dort lag – das war doch – war das Meik?

»Meik!«, zischte Zackig.

»Nein, Zackig, Meik ist nicht die Leiche, auch wenn den heute keiner mehr wach kriegt!«, sagte Ludwig seelenruhig und lehnte sich wieder zurück.

»Aber was ist denn nun passiert?«

»Der Meik ist bei dem Mord in Ohnmacht gefallen!«, grinste Max.

»Verdammt noch mal, jetzt spuckt es schon aus! Bei welchem Mord, was ist hier eigentlich los?«, zischte Zackig.

»Na, dreh dich doch mal um!« Und dann sah er es.

An der alten Eiche hing – an Händen und Füßen an den Baum genagelt – der aufgeschlitzte Leib eines Hasen, besser gesagt: Nur noch das Fell, der Inhalt war weg. Er hatte ja schon einiges gesehen, als Reporter bei Verkehrsunfällen. Der Würgereiz kam trotzdem, er musste sich kurz setzen.

»Meik hat uns nicht geglaubt, dass man einen Hasen mit bloßen Händen fangen kann!«, erklärte Ludwig.

»Und dann haben wir es ihm gezeigt.«

»Und weil wir heute alle noch keine Brotzeit hatten, haben wir ihn dann auch gleich ausgenommen und gegrillt. Magst ein Stück?« Zackig lehnte dankend ab, und nahm noch einen tiefen Schluck aus der Flasche.

»Und weil du so ein netter Kerl bist und weil du so einen schönen Bericht über unseren Festakt geschrieben hast, wollten wir dich an unserem Fang teilhaben lassen, das ist doch kein Leben für einen Reporter – so ganz ohne Morde.«

»Ja, äh, danke schön!«, sagte Zackig etwas konsterniert.

»Und? Magst jetzt vielleicht doch ein Stück?«

»Na, wenn ich schon einmal hier bin – warum nicht?«, hörte Zackig sich sagen und kannte sich selbst nicht mehr. Ludwig hatte ein Schweizermesser dabei und richtete ein schönes Stück Grillfleisch auf einer der alten Baumrinden an, die die Feuerwehrler als Tellerersatz am Lagerfeuer gestapelt hatten. »So!«, sagte Ludwig, »lass es dir schmecken.«

141

»Wer sö socht...«, nuschelte da eine gedämpfte Stimme aus der anderen Ecke der Lichtung.

»Ah, der Meik ist dann doch wieder unter uns«, sagte Max. »Und, Meik, magst jetzt ein Stück Hasenbraten?«

»Mei, bist du gemein!«, zitierte Ludwig ein Lied der bayerischen Band Haindling.

»Diddid-didilidilittititt!« führte Max das Zitat in aller Ausführlichkeit seelenruhig zu Ende.

»Na freilisch, jetzt höb isch Hunger!«, sagte Meik und richtete sich vollends wieder auf.

»Ihr seid vielleicht blöde Hunde!«, sagte Bernd Zackig und biss beherzt zu. »Das geht ja echt auf keine Kuhhaut, was ihr hier macht!«

»Du solltest eigentlich wissen, dass es keinen einzigen Kuhstall mehr gibt, in Hudlhub«, bemerkte Ludwig.

»Okay, es geht aber auch auf keine Sauhaut.« Alle lachten. »Aber eins muss ich zugeben: Kochen, das könnt ihr. Danke für die Einladung.«

»Gern geschehen«, sagten Ludwig und Max fast unisono. Und selbstverständlich kam keinem der anwesenden Herren auch nur der Anflug eines Lachens aus.

30 | KILL BILL

Steffi sah die beiden zuerst.

Sie trug gerade die Post aus, als der tiefer gelegte Jaguar langsam durch die Hudlhubber Hauptstraße blubberte. Steffi machte sich nicht viel aus Autos, aber der tiefe, entspannte Klang eines Achtzylinders gefiel auch ihr, das hatte was Beruhigendes.

Es war ein schöner Samstag, der nächste warme Tag in einem angenehmen Sommer. Steffi war gut gelaunt, eigentlich wie fast immer. Sie trug heute zwei Zöpfe, das sah irgendwie keck aus und stand ihr. Der Jaguar hielt direkt neben ihr.

»Entschuldigung?«, fragt eine freundliche Frau, die Steffi aus der Käsewerbung zu kennen glaubte, nachdem die Jaguarscheibe mit einem eleganten, fast, aber nicht völlig geräuschlosen Rauschen in der Tür verschwunden war. »Entschuldige, wir möchten einen Freund besuchen, Helmut Haller. Weißt Du zufällig, wo der wohnt?«

Schwestern duzten sich natürlich, aber Steffi konnte den beiden nicht weiter helfen. Helmut Haller – das sagte ihr nichts, sie kannte den Fußballhelden genauso wenig wie den Hudlhubber, denn der war längst weg als sie hierher kam.

»Aber einen Paul Haller gibt es!«, sagte Steffi zuvorkommend, »der wohnt hinten, in der Ahornstraße.« Und sie deutete in die Richtung der Ahornstraße.

»Aber heute ist er nicht da. Als ich vorhin die Post gebracht habe, hat er sich gerade mit seiner Frau nach München aufgemacht. Seine Schwägerin hat heute Silberhochzeit, so bald werden die beiden nicht nach Hause kommen.«

»Trotzdem – dank dir, Schwester«, sagte Wiebke zu Steffi und ließ die Scheibe wieder hoch gleiten. Frauke gab behutsam Gas, und der Jaguar blubberte leise die Hauptstraße weiter Richtung Ahornstraße. Als sie abbogen, erhaschte Bernd Zackig gerade noch einen Blick auf den auffälligen Jaguar. Er und seine neuen

143

Kumpel waren wieder von den Toten auferstanden und kamen gerade den Weg von der Greppen herunter, Zackig hatte die anderen mitgenommen. Sie waren zu Fuß in die Greppen gegangen, das Tragel Bier hatten sie – wie der Name sagt – dorthin getragen.

»Na sieh mal einer an«, sagte Zackig, »die beiden Frau Antjes aus Holland! Haben sie Hudlhub also gefunden.« Einer intuitiven Eingebung folgend fuhr er den beiden hinterher, bog ebenfalls in die Ahornstraße ein, parkte aber gleich vor dem ersten Haus. Wer ein paar Hollywood-Krimis gesehen hat, weiß, dass man das so macht. Und in einem Hollywood-Krimi wundert sich dann auch niemand darüber, dass niemand aus den unauffällig geparkten Autos aussteigt. Na also, funktioniert, freute sich Zackig, denn die Käseverkäuferinnen blubberten die Ahornstraße völlig ungerührt weiter herunter, wendeten in der letzten Hofeinfahrt und blubberten wieder zurück, bogen wieder nach rechts in die Hauptstraße ein und verließen Hudlhub so, wie sie gekommen waren. Zackig und seine Kumpel hatten sich rechtzeitig weggeduckt, auch das kannten sie aus Hollywood. Die beiden Frau Antjes hatten sie nicht wahrgenommen.

Die ärgerten sich gerade so richtig, und Wut verblendet bekanntlich die Wahrnehmung. Ganz so schnell wie sie gehofft hatten, mussten sie feststellen, würden sie diesen Auftrag wohl doch nicht beenden können. Das senkt den Stundenlohn bei einem Festpreis dann doch erheblich.

31 | ALLERGIE

Als der Pfarrer vom Arzt zurückkam, war er sehr zufrieden mit sich. Der Knöchel war nicht angeknackst, die Hallers waren wiedervereint, man hatte sich auf die Sprachregelung verständigt, dass die Eltern zur Silberhochzeit der Schwägerin fuhren und einen Kurzurlaub am Königssee anschlossen. Georg Friedrich war immer noch sehr sicher, dass man ihn und die Blonde und das Kätzchen hier, in Hudlhub, suchen würden, auch wenn er tausendmal alle Spuren so gut wie möglich verwischt hatte.

Und soviel war auch klar: Als erstes würden sie bei seinen Eltern aufschlagen. Also mussten sie verschwinden.

Georg Friedrich und seine Schutzbefohlenen hingegen waren in Sepp Reiß' Haus bis auf Weiteres sicher, solange sie in Hudlhub nicht weiter auffielen. Wenn das auch die eine oder andere Konsequenz nach sich zog. Zum Beispiel, dass sich die Spaziergänge der Elfenbeinprinzessin zunächst erledigt hatten. Sie stöhnte ein wenig, als sie das hörte, wusste aber, dass das zu ihrem Besten war.

Was sollte sie auch tun?

Zum Meisterkicker wollte sie nicht mehr zurück, ihr war inzwischen klar geworden, dass sie keine weiteren Demütigungen mehr erleben wollte, das war das Leben in Saus und Braus sicher nicht wert. Oder genauer: nicht mehr wert.

Sie musste und sie wollte einen Neuanfang. Wo und wie, dazu fiel ihr bisher überhaupt nichts ein. Insofern waren ein paar Tage Auszeit nicht schlecht. So fiel es ihr leichter, wieder von der Hudlhubber Bildfläche zu verschwinden.

Das fiel besonders einem auf: Charlie, der neuerdings zum begeisterten Spaziergänger mutiert war. Vor der Arbeit, in der Mittagspause und gerne auch nach Feierabend schlenderte er am Dorfrand entlang, lustwandelte durch die Gemeinde, als hätte es für ihn nie etwas Schöneres gegeben. Mit einem Mal, da hatte er

145

plötzlich sogar die Zeit, dem auf seinem Rennrad vorbeisausenden Valentin Hausknecht zuzuwinken.

Der war darüber ganz besonders erstaunt. Wenn den Charlie einer kannte, dann Valentin Hausknecht. Der und Spazierengehen? Was war da denn los?

Das wusste nicht einmal Charlie selbst, jedenfalls wollte er es sich selbst nicht eingestehen. Stressabbau, das war die offizielle Erklärung für den neuerdings ausufernd ausgeübten Müßiggang an der frischen Luft. Tatsächlich war er von der Elfenbeinprinzessin derart in den Bann gezogen, dass er nicht mehr er selbst war. Und Charlie war zwar durchaus in der Lage, Situationen schnell einzuschätzen, die Lage zu verstehen und intuitiv das Richtige zu tun. Bei sich selbst konnte er das nicht.

An diesem Samstag, an dem der Jaguar durch Hudlhub geblubbert war, war Charlie regelrecht auf Entzug. Vergangene Woche noch, da war die Blonde täglich irgendwo aufgetaucht, und jetzt? Da kam ihm die Postlerin gerade Recht, die eben ihre tägliche Runde beendete.

»Du?«, sagte er, und Steffi wäre es um ein Haar wie Valentin Hausknecht ergangen: Es hätte sie bald vom Postrad gehauen. Sie blieb stehen. »Ja, was ist denn?«

»Du, Steffi ...«

»Ja, Charlie?«

»Du, Steffi, wie geht's denn so?«

Steffi zögerte keine Sekunde. Jetzt war die Gelegenheit, den Anfang zu machen.

»Ja, gut, Charlie, weißt, ich hab hier in Hudlhub eine Heimat gefunden, weißt, was ich mein? Charlie?«

»Schon, ja, freilich. Ich ja auch. Und das beschäftigt dich am Samstagmorgen, wenn du die Post austrägst?«

»Warum denn nicht? Jeder Tag ist ein guter Tag, um sich zu freuen, gell, Charlie?«

»Ja freilich, Steffi, und du schaust heute auch besonders fröhlich aus.«

»Findst, Charlie?«

146

Jetzt wusste Charlie nicht mehr weiter, und er kam lieber auf das zurück, was er eigentlich los werden wollte.

»Du, Steffi?«

»Ja, Charlie?«

»Sag mal, du hast nicht zufällig gestern oder heute eine blonde Frau in einem weißen Kleid geseh...«

»Du bist doch das dämlichste Rindvieh, das auf Gottes Erden herumläuft!«, schrie Steffi, schnappte sich ihr Rad und legte einen Sprint hin, der die Kette des Behördengefährts bis an die Grenzen ihrer Belastbarkeit spannte und der selbst für einen Tour-de-FranceTeilnehmer im ungedopten Zustand – also zum Beispiel den Mannschaftsarzt oder einen Teamkoch – eine Herausforderung geworden wäre.

»Ja, wie ...?«, sagte Charlie. Er stand wie belämmert da, wild und behäbig, schüchtern und doch irgendwie cool und verstand überhaupt nichts.

Steffi aber sauste die Hauptstraße hinab, raus aus dem Ort, und erst als sie längst außer Sichtweite war, ließ sie das Rad austrudeln. Sie keuchte schwer, und sie schwitzte, und sie sah, wie sich prompt rote Pusteln an ihren Handgelenken bildeten. »Auch das noch: Allergie!«, schnaufte sie, hatte aber noch genug Luft, um das etwas zu spezifizieren: Männerallergie!

32 | SONNTAG

Haderlein parkte sein Auto in der Maxstraße.

Es war noch ein Stück zu laufen, bis zur Karmelitengasse 12, aber er hatte ja Zeit. Als Landei war er es gewöhnt, auch mal ein paar Schritte mehr zu laufen. Und die Maxstraße in Augsburg war durchaus beeindruckend, bei schönem Wetter an einem lauen Sommertag verbreitete sie geradezu italienisches Flair.

Dies war ein solcher Tag.

Hinter ihm die Ulrichskirche, es waren nur wenige Schritte, dann passierte er das Hotel Drei Mohren, vorbei an jenem quietschbunten Gebäude, das er schon als Kind gemocht hatte. Dann ging es vorbei an den Treppen, die hinunter zum Elias-Holl-Platz führten, am Alten Rathaus.

Unterwegs nahm er einen Kaffee mit, hier hieß er »to go«, daheim schreiben sie meist »Togo« auf die Schilder, und das war keine Verbeugung an womöglich aus Afrika stammende Bohnen aus fairem Handel, sondern ausschließlich ein Ausdruck von Ignoranz. Die Welt ist voller Ignoranz, dachte Haderlein. Wo war die Konsonantenverdoppelung beim Trabi geblieben, fragte er sich immer dann, wenn wieder einmal ein Wende-Jubiläum gefeiert wurde. Als Landtagsabgeordneter fühlte er sich ja nun doch der Heimat verpflichtet, gut, er fuhr einen Bentley, aber so im Großen und Ganzen, da hatten schon die Dinge für ihn einen Wert, die die ureigenste Basis der gemeinsamen Werteund Kulturgemeinschaft ausmachten. Die eigene Sprache und Schreibe beispielsweise. Und Bier. Natürlich.

Hier, in der Metropole wurde er wieder einmal mit der gesamten Härte der Realität auf die bayerische Gegenwart konfrontiert. Denn einen Kaffee hätte er hier, bei den Coffee Fellows oder bei Starbucks – wo genau war er eigentlich gerade gelandet – sowieso nicht bekommen. Also bestellte er einen Mocha mit einem Extraschuss Espresso, und der war auch lecker. Er ärgerte sich kurz, dass er nicht doch einfach »Gems

148

ma an Kaffää« gesagt hatte. Wäre schon interessant gewesen, wie die blutjunge und sehr stylische Servicekraft mit einer solchen Bestellung zurecht gekommen wäre. Beim nächsten Mal vielleicht. So hatte er sich, weltgewandt wie er war, als Spitzenpolitiker tolerant, aufgeschlossen und offen für internationales Kulturgut erwiesen. Er fühlte sich längst bereit für ein Ministeramt.

Bald war der Leonhardsberg erreicht. Von da aus war es dann nicht mehr weit, an den riesigen Gebäuden der Stadtwerke in bester Lage vorbei, den Hohen Weg am Dom vorbei, Grüß Gott, Herr Bischof, –

»Der könnte sich auch mal in Hudlhub sehen lassen«, dachte Haderlein, »etwas Demut vor den kleineren Dekanaten würde auch nicht schaden« – und dann tauchte sie auch schon auf, die Karmelitengasse.

Niemandem hätte er erzählt, wie beschwerlich es selbst für ihn, den Herrn Landtagsabgeordneten war, hier einen Termin zu bekommen, welche Hürden ihm in den Weg gestellt wurden, in dem Ansinnen, einem benachbarten Eingekastelten aus dem eigenen Stimmkreis einen Besuch abzustatten, wo doch vor der Verhandlung die Unschuldsvermutung zu gelten hatte. Auch, wenn die Polizei eine Hanfplantage von exorbitanter Dimension in Entleitners Stall entdeckt hatte, eine der größten, die in Bayern je ausgehoben wurde.

Und die Qualität! »So einen Stoff habe ich in heimischer Produktion noch nie gesehen«, würde später einer der Sachverständigen in der Gerichtsverhandlung feststellen, »man kann sagen: Der Hersteller wollte seinen Kunden etwas bieten.«

Und niemandem hätte Haderlein erzählt, welche Unterund Durchsuchungen er, ER!, über sich ergehen lassen musste, bis er endlich im Besucherraum saß und auf den Gesprächspartner wartete, nach dem er sich so sehr sehnte. Unfassbar, wie man hier mit einem hochrangigen Abgeordneten, einem, der bald Minister, wenn nicht mehr sein würde, umging.

Unglaublich. Die Höhe!

Der Entleitner staunte schließlich nicht schlecht als er sah,

149

wer ihn da besuchte. »Haderlein, was machst du denn hier!«, sagte er, grinste und setzte sich.

»Und? Wie geht's?«, erwiderte Haderlein, er vermied es, dem Himbeer-Toni in die Augen zu sehen.

»Das ist dir doch scheißegal. Was willst du, Haderlein?«

»Also gut«, sagte der, zupfte seinen grünen Janker zurecht, schaute kurz nach links und rechts, ob sie auch ja niemand belauschte. Dann beugte er sich konspirativ nach vorn und faltete die schwammigen Hände auf dem Tisch zusammen, wohl wissend, dass er dadurch feuchte Abdrücke auf dem Tisch hinterlassen würde, was ihm durchaus peinlich war, aber er hatte sich irgendwie auch damit arrangiert. So war es halt.

Intuitiv lehnte sich der Entleitner ein Stück zurück und verschränkte die Arme vor der Brust.

»Entleitner, was weißt du über Flavonoide?«

»Flavonoide? Du meinst – Fla-vo-no-ide?« Entleitner konnte nicht anders: Er musste sich mal eben wegschmeißen. Er schüttelte sich vor Lachen, legte den Kopf in den Nacken, der ganze Kerl bebte. Das ging so eine ganze Weile, bis das tiefe, laute, breite Luftund Ha-Laute-Ausstoßen in eine Art Röcheln, Husten und Nach-Innen-Kichern überging. Er hätte ja mit fast allem gerechnet, aber damit nicht. Schließlich wischte er sich mit seinen kraftvollen Pranken die Tränen aus dem Gesicht und schmierte sie in die unförmigen Knasthosen, die er fast so wenig leiden konnte wie Haderlein.

»Wie kommst du denn darauf, Haderlein?«, fragte er schließlich, als er wieder zu Atem gekommen war.

»Hast du schon einmal überlegt, wie man die Geschmacksstoffe aus den Flavonoiden herausziehen kann ohne dass man ihre antioxidantische Wirkung beeinträchtigt?« Der Himbeer-Toni stutzte, beinahe hätte er schon wieder laut los gelacht. Was spinnt denn dieser Vogel da rum? Fragte er sich.

Er sah dem Abgeordneten tief in die Augen. Lang.

Sehr lang.

Sehr, sehr lang. Er hatte ja Zeit. Es würde noch Wochen bis zu seiner Verhandlung dauern, wahrscheinlich Monate.

Haderlein spürte, wie sich Schweißperlen auf seiner Stirn bildeten und der Feuchtigkeitsgehalt der Hände die Resopalschicht des Tisches einzuweichen begann. Entleitners Blick durchbohrte ihn, und er spürte, wie er immer kleiner wurde. Dabei war doch er der Abgeordnete und Entleitner saß im Knast, und nicht anders herum. Haderlein versuchte sich nichts anmerken zu lassen und seinem Habitus eine gehörige Menge Arroganz beizumischen.

»Sag mal, Haderlein, hast du eigentlich den Hauch einer Ahnung, wovon du da redest?«, fragte Entleitner schließlich sein Gegenüber.

»Was willst du eigentlich?« Dann lachte er noch einmal, mit den vor der Brust verschränkten Armen, dass der ganze Körper bebte. Groß, breit und sicher.

Haderlein wischte sich dann doch die Schweißperlen ab; das Papiertaschentuch wäre beinahe an der Stirn kleben geblieben, so nass wurde es. Die Feuchtigkeit am Tisch, die seine Hände nun sichtbar hinterließen, widerte ihn selbst an. Fieberhaft überlegte er, wie er sich nun verhalten sollte.

Haderlein beschloss, die Hosen herunterzulassen. Weil der Himbeer-Toni nach diesem Mega-Drogenfund hier so bald nicht herauskommen würde, schenkte er ihm – aber nur so weit wie unbedingt nötig – reinen Wein, oder besser gesagt: unreines Bier, ein.

Er erzählte – ohne ihren Namen zu nennen – von Knapp-Meiers Frau und davon, was der Hudlhubber Philosoph Matthias Kronleichter (1726–1754) in seinem Alterswerk (»Vom Kreuchen und Fleuchen«, 1753) geschrieben hatte.

Selbstverständlich kannte der Himbeer-Toni den Text sehr genau. Er lehnte sich in seinem Kunststoffstuhl im Besucherzimmer so weit zurück, bis der ein äußerst angespanntes Knarzen von sich gab. Dann sagte er mit erhobener wie gleichermaßen erhabener Stimme: »Himbeer feyn, in dych reyn und gsund wird deyn Arscherl seyn.« Ein echter Kronleichter.

Es war eben nicht so, wie viele dachten, dass die ruhmreiche Existenz der Entleitners nur auf jenem guten Tipp von Pfarrer Godehard Wagner basierte, sie wussten schon, was sie taten.

151

Schließlich war einer der frühesten Vorfahren der Entleitners ein römischer Gärtner gewesen sein, der einst seine Kohorte auf dem Weg zum Limes verloren hatte. Er soll sich damals nach dem Krieg zusammen mit einem Kameraden im Hudlhubber Tal niedergelassen haben. Beide gründeten Familien, und beide sollen sehr, sehr alt geworden sein. Bei Ackerarbeiten waren vor 150 Jahren Steintafeln gefunden worden, die Aufschluss über diese Anfänge Hudlhubs gaben.

Haderlein holte ein weiteres Papiertaschentuch aus der Hosentasche, bekam es kaum auseinandergefaltet, nestelte eine halbe Ewigkeit daran herum, brachte es schließlich doch noch auseinander, halbwegs erleichtert.

»Ihre Besuchszeit ist gleich vorüber, Herr Abgeordneter Haderlein«, sagte der Wärter am anderen Ende des Raums. Angesichts des Standes des hohen Besuchs würde er freilich nicht zu massiv auf die Einhaltung der Regeln drängen.

Entleitner schaute dem Spektakel ungerührt zu.

Er dachte eine Weile nach. Schließlich sagt er dies: »Haderlein, du brauchst mich. Und du bist ein schlauer Kerl. Und du hast gute Beziehungen. Hilfst du mir, dann helfe ich dir.«

Dann schloss er die Augen und sagte kein einziges Wort mehr.

33 | SONNTAGABEND

Das Zusammentreffen von Georg Friedrich mit seinen Verfolgerinnen kam schneller als erwartet, und es kam heftig.

Als an jenem Sonntag der Landtagsabgeordnete Ludwig Haderlein, den Kopf voller wirrer Gedanken, in seiner Staatskarosse aus dem Knast zurück nach Hause fuhr, fiel den momentanen Bewohnern des Anwesens vom Reiß Sepp nämlich überdeutlich auf, dass sie nichts zu essen eingekauft hatten.

Georg Friedrichs Magen machte sie darauf aufmerksam, er knurrte derart laut, dass die Elfenbeinerne lachen musste.

»Ich habe Hunger«, murmelte Georg Friedrich entschuldigend.

»Ich hör's«, lachte sie. »Ich könnte auch etwas vertragen. Vielleicht sollten wir den Pfarrer fragen, ob seine Köchin für uns etwas mitkocht.«

»Haben wir ihn nicht schon genug ausgenutzt? Ich denke, wir machen das anders. Ich fahr los und hole eine Pizza. Nicht hier, sondern aus der Stadt. Die lebenswerteste Kleinstadt der Welt ist nicht weit weg, und da kennt mich kein Mensch.«

»Die ,lebenswerteste Stadt der Welt'?«

»Ja. Stand in der Zeitung. Soweit ich weiß, ist die Stadt auch deshalb so lebenswert, weil man dort ein sehr angenehm entspanntes Verhältnis zur Bürokratie hat, neulich erst hat sich das Landratsamt selbst einen Giebel genehmigt, der gar nicht genehmigungsfähig ist.«

»Und kann man den ansehen? Da möchte ich mit!«

»Weiß ich nicht. Aber mitkommen, das ist keine gute Idee. Dafür bist du ein wenig zu auffällig. Du wirst es vielleicht nicht für möglich halten, aber auch hier, im tiefsten Herzen Bayerns, gibt es Friseure und Arztpraxen und eben auch Zeitungen in den Wartezimmern. Und ohne dir jetzt zu nahe zu treten oder etwas vertiefen zu wollen: Auch wenn sie dich bisher nur auf irgendwelchen roten Teppichen gesehen haben – die Leute werden dich erkennen. Glaub mir.«

»Vielleicht hast du Recht.« Ein bisschen beleidigt war die Elfenbeinprinzessin dennoch, sie fühlte sich reduziert, auch wenn sie sehr genau wusste, dass sie selbst es war, die all das zugelassen hatte.

Also fuhr Georg Friedrich ohne sie los, und weil er seine Stereoanlage endlich wieder einmal für sich hatte, warf er Händels »Wassermusik« an, drehte sie richtig auf und genoss erneut die Leichtigkeit und die Größe der Suite. Schön, dachte er. Sonst dachte er nichts. Nur: Schön.

Georg Friedrich fuhr eine Allee entlang, dann vorbei an einem wunderschön gelegenen Bauernhof, dem Prielhof, einem regelrechten Gut mit einem großen, vorgelagerten Weiher, dann den Scheyrer Klosterberg hinauf, wo Mönche seit Jahrhunderten schon ihr eigenes Bier brauten, dann auf einer verschlungenen Straße am Waldrand entlang, durch Ilmmünster hindurch, schließlich kam er auf die Bundesstraße. Er bog links ab, von dort waren es nur noch ein paar Kilometer bis in die lebenswerteste Stadt des Universums. Lange Jahre war er nicht mehr hier gewesen, und doch erkannte er alles sofort wieder. Nur das Bahnhofsumfeld hatten sie irgendwie umgebaut. Gleich danach gab es immer noch Babynahrung.

Schließlich fand er eine Pizzeria nahe der Bahnlinie, rechts ging es rauf zur Autobahn, zu seiner Zeit war da noch ein Chinese. Georg Friedrich parkte auf dem Parkplatz des Augenarztes, der sich das Haus mit einem weiteren Augenarzt teilte, ging über die Straße und gab an der Theke des im Siebziger-Jahre-Stil eingerichteten Restaurants mit viel Holz an den Wänden seine Bestellung auf.

Obwohl reichlich Betrieb war, wurde ihm bedeutet, er müsse nicht sehr lange warten.

Eine Weile aber doch.

Georg Friedrich war entspannt.

Der Geruch aus der Küche stieg ihm in die Nase, und er war

154

froh, allein für sich eine ganze Familienpizza geordert zu haben. Die würde er auch brauchen, um heute Abend über die Runden zu kommen. Seine Sinne waren nicht so geschärft wie sonst. Deshalb entgingen ihm zwei holländisch aussehende, nicht mehr ganz junge, aber durchaus sportliche und sehr pfiffige Damen am Tisch im Eck. Wiebke und Frauke hatten einen Tipp bekommen, wo man in der Gegend richtig gut italienisch essen kann: in der lebenswertesten Nachbarstadt der Welt. Und sie fanden heraus, dass der Tipp richtig gut war.

Vor allem jetzt.

Denn, auch wenn die beiden Georg Friedrich bisher nur von Fotos kannten, die sie sich noch in Düsseldorf besorgten hatten – sie erkannten ihn sofort. Mit seinem monströsen Stiernacken war er auch nicht leicht zu übersehen.

Was für ein glücklicher Zufall.

Frauke stieß Wiebke vorsichtig in die Seite, beide setzten ihre Unterhaltung fort, ohne sich etwas anmerken zu lassen. Dann legten sie Messer und Gabel parallel zueinander auf die halb leeren Teller, tupften sich den Mund mit den Stoffservietten ab und verlangten die Rechnung. Das waren noch Preise hier, dachte sich Wiebke und ließ ein üppiges Trinkgeld auf dem Tisch liegen.

Es gelang den beiden, von Georg Friedrich unbemerkt das Restaurant vor ihm zu verlassen und im Jaguar in Lauerstellung zu gehen. Und da war er auch schon, mit seiner Familienpizza und einer normalen Pizza, mit Salat und einer großen Flasche Wein.

Mit einer Hand betätigte er die Fernbedienung, und der Dodge war entriegelt. Vorsichtig öffnete er mit einer Hand die Beifahrertür, legte das Essen auf den Fußboden vor dem Sitz, Georg Friedrich konnte Flecken auf seinem Leder nicht leiden. Dann schloss er die Tür, ging gemächlich um das Auto herum, ließ es an und gab vorsichtig Gas.

So bildete sich ein blubbernder Konvoi, der schwarze Dodge Ram vornweg, der schwarze Jaguar in gebührendem Abstand hinterher, beide Autos rauschten, leise brummend und kaum

155

hörbar gemächlich über die Bundesstraße, dann ging es denselben Weg retour: Rechts ab, durch das Dorf, am Waldrand entlang, am Kloster der Bier brauenden Mönche vorbei, den Berg hinab zum Gut, links weg, und dann nach einer Weile über den Feldweg durch den Wald zu Sepp Reiß' Anwesen ohne dass ein Hudlhubber sie zu sehen bekommen hätte.

Wiebke und Frauke waren erfahrene Verfolger, und selbst ein Fuchs wie Georg Friedrich, der normalerweise das Gras wachsen hörte, merkte nichts.

Während er den Feldweg mit dem Dodge hinter sich brachte, stellten die beiden Frauen den Jaguar am ersten Waldweg ab, und gingen zu Fuß weiter. Sie wussten zwar nicht, wie weit Georg Friedrich in den Wald hineinfahren würde, aber eine Verfolgung im Auto schloss sich aus.

Viel zu auffällig.

Es war relativ klar, dass sie früher oder später auf den Dodge stoßen mussten. Und Reifenspuren gab es ja im Notfall auch noch. Irgendwo, hier in diesem Wald, würden sie eine Hütte finden, oder etwas in der Art. Dass es dann ein ganzer Einödhof war, damit hatten sie nicht gerechnet.

Wiebke und Frauke machten sich zunächst ein Bild von der Situation. Die Zeit der Anfängerfehler war für sie längst vorbei. Einmal, da hätten sie einem namhaften Politiker eine Lektion erteilen sollen, hatten sich alles so schön gedacht, waren aber unaufmerksam und hatten nicht bemerkt, dass seine Hotelsuite Unter den Linden in der Hauptstadt über zwei Einund Ausgänge verfügte. Während sie heimlich und mit durchaus Aufwand unbemerkt den einen Eingang knackten, spazierte der Gejagte gerade zeitgleich völlig ahnungslos und fröhlich pfeifend samt Begleitung bei der anderen Tür hinaus.

Ganz schön peinlich. So etwas war ihnen danach nie wieder passiert.

Wo man rein und raus kam, welche Fluchtwege es gab – das alles wurde seither konsequent und umfassend ausgekundschaftet.

156

Als sie im Bilde waren, näherten sie sich vorsichtig dem Haus. Georg Friedrich hatte es ihnen auch nicht schwer gemacht, alle Fenster waren sperrangelweit auf, dadurch konnten Wiebke und Frauke gut hören, wer sich gerade wo im Haus befand. Sie schlichen bis direkt an die Hauswand unter dem Küchenfenster an und hörten den beiden beim Spachteln zu.

Georg Friedrich und die Elfenbeinprinzessin hatten sich allerdings nicht viel zu sagen, sie aßen nahezu wortlos.

»Salz?«, fragte sie ihn einmal, die Antwort dürfte aus einer Geste bestanden haben, jedenfalls war nichts zu hören, nur der Salzstreuer, der auf dem Tisch abgestellt wurde. Ab und zu warf Georg Friedrich dem Kätzchen etwas Schinken zu. Dass es die Gaben vom Tisch mit Begeisterung verschnabulierte, war zwar draußen ebenfalls nicht zu hören, wohl aber das unzufriedene Maunzen, wenn der Nachschub stoppte.

»Is ja gut!«, sagte Georg Friedrich und opferte mehr oder weniger missmutig ein weiteres Stück seiner Familienpizza.

Vielleicht hätte er doch zwei bestellen sollen.

Dann stand er auf und kruschelte herum. Was genau die Elfenbeinprinzessin murmelte, war nicht zu verstehen, aber dann klapperte wieder Geschirr. Spannenden Gesprächsstoff hatten die beiden wirklich nicht.

Wiebke und Frauke nickten sich zufrieden zu. Zwischenzeitlich hatten sie schon befürchtet, Tage oder gar Wochen in Bayern verbringen zu müssen, aber jetzt wurde doch noch alles gut. Der Rest, der ihnen noch bevorstand, war eine Kleinigkeit, bei ihrer Erfahrung geradezu ein Klacks.

Hoch konzentriert waren die beiden Nordlichter jetzt, kurz vor dem Showdown. Sie spannten den Rücken und die Arme unter dem Küchenfenster kauernd ein paar Mal an, ein paar isometrische Übungen, dann ein paar Mal links, ein paar Mal rechts gedehnt, gleich würde es los gehen. Sie wussten, was sie zu tun hatten: Georg Friedrich den Arsch aufreißen, sich das Kätzchen schnappen und dann ab nach Italien, Schuhe kaufen. Sie hatten sowas Dutzende Male gemacht.

Mit einem eleganten, schnellen Schwung durchs Fenster, die

157

eine nach links, die andere nach rechts, in leicht gebückter Angriffshaltung. Georg Friedrich würde sich ihnen in den Weg stellen, er war ein starker Kämpfer, das wussten sie. Doch sie waren es auch. Zuerst würde Frauke zutreten, eine schnelle Drehung auf dem Fuß, ihr Bein würde ihn irgendwo in der Flanke treffen.

Das war der Zeitpunkt für Wiebke, um ihm von hinten mit voller Wucht den Ellenbogen in den Nacken zu rammen. Alles Weitere würde sich dann schon ergeben, der Rest war eine Mischung aus Improvisation, Geschick und Erfahrung. Damit hatten sie einen Gewichtsnachteil gegenüber einem solchen Muskelpaket wie Georg Friedrich schon oft genug wett gemacht, sie hatten schon ganz andere Typen kleingekriegt.

Auch solche Schränke kochten nur mit Wasser. Und was Uma Thurman in »Kill Bill« konnte, das konnten sie schon lange, dafür hatten sie ihr Leben lang trainiert, und noch nie hatte auch nur eine von ihnen je einen Tropfen Blut im Kampf verloren. Und schließlich waren sie zu zweit.

Wiebke zwinkerte Frauke zu, Frauke zwinkerte zurück. Sie waren bereit.

Dann spürten beide einen heftigen Schmerz an den Schläfen, und es wurde dunkel.

34 | TEE TRINKEN

Steffi kochte immer noch. Vor Wut.

Sie hasste es wirklich, wenn sie das Gefühl hatte, ihre Zeit zu verschwenden.

Sie war so sauer, dass sie sich irgendetwas Gutes tun musste. Also war sie erst einmal ins Badezimmer gegangen und hatte sich die Beine rasiert. Als sie damit fertig war, stellte sie sich vor den Spiegel und rückte allen Mitessern zu Leibe, leider gab es da nicht wirklich viel zu tun, weil sie ihre Haut immer perfekt pflegte. Also ging sie zurück ins Wohnzimmer und chattete via Facebook mit ihrer besten Freundin in der Stadt.

Tina war schwanger, sie war glücklich und hatte Zeit.

Natürlich hatte Steffi ihr längst von Charlie erzählt, davon, wie schüchtern er war, von seiner Geschichte als Findelkind, davon, wie anders er war als seine Kameraden bei der Feuerwehr. Wie warmherzig und in sich ruhend er, der Suchende, trotz allem wirkte. Was für schöne Hände er hatte.

Jetzt allerdings hörte sich das ganz anders an.

»dieser idiot«, tippte Steffi, »dieses rindvieh, dieser hanswurst.«

»^^«, erwiderte Tina, das heißt: sie zieht amüsiert die Augenbrauen hoch. Früher hätte sie wahrscheinlich »roflol«, geschrieben, rolling on the floor laughing out loud. Aber Internetsprech verändert sich ja alle paar Monate.

»ja, lach du nur, du hast ja den mann deiner träume schon gefunden, so schwanger wie du bist. und ich blöde kuh fall auf einen solchen idioten herein *ärger *fluch«

»immer ruhig bleiben, vielleicht entpuppt er sich ja doch noch als prinz ;-)«

»eigentlich dachte ich ja, dass ich sowas wie menschenkenntnis habe, und als ich charlie sah ...«

»immer entspannt bleiben, süße, du darfst dir durchaus vertrauen *beruhig«

159

»echt? meinst du?«

»ja, meine ich. und jetzt tu was für dich und mach dir einen schönen abend. ich mach mir jetzt nen himbeerblättertee«

»gute idee, bei mir gibts jetzt nen chai *drück«

Steffi machte sich also einen Chai-Tee, mit etwas Honig und etwas mehr Milch. Das dauerte eine Weile und beruhigte ihre Nerven.

Dann setzte sie sich mit der Tasse in beiden Händen auf ihren Balkon, zog die Knie an und stellte die nackten Fersen auf den Stuhlrand. Und siehe da: Ein wenig konnte sie die laue Sommernacht dann doch noch genießen.

Im Garten gegenüber war Marion, die Kindergärtnerin und Großnichte von Sepp Reiß, noch draußen und arbeitete an ihrer Hulahoop-Technik. Und leise summte sie dazu den »Lunalunahudlhoop«, den ihre Großtante Mathilde einst erfunden hatte: »Es ist Nacht und der Mond tanzt – Lunalunahudlhoop«.

»Hallo Marion, darf ich mitmachen?«, fragte Steffi quer über die Straße.

»Klar, komm rüber!«

Und die beiden Frauen ließen die Reifen kreisen, dass es eine wahre Freude war, sie probierten es erst mit drei Reifen, steigerten sich dann nach und nach auf acht und neun – und für eine Weile vergaß Steffi alles um sich herum, vergaß auch die Männerallergie, legte ab, was sie ärgerte.

Später dann holte Marion ihre Gitarre raus, und die beiden sangen zusammen. Steffi hatte wirklich eine schöne Stimme, dazu eine herausragende Gesangstechnik, und auch Marion beherrschte ihr Instrument. Sie sangen die Lagerfeuerklassiker rauf und runter, und irgendwann waren sie in einer ganz anderen Welt. Da musste Steffi wieder an den Brief aus Mannheim denken, der daheim auf sie wartete. Die Versuchung, jetzt gleich raufzurennen, ihn aufzureißen, ihn zu lesen, sie war schon da. Aber nicht so richtig. Und Steffi hatte gelernt im Jetzt zu leben. Jetzt machte sie gerade Musik.

Nach einer Weile bekamen sie Unterstützung, die Tochter vom Bäcker Huber, Josefine, schaute vorbei, sie war eigentlich

Schlagzeugerin, und sie hatte eine Cajon, eine kubanische Kiste, auf der man richtig gute Rhythmen spielen konnte. Und das tat sie auch.

Irgendwann wurden es die Nachbarn dann aber doch leid, forderten endlich Ruhe ein, und es war dann auch gut für heute Nacht. Steffi hatte ihr Lächeln wiedergefunden. Und nicht nur Josefine fand, dass man das doch wieder einmal machen sollte, gemeinsam musizieren, und dann würde sie auch noch ihren Bruder mitbringen, denn der spielte einen gepflegten Kontrabass.

Und weil's so schön war, setzten sich die Drei noch eine Weile auf die Mauer und genossen die Sommernacht.

Ganz leise.

Wegen der Nachbarn.

Steffi würde ihre Post in dieser Nacht nicht öffnen.

Charlie war weit weniger entspannt.

Er war noch einmal in seine Werkstatt gegangen, er wollte die Sache mit Haderlein endlich zu Ende bringen, er wollte die Sau ein für alle Mal los werden. Valentin Hausknecht hatte sich nach einer seiner ausgedehnten Radltouren wieder einmal zu ihm gesellt, hatte sich wieder einmal wortlos ein Bier geschnappt und schaute Charlie wieder einmal wortlos beim Werkeln und beim Grummeln zu.

Er wollte einfach nicht alleine sein, wenn es nicht sein musste. Wortlos blieb er aber nicht auf Dauer.

»Was bist'n so sauer, Charlie?«

»Ich bin überhaupt nicht sauer!« Charlie erschrak selbst, als er hörte, wie er die Worte in den lauen Abend blaffte und wurde ein bisschen rot. Um sich nichts anmerken zu lassen, setzte er seine Arbeit noch konzentrierter fort. Er lötete ein Relais in die Schaltung, er war sicher, das würde zumindest seine technischen Probleme lösen.

»Nein, Charlie, natürlich nicht.«

»Also gut, ich bin sauer. Die kleine Postlerin hat mich heute einfach stehen lassen und mich ein Rindvieh geheißen. Die spinnt ja wohl.« Hausknecht musste leise grinsen.

161

»Du meinst Steffi.«

»Natürlich Steffi, wen sonst?«

»Naja«, sagte Hausknecht väterlich, »Du hast ja zurzeit eher für andere Frauen Augen als für Steffi, oder?«

»Wie meinst'n das?«

»Wie ichs sag.« Lässig lehnte sich Valentin an die Werkbank und nahm noch einen Schluck aus der Feierabendhalben. Die hatte er sich aber auch verdient: Lockere 140 Kilometer hatte er auch heute wieder in den Beinen – und das mit seinen beinahe 80 Jahren.

»Sagt die einfach Rindvieh zu mir«, grummelte Charlie weiter, die Anspielung auf die Elfenbeinerne wollte er nicht hören. »Die spinnt ja wohl.«

Jetzt musste Hausknecht lachen, er stellte die leere Flasche zurück ins Tragel und grinste Charlie im Vorbeigehen breit an. »Die Weiber, gell, Charlie?«, sagte er und haute ihm die Hand auf die Schulter.

»Ja, Valentin, da hast Recht. Weiber.« Da lachte der alte Hausknecht noch einmal.

»Was gibt's denn da zu lachen, Valentin?«, fragte Charlie irritiert. Mit einem ziemlich verschmierten Lappen versuchte er sich die verschmierten Hände so abzuwischen, dass sie nicht mehr ganz so klebten.

»Du wirst schon noch selber draufkommen«, erwiderte der Hausknecht nur. Dann stieg er ohne ein weiteres Wort aufs Radl und fuhr die letzten paar Meter heim zu seinem Anwesen mit dem in die Jahre gekommenen Pam-Poster.

Charlie sah ihm verständnislos nach. »Was wollen die eigentlich alle von mir!« grummelte er und feuerte den Lappen in die Ecke.

35 | WAS FÜR EINE NACHT

Noch jemand kam heute nicht zur Ruhe.

Irgendetwas in ihm sagte: Schau noch mal bei Georg Friedrich vorbei, und das tat er dann auch. Also knipste er die schlichte Nachttischlampe im karg eingerichteten Schlafzimmer wieder an, sein Blick fiel auf das Marienbildnis, das ihn seit bald 20 Jahren begleitete.

Es war eine besonders liebevolle Darstellung der Gottesmutter, nirgends sonst hatte er eine derartige Milde in ihrem Blick gesehen. Der Pfarrer hatte das kleine Bildnis in seiner Zeit in Rom erstanden, während des Studiums. Das heißt: Nicht das Bild war ihm aufgefallen, aber der Künstler, der sich Abend für Abend in einer Seitengasse der Piazza Navona niederließ, ein in sich gekehrter, älterer Herr. Eines Tages setzte er sich zu ihm, die beiden verstanden sich augenblicklich, und erst recht, als der damalige Theologiestudent seiner Kunst verfiel.

Die Maria lächelte ihn also milde an, der Pfarrer stand noch einmal auf, zog sich an, kämmte sich und machte sich schließlich zu Fuß auf den Weg.

Es war kurz vor Mitternacht, als er draußen beim Reiß Sepp ankam, und trotzdem brannte drinnen noch Licht. Er dachte kurz darüber nach, wieso es in diesem alten, an sich verlassenen Haus überhaupt noch Strom gab, der musste doch vor bald zwei Jahrzehnten schon abgestellt worden sein. Er nahm sich vor, Georg Friedrich nachher zu fragen, wie er das hinbekommen hatte.

Er klopfte. Es dauerte einen Moment, dann öffnete Georg Friedrich die Tür. Er wirkte tiefenentspannt.

»Herr Pfarrer, so spät noch unterwegs?«

»Ich gehe hier gerne spazieren, wenn mir etwas durch den Kopf geht«, sagte der Pfarrer wahrheitsgemäß, »nicht erst, seit du wieder hier bist, mein Sohn.« Dieses »Mein Sohn« klang für

163

Georg Friedrich immer ein bisschen lustig, denn er war höchstens acht oder neun Jahre jünger als der Pfarrer. »Kommen Sie rein«, sagte er ruhig.

»Und wie ist es euch ergangen?«, fragte der Pfarrer, als er mit den beiden am Küchentisch saß. Es war noch etwas von dem Wein vom Italiener übrig, den teilten die drei.

»Gut soweit«, sagte Georg Friedrich, der versuchte so normal wie möglich zu wirken, er wollte den Pfarrer nicht noch tiefer in die Geschichte mit hineinziehen als es ohnehin schon passiert war. Die Elfenbeinprinzessin sagte nichts, und das auf eine Weise, die den Geistlichen seine Antennen ausfahren ließ.

Er brauchte kein Zwiegespräch mit dem Herrn wie einst der gute Don Camillo in der Sakristei, um zu fühlen, dass hier irgendetwas ziemlich faul war. Sein Instinkt, der ihn vorhin aus dem Bett geworfen hatte, ließ ihn auch in dieser Situation nicht im Stich.

Er musste nicht lange warten, bis er erfuhr, was passiert war. Aus dem Nebenzimmer drang lautes, schmerzverzerrtes Stöhnen, und das kam sicher nicht von der sündteuren Katze, denn die schlief entspannt auf der Couch, auf der er neulich nach seinem Niederschlag erwacht war. Ein Geschirrtuch lag auf ihrem Kopf nicht.

Georg Friedrich räusperte sich, und die Elfenbeinprinzessin schubberte mit den Füßen über den Boden. Derart plump versuchten sie die Geräusche von nebenan zu übertünchen, dass der Pfarrer um ein Haar losgelacht hätte. Aber in seinem Job hatte er gelernt, die Fassung zu wahren, da hätte er es mit James Bond aufnehmen können. Und was ihm keiner zutrauen würde: Im Wer-guckt-als-erster-weg?-Spiel hat er noch nie verloren.

»Georg Friedrich, was ist hier los?«, fragte der Pfarrer angstfrei in scharfem Ton.

»Nichts, Herr Pfarrer!« Georg Friedrich spielte das Unschuldslamm derart unschuldig, dass es nun an der Elfenbeinprinzessin war, sich ein Grinsen nicht verkneifen zu können. Sie war die definitiv schlechteste Schauspielerin am Tisch. Dafür fing sie sich einen strengen Blick Georg Friedrichs ein, aber noch strenger war der Blick des Pfarrers, der nun Georg Friedrich traf.

Der gab auf.

»Naja, als wir vorhin beim Essen waren, fühlte ich mich irgendwie beobachtet. In meinem Job entwickelt man dafür einen siebten Sinn. Ja, und dann bin ich mal eben ums Haus gegangen, durch die Hintertür, versteht sich. Und da waren diese beiden Kämpferinnen, das konnte man aus hundert Metern Entfernung riechen. Naja, und ehe es zu einer großen Keilerei kam ...«

»... hat er sich von hinten angeschlichen und ihre Köpfe aneinander geschlagen«, ergänzte die Elfenbeinprinzessin ganz aufgeregt und immer noch überrascht von der Abgebrühtheit des Mannes aus Hudlhub, den sie erst seit ein paar Tagen kannte.

Der Pfarrer riss entsetzt die Augen auf. »Gute Güte!«, zischte er.

»Und dann?«

»Dann waren die beiden ausgeknockt«, sagte die Elfenbeinprinzessin.

»Naja, was hätte ich denn machen sollen? Sie auf eine Tasse Tee einladen?«, fragte Georg Friedrich.

»Du hättest vielleicht mit ihnen reden können.«

»Mann, die wollten mir den Arsch aufreißen, was denn sonst.«

Im Nebenraum wurde das Stöhnen lauter, und die drei öffneten die Tür, um nachzusehen. Georg Friedrich hatte die beiden Frau Antjes aus Holland ordentlich vertäut, sie konnten sich keinen Millimeter bewegen. Georg Friedrich riss der einen von den beiden das Klebeband vom Mund.

»Aua!«, schrie Wiebke. »Was machen Sie hier eigentlich mit uns?« Lauter Unschuldslämmer hier, dachte der Pfarrer.

»Du willst mir jetzt aber nicht erzählen, dass Ihr zwei Spaziergängerinnen seid, die zufällig des Weges kamen«, blaffte Georg Friedrich sie an.

»Natürlich! Was denn sonst«, sagte Wiebke.

»Natürlich. Und deshalb habt ihr euch ganz zufällig an dieses Haus angeschlichen, weil ihr Winnetou-Fans seid und so was immer schon mal ausprobieren wolltet, und dann ist dir ein Schnürsenkel aufgegangen, deshalb habt ihr Euch gebückt – ganz zufällig unter unserem Küchenfenster, um euch gegenseitig beim Schuhe Zubinden zu helfen, na klar.«

Wiebke wusste, dass es keinen Sinn hatte, zu widersprechen. Sie schwieg.

Sie vertraute darauf, dass Frauke die Fesseln bald lösen würde, sie war eine Meisterin darin. Was sie nicht sah: Frauke schlief hinter ihr noch den Schlaf des Gerechten. Besser gesagt: Sie war immer noch bewusstlos und träumte eher den Traum vom letzten Einhorn, als dass sie Fesseln löste.

Georg Friedrich verklebte Wiebke wieder.

Sie ließ es geschehen, sie hatte furchtbare Kopfschmerzen. Jede Anstrengung war ein stechender Schmerz. Gegen Schädelaneinander-Schlagen halfen auch keine fünf Schwarzgurte. Das war fies und tat ganz furchtbar weh.

Der Auftrag war wohl doch nicht ganz so einfach, dachte sich Wiebke. Und sie musste Georg Friedrich zugute halten, dass er sehr behutsam mit dem Klebeband umging. Noch nie zuvor hatte das jemand derart zärtlich und sanft gemacht. Sie selbst war in solchen Situationen immer weit weniger zimperlich.

Dann machte er das Licht aus, schloss die Tür der frühen Morgenstunde entsprechend leise und setzte sich wieder an den Küchentisch.

36 | KRANKENSALBUNG

Das war der Moment, da das Mobiltelefon des Pfarrers klingel-te. Er hatte das James-Bond-Thema als Klingelton, aber keiner lachte. Die Stimmung war dafür einfach nicht richtig.

»Liegt im Sterben ...? Krankensalbung ...? Ja natürlich, ich komme ...« – das waren die Gesprächsfetzen, die die Elfenbein-prinzessin und Georg Friedrich mitbekamen.

»Entschuldigung, das ist mein Job«, sagte der Pfarrer um Ver-ständnis werbend. »Kannst du mich eben dorthin fahren, mein Sohn?«, fragte er Georg Friedrich.

Der dachte kurz nach. Die Damen nebenan waren gut vertäut, da würde nichts passieren, und für alle Fälle konnte er seiner Begleiterin ein Selbstschutzgerät da lassen.

Er sah sie fragend an, und sie nickte: »Es wird schon nichts passieren.«

Es folgte ein 60-Sekunden-Crashkurs für den sachgemäßen Einsatz einer Walther PPK, die Georg Friedrich sich eines Tages gegönnt hatte. Der Pfarrer dachte kurz darüber nach, ob er an dieser Stelle intervenieren sollte, ließ es aber.

Also stieg der Pfarrer wortlos in Georg Friedrichs Dodge, und die beiden bretterten zu dem Haus des älteren Herren, der im Sterben lag. Es war eine Fahrt in Stille. Sie sahen die Schatten der Bäume auf den vom immer noch hellen Mond erleuchteten Feldern.

»Lass mich gleich hier an der Straße raus, ich möchte nicht, dass dich jemand sieht«, sagte der Pfarrer kurz hinter Edling, und so geschah es.

Georg Friedrich kehrte in sein Versteck zurück, dort war alles in Ordnung, die beiden Gefangenen schliefen, die Elfenbein-prinzessin war auf der Couch eingeschlafen, die Katze schnurrte unter dem Küchentisch. Georg Friedrich holte eine Decke für die Blonde und machte den Wein leer.

Er wollte noch ein wenig nachdenken.

Der Pfarrer hatte derweil noch einen steilen Aufstieg hinauf nach Biberg vor sich. Dort oben wartete das prächtige Anwesen, das man hier nicht vermutet hätte, die geschmackvoll gestaltete Mauer mit den kunstvollen schmiedeeisernen Elementen.

Im Dunkeln sah er nicht die Äste, die hier lagen, und allem mit dem Studium aufgesogenen Gottvertrauen zum Trotz erschrak er dann doch ein wenig, als sie knackten. Er war nun nicht der große Botaniker, aber dass die mächtigen Ulmen keine lange Lebenszeit haben, das wusste auch er. So sah er hinauf, durch die Bäume gen Himmel, und tatsächlich gelang ihm durch das dichte Gewimmel der Blätter ein Blick auf den Mond, das Tal der Ruhe kannte er noch von den Kalenderfotos, mit denen er einst sein Kinderzimmer gepflastert hatte.

Die Gebäude waren um den mächtigen Hof herum im Viereck angelegt, hier hätten locker einige Kompanien antreten können. Anstelle von Panzern waren allerdings ein Bentley und Bulldogs geparkt, nicht einer, sondern gleich drei. Und der Pfarrer war relativ sicher, dass irgendwo in den Nebengebäuden weitere parken würden.

Das Hauptgebäude war eine merkwürdige Mischung aus Herrenhaus und klassischem landwirtschaftlichem Betriebsgebäude, die Tiefe der Fenster in den Wänden stammte ganz offensichtlich vom Vollwärmeschutz, mit dem das Gebäude aufgepeppt worden war, da gab es ja Fördermittel vom Staat.

Die Fensterläden waren nagelneu, sie versuchten, dem sicherlich 200 Jahre alten, mächtigen Bauernhaus den Glanz einer Gutsherrenresidenz zu verleihen, was nur teilweise gelang. Der Eingang selbst mit seinen dorischen Säulen und dem dreieckigen Vordach stammte aus der Jetzt-Zeit; er war ziemlich genau doppelt so breit wie der des Hudlhubber Bürgermeisters, und das war kein Zufall.

Schließlich hatte der Pfarrer die breiten Stufen genommen und klingelte. Im Gang ging das Licht an, und allmählich hörte er die Schritte näher kommen, jemand nestelte an einem üppigen Schlüsselbund, die Tür war verriegelt. Manchmal ist Vorsicht eben doch besser als Gottvertrauen, dachte der Pfarrer, und schob seinen eigenen Gedanken ein »Pfui« hinterher.

»Danke, dass Sie gekommen sind«, sagte Ludwig Haderlein. Er war es, der angerufen hatte, es war sein Großvater, um den es ging. Seine Eltern waren längst tot, der Opa war der letzte lebende Verwandte. Er war einst einer der großen Arbeitgeber in Hudlhub gewesen, hatte in Spitzenzeiten 56 Knechte und Mägde beschäftigt. Er musste miterleben, wie die Zeiten sich änderten und er hatte die Gnade bekommen, mehr davon zu sehen als die meisten anderen Menschen.

Jetzt war es an der Zeit zu gehen, er war immerhin inzwischen – sofern es kein Schreibfehler auf der Geburtsurkunde war – fast 109 Jahre alt. Jedenfalls hatte er darauf bestanden, dass der Enkel den Pfarrer rief.

Die beiden schritten durch die langen, kühlen, leicht klammen Gänge, Haderlein hatte all die Glückwunschschreiben von Bürgermeister, Landrat, Regierungspräsident und Ministerpräsident, die seinen Großvater über die Jahre ereilten, gerahmt und schön fein säuberlich aufgehängt; den bayerischen Gepflogenheiten entsprechend war mittlerweile einiges zusammengekommen. Die Schreiben der diversen Bayerischen Ministerpräsidenten waren in goldene Rahmen gefasst, nur nicht jenes vom Beckstein; das hatte einen farblosen Rahmen bekommen.

Gefasst wirkte auch Ludwig Haderlein, trotz des womöglich traurigen Anlasses.

Er klopfte.

»Nur her da!«, hörten die beiden eine brüchige Stimme, die zu befehlen gewohnt gewesen war, sagen.

Der Pfarrer betrat den Raum.

»Du nicht, Ludwig!«, sagte der Opa, Haderlein nickte und schloss hinter sich die Tür. Allerdings vergaß er, das Babyfon auszuschalten, das er vor zwei Monaten in Opas Zimmer aufgestellt hatte, nachdem der alte Herr erstmals erkennbar abbaute.

Haderlein ging in die Küche und griff nach irgendeiner Zeitung, er hatte reichlich davon, als Landtagsabgeordneter verfügte er über die Abos aller wichtigen bayerischen Tageszeitungen, und nahm im Herrgottswinkel Platz.

Nicht, dass er bewusst gelauscht hätte, es war ganz einfach die Macht der Gewohnheit, dass er den Empfänger des Babyfons weiterlaufen ließ. So scharf war er nun auch nicht darauf, der Beichte eines 108-Jährigen zu lauschen, er würde halt wieder einmal seine alten Kriegsgeschichten auspacken.

Haderlein kannte sie alle auswendig.

»Vergelt's Gott, Herr Pfarrer«, sagte der Alte, »ich glaub, es ist soweit. Der Herrgott hat den Sensenmann ausgesandt, und der klopft jetzt an meine Tür.«

Der Pfarrer sah sich im Zimmer um. Das Hightech-Pflegebett mit allerlei Apparaten und computerbebildschirmten Messgeräten passte so gar nicht zum Rest des Raumes. An der einen Wand die schweren, bunten Vorhänge vor den schießschartenkleinen Fenstern, an der anderen zwei alte Bauernschränke, für die man vor zwei Jahrzehnten locker noch 1000 Mark – pro Stück – hingelegt hatte, und bei denen man jetzt froh sein musste, wenn man nicht noch 50 Euro für die Entsorgung bezahlen musste, weil die Holzwurmsorte, von denen sie befallen waren, womöglich in irgendeiner Sondermüllsatzung auftauchte.

Gegenüber vom Bett hing ein Bildnis eines jungen Mannes, der rücklings auf einem Acker lag und in den Himmel starrte, eine Arbeit des Malerfürsten Franz von Lenbach, könnte man meinen, aber »Der Hirtenknabe« sah anders aus. Entweder eine schlechte Kopie, dachte der Pfarrer, oder vielleicht auch eine unbekannte Voroder Nachstudie des Meisters, zugetraut hätte er den Haderleins einen solchen Besitz allemal.

Der Pfarrer setzte sich zum Großvater ans Bett und sah ihm kurz in die Augen. Ja, sie waren nicht mehr klar, sie waren matt, fast wässrig geworden, die einst so kräftige Iris begann zu verschwimmen. Er begann mit der Zeremonie, nahm dem alten Mann die Beichte ab, er sprach sie leise, aber es war nicht zu überhören, dass er sich genau überlegt hatte, was er in diesem Moment los werden wollte.

Der Pfarrer ließ ihm und sich Zeit.

Als der richtige Moment gekommen war, sprach er die Formel, die irgendwann jeder Christ einmal zu hören bekommt: »Durch diese Heilige Salbung helfe dir der Herr in seinem reichen Erbarmen, er stehe dir bei mit der Kraft des Heiligen Geistes: Der Herr, der dich von Sünden befreit, rette dich, in seiner Gnade richte er dich auf.«

Danach schwiegen sie wieder für eine Weile.

Haderlein wurde langweilig, er faltete die Zeitung zusammen und ging aufs Klo. Er konnte sich sowieso nicht wirklich vorstellen, dass der Großvater sterben würde, schon gar nicht in dieser Nacht, so schlecht sah er nämlich gar nicht aus.

»Wissen S', Herr Pfarrer, es ist nicht leicht alt zu werden«, sagte der Großvater schließlich. »Alle Guten sterben um einen herum einfach weg. Sogar der Heesters.« Der alte Mann musste über seinen eigenen Scherz lachen, das mündete in einen Hustanfall. Er benötigte eine Weile, um die Kraft zu schöpfen, damit er weiter reden konnte. »Dass ich den überlebe, damit konnte nun wirklich niemand rechnen. Und ich habe mir nicht mit über 70 noch eine junge Frau angelacht, die mich auf Trab hält.«

Er lachte noch einmal.

Und obwohl es ihm wirklich nicht gut ging, obwohl er so sehr mit sich selbst beschäftigt war, obwohl er in sich hinein hörte, ob die Letzte Ölung vielleicht doch eine Krankensalbung und eben keine Letzte Ölung war, spürte er, dass Hochwürden nur halb bei der Sache war.

»Lassen S' mich nicht dumm sterben, Herr Pfarrer«, sagte er schließlich, und weil er einen fragenden Blick erntete, sagte er noch: »Ich sterb zwar bald, aber ich bin nicht blöd. Ich kann schon sehen, dass da bei Ihnen etwas nicht stimmt!«

Der Pfarrer stutzte für einen kurzen Augenblick. Er zögerte.

Er hätte ja schon gern jemandem sein übervolles Herz ausgeschüttet, aber war das der richtige Augenblick? Jetzt? Hier? Im Angesicht eines Mannes, der vielleicht schon in wenigen Stunden vor den Altar des Herrn treten würde?

»Glauben Sie mir, Herr Pfarrer«, und der spürte, wie sich eine alte, fleckige, knochige Hand auf die Seine legte, »wenn man so alt wird wie ich, dann macht einem keiner mehr was vor!« Er war richtig hartnäckig, der alte Haderlein. Aber das kannte man ja von seinem Enkel, und irgendwoher musste der es ja haben.

»Also gut«, sagte der Pfarrer, »wenn es auch das erste Mal ist, dass ich jemandem mein Herz ausschütte, dem ich eben die Beichte abgenommen habe.« Dann erzählte er, was sich drüben im Haus des alten Reiß abspielte, er erzählte von Georg Friedrich und der Elfenbeinprinzessin, vom teuren Kätzchen und natürlich auch von den beiden Frau Antjes, die gar nicht aus Holland kamen.

»Das ist ja eine Geschichte, Herr Pfarrer!«, sagte der alte Haderlein schließlich. »Und so was in meinem kleinen, beschaulichen Hudlhub. Herrgott, sei so gut und lass mich noch so lang da, dass ich erfahre, wie die Geschichte ausgeht!« Er atmete wieder tief durch, er röchelte, er schloss die Augen, er riss sich zusammen, nein, er wollte jetzt nicht gehen. Dann entspannte sich der Atem, und er öffnete wieder die Augen. »Wir haben ja nicht allzu oft Kriminelle bei uns in der Gemeinde, gell, Herr Pfarrer?«

Der nickte.

»Außer damals, in Kainegg, aber das wissen Sie ja.« In Kainegg hatte es in den 20er Jahren des vergangenen Jahrhunderts einen bis heute nicht aufgeklärten Mehrfachmord gegeben.

Der Pfarrer nickte erneut.

Der Alte bat um einen Schluck Wasser, danach musste er wieder fürchterlich husten. »Herr Pfarrer, Sie müssen jetzt gehen«, röchelte der alte Haderlein schließlich. »Ich danke Ihnen für Ihren Besuch. Ich komme schon zurecht.« Er drückte die Hand des Pfarrers ein letztes Mal, dann entließ er ihn. »Kümmern Sie sich um die Lebenden, nicht um die Toten.«

Der Pfarrer stand auf, faltete die Hände des alten Mannes auf dessen Bauch oder was noch davon übrig war, eingefallen und schrumpelig, wie er mittlerweile aussah. Er erntete einen dankbaren Blick.

»Aber, Herr Pfarrer!«, setzte der Alte noch einmal an. Der Pfarrer beugte sich zu ihm hinab. »Wenn Sie wissen, wie die Geschichte ausgegangen ist, und wenn ich dann noch leb – dann kommen's noch einmal und erzählen mir alles, ja? Versprechen S' mir das?«

Der Pfarrer nickte ihm zu, strich ihm mit der Hand über das zerwuschelte, weiße Haar, dann ging er.

Gedankenverloren schloss er die Tür und suchte den Weg Richtung Ausgang.

Der Landtagsabgeordnete Haderlein kam ihm schon entgegen, er hatte gehört, wie sich die Tür schloss. Die beiden sahen sich in die Augen.

Einer dieser Momente, wenn es keiner Worte bedarf.

Der Abgeordnete brachte den Pfarrer nach Hause, dankte ihm und gab ihm eine Flasche guten italienischen Weins mit. Der Pfarrer war viel zu müde, um noch darüber zu diskutieren, ob das nun angemessen sei oder nicht.

Er fiel todmüde ins Bett.

37 | MORGENGRAUEN

Als Luigi erwachte, brauchte er einen Augenblick, um sich zurechtzufinden. Er sah sich kurz um, streckte sich, dann fiel ihm wieder ein, wer er war und wo er war. Ein stolzer Italiener, ein heißer Typ, einer der nicht lange fackeln musste, wenn er ein Mädel wollte. Wenn er die breite Brust kurz schwellen ließ, wenn er den charaktervollen Kopf in den Nacken kippte und Stolz ausstrahlte, konnte er sie alle haben.

Ja, Luigi war ein heißer Kerl, einer der wusste, worauf es im Leben ankam, und in seinem war das Sex, Sex und noch mal Sex.

Luigi überlegte kurz, ob ihm gerade jetzt auch nach Sex war, so früh am Morgen. Oder doch lieber ein kurzes Frühstück, und dann die erste Nummer des Tages zum Warmwerden. Er riskierte einen ersten Blick hinaus, um seinen eigenen Glanz von dem der ersten Sonnenstrahlen eskalieren zu lassen und schloss die Augen, um diese erste, frühe Wärme des Tages über sein markantes Gesicht gleiten zu lassen. Zu seiner Überraschung stellte er aber fest: keine Strahlen. Keine Wärme.

Es war noch dunkel. Der Sonnenaufgang würde noch auf sich warten lassen. Sicherlich 20 Minuten, schätzte er.

Ach, weißt was?, dachte Luigi, da dreh ich mich doch noch mal um und nehm noch eine Mütze voll Schlaf.

Zur selben Zeit klingelte in dieser saublöden Nacht das Telefon in der regionalen Rettungsleitstelle. Zum 56. Mal.

Walter Nieder-Rühmlich war ein bisschen sauer.

Wieso hatte ausgerechnet er so einen Scheißdienst erwischt? Wieso war ausgerechnet er es, der die ganzen Verrückten abfertigen mussten, die ihn mit der Telefonseelsorge verwechselten? Er war müde und der Kaffee war mies, wie jeden Tag. Er hatte ihn selbst gekocht, und das machte ihn nicht besser, weil es in dieser verfickten Dienststellenküche nur diese schrottige

174

Mistdrecksfilterkaffeemaschine gab und keine vernünftige, einfach zum Kotzen.

»Hallo? Hören Sie mich?«, fragte eine atemlose, heisere, gedämpfte Stimme.

»Natürlich höre ich Sie«, bellte Walter Nieder-Rühmlich wenig professionell zurück und beschloss, sich jetzt zusammenzureißen. Er trank einen weiteren Schluck, und wieder zog sich ihm alles zusammen, er wollte endlich einen gescheiten, dampfenden Espresso mit richtig viel Crema, verdammt.

Auf einem der vier Bildschirme auf seinem Schreibtisch ploppte das Fenster auf, in dem immer die Telefonnummer des Anrufers angezeigt wird. Das heißt, in diesem Fall ploppte rein gar nichts auf. Der Anrufer hatte entweder einen alten, analogen Anschluss oder die Rufnummernübertragung deaktiviert. Das hab ich ja schon mal wieder richtig gern, dachte Nieder-Rühmlich.

So ein Scheiß.

Wahrscheinlich würde jetzt das nächste einsame Herz Zuspruch suchen – warum eigentlich ausgerechnet seinen? – oder der nächste übermütige, weil besoffene, Depp würde ihm die Story vom Pferd auftischen.

Und er sollte wieder ruhig und höflich zuhören, dabei war ihm jetzt nach etwas ganz anderem. Er würde am liebsten BRÜLLEN!!! Er würde den Anrufer am liebsten ANSCHNAUTZEN, MANN, SIE RINDVIEH, SCHALTEN SIE GEFÄLLIGST ERSTMAL IHRE RUFNUMMERNÜBERTRAGUNG EIN UND GEHEN MIR NICHT AUF DIE NERVEN, SIE BLÖDES, DUMMES QUADRATARSCHLOCH!

Natürlich würde er dabei die Form wahren und vorschriftsgemäß beim Sie bleiben. Man hat ja Kinderstube.

Nieder-Rühmlich schluckte das runter, alles. Auch diese miesen Drecksplörre von Filterkaffee, er war schließlich Profi.

»Natürlich höre ich Sie!«, sagte er noch einmal, nun, da er noch zweimal tief durchgeatmet hatte, drei Spuren freundlicher, der konnte ja nichts dafür, dass er so eine VERFICKTE SCHEISSNACHT hatte. Hoppla, seine Gedanken brüllten schon wieder.

Er wollte sich doch zusammenreißen.

»Mit wem spreche ich denn bitte?«

175

»Das tut nichts zur Sache!«, sagte der Anrufer erwartungsgemäß. Nieder-Rühmlich atmete noch tiefer durch. Du bist ein Profi, lautete das Mantra, das er sich jetzt aufsagte. Du bist ein Profi.

Du bist ein Profi. Du bist ein Profi. Du bist ein Profi.

»Und? Was haben Sie uns mitzuteilen?« Irgendwie schaffte es Nieder-Rühmlich, weder besonders genervt, noch besonders gelangweilt zu klingen. Fand er.

»Sie wissen doch, dass neulich in Hudlhub eine Drogenplantage ausgehoben ...«

»Ja ... und?«

»Und Sie haben den Eigentümer der Drogenplantage ...«

»... eingekastelt. Ja, und?«

»Der Mann, den Sie eingesperrt haben, ist nicht Täter, sondern Opfer.«

»Ach.«

»Ja, er wurde erpresst. Er hat seine Halle nicht freiwillig zur Verfügung gestellt, vielmehr wurde er dazu gezwungen.«

Nieder-Rühmlich vergewisserte sich, dass die automatische Telefongesprächsaufzeichnungsfunktion einwandfrei funktionierte. Alles gut.

»Ach was«, sagte er, und jetzt überzog er doch etwas. Das hatte einen gelangweilten, leicht überheblichen Unterton. Verdammt, dachte er.

»Tun Sie nicht so, sondern hören Sie mit lieber genau zu«, herrschte ihn der andere an. Er hatte es gemerkt. »Die tatsächlichen Drahtzieher, die Auftraggeber, die Leute, die den großen Reibach mit der Ware gemacht hätten, die haben Sie noch nicht.«

»Ja ... und?«

»Die beiden Erpresser, zwei ganz große Drogenbosse, sind noch in Hudlhub. Sie sind gefangen genommen worden – in einem wahrhaft heroischen Akt. Fahren Sie zum Anwesen vom alten Reiß Sepp. Es befindet sich ein wenig außerhalb, in einem kleinen Wald. Dort werden Sie die wahren Drogenbosse finden. Seien Sie nicht überrascht. Es sind zwei Frauen, blond und gefesselt. Sie sehen beide aus wie Frau Antje aus der Fernsehwerbung. Sie kennen doch Frau Antje?«

»... aus Holland?«

»Aus Holland. Genau die. Und Sie wissen auch, wie sie aussieht, die Frau Antje?«

»So ungefähr.«

»Also gut. Erwarten Sie jetzt aber nicht, dass die beiden Drogenbosse so dämliche Hütchen tragen wie die echte Frau Antje.«

»Schade.« Nieder-Rühmlich hatte sich wieder leidlich unter Kontrolle. Er probierte mal was: »Und wer sind Sie eigentlich?«

»Ich bin jemand, der möchte, dass alle Drogenbosse unseres Landes hinter Schloss und Riegel kommen, denn ich lehne illegalen Drogen ab. Wir können und dürfen nicht zusehen, wie unser Land ...«

»Das ist ja sehr löblich ...«

»Das weiß ich selbst. Und jetzt fahren Sie endlich los!« Der Anrufer legte auf.

Nieder-Rühmlich war derart perplex, dass er erneut zur Kaffeetasse griff und einen weiteren Schluck nahm, obwohl er sich beim letzten vorgenommen hatte, den Rest in den Ausguss zu gießen. Wieder zog es ihm die Stirn zusammen. »DIESE DRECKSPLÖRRE!!!«, brüllte er, und diesmal nicht nur in Gedanken. Dann hämmerte er alle nötigen Informationen in seine Computertastatur, und wenig später machte sich ein Sondereinsatzkommando der Kriminalpolizei auf den Weg nach Hudlhub.

Richtung Waldrand.

Zum Haus des alten Reiß Sepps. Wo genau sich das befand, hatte der Polizeicomputer binnen Sekunden ermittelt. Wenigstens manchmal funktionierte das Teil, wenn man es brauchte.

177

38 | MORGENSTUND'

Als Luigi zum zweiten Mal an diesem Morgen erwachte, wusste er sofort, was Sache ist. Trotzdem hielt er es für vernünftig, zunächst nicht mehr als ein Auge zu öffnen, um zu verifizieren, ob die Lage nun tatsächlich so war, wie sie sein sollte. Weiter unten regte sich schon wieder was, na, das würde ja wieder ein sexuell appetitlicher Tag werden. Irgendwo würde ihm schon eine bella ragazza über den Weg laufen, und wenn der Appetit danach noch nicht gestillt war, vielleicht noch eine.

Luigi war nicht besonders wählerisch, er war einfach nur geil.

Und er liebte das Magische an sich, seine Aura, die ihm die ragazze reihenweise in die Arme trieb. Was war das Leben doch schön.

Luigi beschloss, dass es nun an der Zeit war, aufzustehen. Er reckte sich, und er streckte sich, er drehte einmal den Kopf auf dem Hals, dass es einem jeden Chiropraktiker den Atem verschlagen hätte. Draußen, vor der Tür, sah Luigi schon die erste Ragazza vorbeilaufen. Bald, meine Kleine, dachte er, wirst du mir gehören. Dann holte er tief Luft und sagte, was er jeden Morgen zu sagen pflegte, weil es sich für einen Kerl seines Standes, seiner Herkunft und seiner Klöten ganz einfach so gehörte: Kikerikiiiiiiiii!

Das war dann auch der Augenblick, als das Telefon beim Pfarrer wieder einmal klingelte.

Der ächzte.

Was war das für eine Nacht! dachte er, schleppte sich in den Gang und wunderte sich, dass er nirgendwo dagegen rannte, keine Bilder von den Wänden riss, dass er die sieben Meter bis zum Telefon in diesem übermüdeten Zustand verletzungsfrei hinbekam. Zum zweiten Mal hintereinander innerhalb weniger Stunden.

Ein Wunder. Er würde dem Herrn später dafür danken.

178

Nachher, in der Messe, würde er seine Gemeinde wieder einmal mit der Hochzeit von Kanaan beglücken, dachte er, das hatte er schon lange nicht mehr gemacht, und das kam immer ziemlich gut an.

»Ja?«, fragte er.

Am anderen Ende der Leitung nahm der Pfarrer eine atemlose, heisere, gedämpfte Stimme wahr. »Herr Pfarrer, Sie wissen doch, wo sich Helmut Haller befindet«, sagte die Stimme, die irgendwie verstellt klang.

Der Pfarrer kannte diese Stimme, konnte sie aber nicht zuordnen. »Sagen Sie ihm, dass im Haus seiner Eltern eingebrochen wurde. Er soll seine Begleitung mitnehmen, weil er Verstärkung brauchen kann, und er soll sich beeilen. Dann kann er das Schlimmste vielleicht noch verhindern. In einer Stunde wird alles schon zu spät sein.«

Klick.

Aufgelegt.

Ehe der Herr Pfarrer »Ja, aber ...« sagen konnte oder einen ähnlichen Halbsatz, der geeignet wäre, trefflich Zeit zu gewinnen. Also ließ er es, kramte stattdessen vielmehr den Zettel aus der Tasche seiner Sommerjacke, die er in dieser Nacht getragen und dann nach dem späten Nachhausekommen achtlos auf den Boden geworfen hatte. Wo war denn dieser verflix... verzeih, Herr ... dieser vermaledeite Zettel? Ah ja.

Georg Friedrich hatte ihm zum Glück eine Handynummer gegeben. Der schlief scheinbar auf dem Telefon, jedenfalls war er dran, ehe es auch nur einmal klingelte. Gut, dass er nicht das Telefon und seine Waffe unter dem Kopfkissen verwechselt hatte, das hätte blöd enden können.

»Bitte denk dran, dass man mindestens einen Meter vom Mobiltelefon entfernt schlafen sollte, mein Sohn!«, sagte der Pfarrer.

»Und deswegen rufen Sie mich um diese Zeit an, Herr Pfarrer? Denken Sie denn wirklich immer an Ihre Schäflein? Und überhaupt: Schlafen Sie eigentlich nie?«

179

»Ich schlafe dann, wenn der Herr mir die Zeit dazu schenkt, mein Sohn. Und nein, ich rufe nicht deswegen an.« Der Pfarrer berichtete von dem Anruf, und die beiden berieten kurz, was es damit auf sich haben könnte.

Eine Falle?

Georg Friedrich musste auf alle Fälle vorsichtig sein.

Fieberhaft dachte er nach. Wer – außer seinen Eltern, dem Pfarrer und dem Fußballidol und all den Leuten, die der Kicker womöglich noch auf ihn gehetzt hatte – konnte wissen, dass er in Hudlhub war?

Egal.

Er würde sich ihm stellen.

Georg Friedrich sah auf die Uhr. Es war gleich sieben.

Er schnappte sich seine Walther PPK, die Elfenbeinprinzessin und den Dodge, und wenige Minuten später parkte er im Schatten des Feuerwehrhauses. Naja, nicht wirklich im Schatten. Das Feuerwehrhaus von Hudlhub war kaum hoch genug, um seinem hochgebockten Amilaster Sichtschutz zu geben, besser als nichts.

Georg Friedrich glitt aus dem Auto und bedeutete der Elfenbeinprinzessin, es ihm gleich zu tun. Dann schlich er die paar hundert Meter zum Elternhaus, seine Begleiterin folgte ihm behände und sah selbst jetzt unheimlich anmutig aus, wo sie eben erst rüde am Ende einer viel zu kurzen Nacht aus dem Schlaf gerissen worden war.

Gegenüber dem Haller'schen Elternhaus wohnten der Meier-Bauer und seine Frau, sie arbeiteten längst im Stall. Sie würden sicherlich nichts davon mitbekommen, dass sich ein Mann und eine Frau hinter dem Rhododendron in ihrem Vorgarten verbargen.

Die beiden waren eh nicht besonders schlau, sonst hätte es diese Ehe sehr wahrscheinlich sowieso nie gegeben. Weil der Meier Sepp es nämlich leid war, immer nur zu schafkopfen, hatte er vor gut 30 Jahren dem Viehhändler einen außergewöhnlichen Auftrag gegeben: »Bring mir ein Weib, dann kriegst von mir ein

Kalb.« So hatte er es ihm gesagt, und weil der Viehhändler ein netter Mensch war, ging er auf den Deal ein.

In einer anderen Gemeinde, irgendwo im tiefsten Niederbayern, kannte der Viehhändler nämlich eine Witwe, die sehr einsam war. Man sagte: Sie habe ihren Mann erschlagen, was ihr natürlich nie nachgewiesen werden konnte, offiziell war der von seinem eigenen Bulldog im Ackergang überrollt worden. Jedenfalls brachte der Viehhändler die beiden zusammen, und es geschah etwas, womit er nicht gerechnet hätte: Die beiden verliebten sich tatsächlich, ach war das schön. Inzwischen hat der Meier-Sepp allerdings nur noch ein Auge, er trägt eine Augenklappe. Man sagt, sie habe ihm in einem Streit den Schürhaken ins Gesicht gerammt. Nichts Genaues weiß man aber nicht.

Jedenfalls lag jetzt Georg Friedrich in ihrem Vorgarten auf der Lauer. Es war alles ruhig.

Bis auf das Geräusch eines Mannes, der völlig überhastet die Straße herunter gerannt kam, wer hatte es denn um diese Zeit so eilig? Der Mann rannte und schnaufte und versuchte hörbar, seine Atmung mit dem Rhythmus der Schritte in Einklang zu bringen.

Ein Jogger? Na, Ihr Hudlhubber, Ihr seid ja wirklich im Hier und Jetzt angekommen, dachte Georg Friedrich, reicht Euch die Arbeit auf dem Hof nicht mehr aus, um Euch fit zu halten? Vorsichtig lugte er durch das Gebüsch, um einen Blick auf den Frühsportler erhaschen zu können, ein wenig neugierig war er dann ja doch.

Dann konnte er es hören.

Der Jogger kam ins Straucheln, er stolperte, er fiel, er landete, er versuchte, den nun fälligen Schmerzensschrei zu unterdrücken.

Georg Friedrich und die Elfenbeinprinzessin sahen sich an. Beide mussten sie grinsen. Und nicht einmal fluchen, darf er, der arme Kerl, von Berufs wegen. Selbst wenn es noch so weh tut.

Georg Friedrich checkte kurz die Lage – da war sonst niemand. Er verließ sein Versteck, packte den Mann, als wäre er nicht schwerer als ein Pfund Mehl, und brachte ihn ins Gebüsch.

181

»Herr Pfarrer!«, flüsterte die Elfenbeinprinzessin. »Haben Sie sich wehgetan?«

»Geht schon, mein Kind!«

»Brauchen Sie Hilfe?«

»Ich glaube nicht.«

Georg Friedrich führt den Zeigefinger an die Lippen und machte das internationale Zeichen, das, wenn man denn Glück hat, Menschen, wenn sie Kinderstube haben, zumindest kurzzeitig verstummen lässt.

Der Pfarrer setzte sich auf, zupfte sein schwarzes Hemd und das Kollar, das er so trug, dass nur ein kleines, weißes Rechteck zu sehen war, zurecht, dann nickte er den beiden zu. Guten Morgen, hieß das in der der Situation angemessenen Zeichensprache, und soviel Zeit musste auch in Krisensituationen sein. Georg Friedrich und die Elenbeinprinzessin nickten zurück.

Dann rieb sich der Pfarrer mit zwei Fingern den erneut lädierten Mittelzeh. Beim Sturz hatte es ihm die Schuhe ausgezogen.

Immer auf die gleiche Stelle, dachte er. Dann war es wieder ruhig.

Das heißt: So ruhig es in einem Dorf auf dem Land sein kann. Auf den Höfen liefen bereits die ersten Maschinen, das Federvieh gackerte und krähte, die ersten Singvögel sangen, irgendwo bellte ein Hund.

Die Drei im Gebüsch beobachteten weiter Georg Friedrichs Elternhaus, wenn auch mit nachlassender Anspannung. Da war niemand, und jetzt, wo es draußen schon richtig hell war, würde ja wohl auch kein Einbrecher mehr kommen.

Jedenfalls wäre das ganz schön dreist.

Je mehr Zeit verging, desto gleichgültiger war ihnen inzwischen die Warnung des Anrufers. Was sie viel mehr beschäftigte, war das Knurren des Magens, es war jetzt Zeit für ein gepflegtes, gemütliches Frühstück. Mit frischen Semmeln, mit selbst gemachter Marmelade, mit Hudlhubber Honig und gestampfter Butter, und vor allem mit heißem, dampfendem, starkem, schwarzem, kremigem, duftendem Kaffee.

Georg Friedrich konnte seinen beiden Begleitern ansehen, dass sie exakt dasselbe beschäftigte wie ihn. Und weil sie sich alle so wortlos einig waren, standen sie auf, reckten sich und erklärten den Einsatz, immer noch wortlos, für beendet.

Als sie sich gerade auf die Straße wagen wollten, kamen Autos näher. Nicht eins und nicht zwei, das war eine ganze Kolonne. Georg Friedrich drückte die Elfenbeinprinzessin und den Pfarrer mit seinen riesigen Pranken wieder zurück in die Deckung des Rhododendronbuschs.

Dann sahen sie es, und intuitiv zählten sie alle mit: Erst kamen drei dunkelgraue BMW, dann silbergraue Audis hinterher. Einer, zwei, drei, vier.

Was war das denn?

Und vor allem: Das war noch nicht alles. Kaum waren die ersten sieben Autos weg, bretterte eine ganze Kohorte von Polizeiautos durch Hudlhub. Staatskarossen, wie sie der Ministerpräsident fuhr, immer im Konvoi, um potenzielle Attentäter zu irritieren, waren das hier jedenfalls nicht.

Verdammt.

Georg Friedrich und seine Begleiter schauten sich fragend an. Sie verstanden überhaupt nichts mehr.

Auch dem Bürgermeister entgingen die Dienstkarossen nicht, und er musste an seinen Traum von neulich denken. Er ließ die Gardine fallen, die er eben beiseite geschoben hatte, um das Spektakel mitzuerleben und drehte sich sicherheitshalber zu seiner Frau um. Sie saß da und schmierte gerade ihre vierte Semmel.

»Is' was?«, schnauzte sie.

»Nein, Haserl, es ist alles in bester Ordnung«, erwiderte der Bürgermeister.

Ein Einsatzkommando in Hudlhub.

Für ihn ein Déja vu. Als seine Frau gerade nicht hinsah, wischte er sich mit hektischen Bewegungen den Schweiß von der Stirn. Dein Dorf ist schon schön.

Dann hängte er sich ans Telefon.

Ein Bürgermeister, dachte er, sollte schon wissen, was in seiner Gemeinde vor sich geht. Er staunte nicht schlecht, als er erfuhr, was passiert war.

Draußen ging es jetzt richtig rund.

183

Von überall her kamen die Mitglieder des Feuerwehrtrupps von Hudlhub angerauscht, allen voran natürlich Kommandant Franz, aber auch die anderen. Sie waren per stillem Alarm benachrichtigt worden.

»Leise, Männer, es brennt!« flüsterte Franz ihnen zu, als er seine Mannschaft beieinander hatte, während Ludwig schon versuchte, den alten Bulldog in Gang zu bringen. Der war aber auch manchmal widerspenstig.

»Wo brennt's?« fragte Max.

»Es brennt – im übertragenen Sinn«, sagte Franz. »Geheimauftrag. Wir müssen den Einsatztruppen den Rücken frei halten.«

»Was denn für Einsatztruppen?«

»Na die, die hier eben durchgerauscht sind, Meik. Das kann doch nicht sein, dass du das überhört hast. Bei dem Lärm, den die hier gemacht haben.«

»Und warum müssen wir dann leise sein?«, brüllte Ludwig von vorn, wo der Diesel gerade stampfend und schnaufend auf Touren kam.

»Was ist denn hier los?« Steffi stand mit einem Mal in der Tür und schaute besorgt. Als Charlie sie entdeckte, wollte er etwas sagen, wandte den Kopf zu ihr und holte schon Luft. Aber genau das war er für sie.

»Max«, sagte Steffi, »was ist hier los?«

»Das ist geheim, Steffi«, funkte Franz dazwischen. »Geh besser, das kann gefährlich werden.«

»Gefährlich?« Steffi fuhr herum. »Gefährlich? Aber ... Ist es das wert?«

»Manchmal muss ein Mann tun, was ein Mann tun muss«, sagte Max bedeutungsschwanger. So bedeutungsschwanger, dass Charlie auf der anderen Seite nicht anders konnte und in schallendes Gelächter ausbrach.

»Der war gut, Max!« Das war alles, was er noch prustend herausbrachte. Steffi musste innerlich ebenfalls lachen, obwohl sie doch so besorgt war; sie hatte sich aber vorgenommen, Charlie nicht eine Haaresbreite entgegenzukommen. Dieser – ...

184

»Wir müssen jetzt los! Aufsitzen, Männer!«, befahl Franz. Und das taten sie. Charlie ging noch an Steffi vorbei, sie spürte seine warmen, kraftvollen Hände an ihrer Schulter, er schob sie sanft, aber bestimmt aus dem Weg. Sie erschauerte.

»Seid vorsichtig«, hauchte sie.

»Wir machen das schon«, sagte Charlie, und er strahlte dabei die Zuversicht der Helden in Hollywood-Filmen aus. Wenn Chris Pine ins Raumschiff steigt. Wenn Bruce Willis durchlädt. Wenn Chris Hemsworth einatmet. Wenn Dwayne Johnson die Nackenknochen knacken lässt.

Na dann, dachte Steffi. Und als der Feuerwehrbulldog den Hänger mitsamt der Mannschaft in Bewegung brachte, sah sie den Jungs noch lange nach. Erst als sie sich weggedreht hatte, drehte sich Charlie noch einmal um, hob die Hand und winkte ihr zu.

»Du bist aber auch ein Draufgänger, Charlie!« lästerte Max, der genau gesehen hatte, was hier eben abgegangen war.

»Halt's Maul, Max.«

185

39 | EINSATZ

Georg Friedrich traf eine Entscheidung.

Er bat den Pfarrer, die Elfenbeinprinzessin zu sich ins Pfarrhaus mitzunehmen, er wollte zunächst alleine kontrollieren, ob im Versteck alles in Ordnung war.

Diesmal hörte er nicht Händel, als er in seinem Dodge Platz genommen hatte, vielmehr ließ er die Scheibe runter und war froh, dass sein Auto bei Fast-Standgas einmal abgesehen vom leisen, angenehmen, gemütlichen Achtzylinder-Blubbern kaum Geräusche von sich gab. Irgendetwas war hier nämlich hochgradig faul.

Er musste nicht weit fahren, bis ihm klar war, dass die ganzen Autos unterwegs zum Reiß Sepp waren.

Verdammt.

Was in aller Welt war hier los?

Georg Friedrich verstand überhaupt nichts mehr. Er musste da jetzt hin. Nur wie?

Die Feuerwehr hatte alles abgeriegelt, schon von weitem konnte er den roten Feuerwehrhänger sehen, der mitten auf dem Feldweg stand. Franz und seine Leute hatten ganze Arbeit geleistet.

Zu fünft standen sie da in Reih' und Glied und strahlten Entschlossenheit aus. Klar, der Dodge wäre schneller, wenn er jetzt aufs Gas drückte und an ihnen vorbei brettern würde. Aber den Typen hier war alles zuzutrauen. Einer von ihnen würde womöglich vom Hänger auf den Pickup springen, und dann würde es richtig Probleme geben. Vielleicht war es besser, sich nicht mit ihnen anzulegen.

Georg Friedrich konnte es ihnen ansehen: Sie waren zu allem bereit. Und wie.

Vorn, beim Feuerwehrtrupp stellte sich diese Situation ungefähr so dar:

»Franz, i muss brunzn!«

»Geht nicht, Ludwig, wir haben einen Auftrag zu erfüllen. Stell dich breitbeinig hin, stemm die Hände in die Hüften, das entlastet die Blase.«

»Nu gück mol, wie da Ludwig do stöht, ja nü, das kann isch och.«

»Ihr seid mir vielleicht ein paar Witzfiguren!«

»Halt's Maul, Max!«

»Nee, wirklich. Wenn ich Euch zwei so sehe, wie Ihr Euch gleich in die Hosen macht, da hätte ich auch Angst als Ganove, der vom SEK gesucht wird. Ich will das auch. Außerdem muss ich auch brunzn.«

»Jetzt fehlt nur noch, dass der Charlie auch noch einen auf WildWest-Cowboy macht. Charlie! Charlie? Bitte! Du nicht auch noch. Das ist doch wirklich albern.«

»Jetzt stellen wir was dar, oder, Männer?«

»Ich muss brunzn.«

»Aber du siehst unheimlich gut aus dabei.«

»Wenn uns einer von der Stützpunktfeuerwehr so sieht, sind wir geliefert, das ist euch schon klar.«

»Auf allen Feuerwehrfesten werden sie von uns reden.«

»Auf allen Feuerwehrfesten werden sie über uns lachen.«

»I muaß brunzn.«

»Halt's Maul, Ludwig.«

»Da schaut's, da hinten kommt schon einer.«

»Du meinst den schwarzen Pickup, der sich da nähert?«

»Ja, genau.«

»Wem gehört der?«

»Was weiß denn ich? Claudio Pizarro? Jupp Heynckes? Paul Breitner? Dem Papst seinem Schwager?«

»Loddar Maddhäus?«

»Ich muss jetzt wirklich brunzn.«

»Ludwig, wir haben hier einen Job zu erledigen.«

»Nur ned hudln. Er dreht wieder um.«

»Wahrscheinlich hat Loddar Maddhäus Angst vor dem Feuerwehrtrupp von Hudlhub.«

»Mit Recht.«

»I muaß jetzt brunzn.«

»Weiß eigentlich irgendwer von euch, was genau wir hier wirklich tun?«

»Der Einsatz hieß: Die Straße zum Reiß Sepp seinem Haus sichern. Irgendein SEK-Einsatz.«

»Da schau her. Ist der Reiß wieder von den Toten auferstanden?«

»Und wahrscheinlich ist sein Klo verstopft.«

»Redet's nicht von Toiletten, meine Blase platzt gleich.«

»Wahrscheinlich hat jemand einen Wasserfall entführt, und ihn beim Reiß versteckt, und jetzt kommt die Polizei, um das Rauschen zu befreien.«

»So.«

»Wer sö socht, hat noch nüscht gedon.«

»Halt's Maul, Meik.«

»Wer hat da eigentlich eben ,So' gesagt?«

»Das war ich. Ich hab mir grad in die Hosen gebrunzt.«

»Mei Ludwig, du bist doch wirklich eine alte Sau.«

Georg Friedrich musste tief in seiner Erinnerung kramen, das war alles wirklich verdammt lang her, schließlich aber fand er den anderen Weg zum Reiß, hintenrum über Winden, Durchschlacht, über Kleinsommersberg und Sommersberg, vorbei an Sappenberg. Schließlich ein Feldweg. Es ging steil bergauf und bergab, obwohl Hudlhub doch eigentlich überhaupt noch nicht im Voralpenland lag. Die Landschaftsarchitekten – ob ganz profan die Erosion oder doch Slartibartfass aus dem Buch »Per Anhalter durch die Galaxis« oder am Ende der liebe Gott, diese Frage konnte und wollte Georg Friedrich gerade nicht für sich final klären – hatten sich seinerzeit etwas dabei gedacht, als sie diesen Landstrich erfanden.

Unterwegs passierte Georg Friedrich ein Mahnmal für die Opfer des bis heute ungelösten Mordes von Kainegg, dann ging es vorbei an einigen Weilern, in einem von ihnen wohnte angeblich ein berühmter Schlagerstar. Jetzt waren es nicht mehr als 300, vielleicht 400 Meter, dann würde er Sepp Reiß' Haus wieder erreichen. Aber von hinten.

188

Als er ankam, konnte Georg Friedrich gerade noch sehen, wie Beamte in SEK-Ausrüstung – Helm, schusssichere Weste, Springerstiefel, alles in schwarz statt dem sonst üblichen Polizeikackbraungrün – die beiden vorbildlich verschnürten Frau Antjes in zwei Einsatzfahrzeugen verstauten.

Mit den Fesseln auf dem Rücken brachten sie die beiden allerdings nicht auf den Rücksitz.

Frauke war immer noch leicht benommen und ließ sich artig Handschellen an Händen und Füßen anlegen, aber Wiebke bekam eine Hand und die beiden Füße frei. Wie entfesselt stieß sie einen Urschrei aus, dann hörte Georg Friedrich nur noch Knochen splittern. Mit atemberaubender Geschwindigkeit zerschmettere sie mit ihrer einen Hand zunächst die Nase des Beamten, an den sie gefesselt war, dann stützte sie sich mit der freien Hand auf dem Auto auf und zerlegte die Beamten, die ihrem Kollegen zu Hilfe eilten, indem sie, als hätte sie Flügel, in die Luft ihre Beine zum Einsatz brachte. Die wirbelten mit einem Mal wie Propeller durch die Luft. Die Füße traten herannahende Rippenknochen ein, landeten dann nur kurz katzengleich auf dem Boden, um sofort wieder in die Höhe zu schnellen, als wäre der Waldboden ein Trampolin. Wiebke beherrschte Choy Lay Fut, Ditanquan, Fu Lung Pai, San Shou, Shequan, Tanglangquan, Wing Chun und Yingzhaoquan und wenn es sein musste auch noch einiges andere mehr.

Ein Blutbad, ein Gemetzel, dachte Georg Friedrich, als er sah, was Wiebke anrichtete. Der Mann, an den sie gekettet war, hing inzwischen leblos an ihrer anderen Hand, und immer mehr Beamte warfen sich auf sie. Alle schrien, stöhnten, zerrten, schlugen, griffen, drückten, keuchten, pressten, röchelten.

Irgendwann musste sie dann doch aufgeben.

Als Wiebke endlich unsanft auf der Rückbank der Beamtenlimousine gelandet war und das Sitzpolster einschmutzte, standen, knieten und lagen draußen 15, vielleicht 20 Beamte, sich auf den Knien abstützend, blutend, vor Schmerz schreiend, nach Luft ringend.

Georg Friedrich war froh, das Richtige getan zu haben, als er

189

die beiden Damen unter dem Küchenfenster kurzerhand außer Gefecht gesetzt hatte.

Eine Einladung zum Tee wäre in jedem Fall die falsche Alternative gewesen.

40 | FRÜHSTÜCK

Georg Friedrich robbte zurück zum Dodge. Er hatte genug gesehen. Er musste nicht besonders vorsichtig sein, das SEK war viel zu sehr mit sich selbst beschäftigt, als dass es noch irgendetwas anderes um sich herum wahrgenommen hätte. Das hat aber auch wehgetan, diese Frau Antje. Käse aus Holland – die Knochengebrochenen werden erstmal für eine Weile die Nase voll davon haben.

Wie gut, dass die Fahrbereitschaft immer auf Zack ist: Alle Verbandskästen waren aufgefüllt, Heftpflaster, Binden, Kompressen, Scheren – alles da, was das Kämpferherz begehrt und was Rambo seinerzeit nicht zur Verfügung hatte. Nach diesem Debakel im Wald muss niemand seine Wunden selbst und ohne Betäubung nähen; die wenigen, die den kleinen Egotrip der Gewalt-Antje überstanden hatten, versorgten ihre malträtierten Kollegen fachgerecht.

Schadet wohl doch nicht, wenn man beim Erste-Hilfe-Kurs aufpasst. Gelernt ist gelernt.

Georg Friedrich aber tuckerte gemächlich zurück nach Hudlhub, sein Auto stellte er einige Hundert Meter von der Kirche entfernt in jener alten Greppen ab, die er noch von früher kannte. An einem Baum hing ein ausgenommener Hase, er musste grinsen.

Nein, er war das nicht gewesen. Das Getier, das er damals gemäß der alten Dorftradition selbst in der Greppe erlegt hatte, war längst verwest. Das hier, das war das Werk der nächsten Generation.

Von dem kleinen Hain aus ging er zu Fuß, klopfte schließlich an die Pfarrhaustür und bekam endlich ein Frühstück. Und natürlich erzählte er dem Pfarrer und der Elfenbeinprinzessin, was passiert war, den kleinen Auftritt von Wiebke ließ er allerdings unter den Tisch fallen. Er war nicht der Typ Mann, der es nötig hatte, hinterher darauf herumzureiten, wie Recht man mal wieder gehabt hat.

191

Aber warum? Und wieso? Und überhaupt?

Da tappte Georg Friedrich im Dunkeln. Ihm fehlten ganz einfach ein paar Informationen.

So hatte er nicht den blassesten Schimmer, wieso die Polizei die beiden Käsefrauen abgeholt haben könnte – und auch noch so geräuschvoll.

Wer um alles in der Welt hatte da die Polizei alarmiert?

Der Pfarrer war genauso ratlos wie seine beiden Gäste.

»Vielleicht sind die beiden gesuchte Verbrecher, und die Polizei hat ihnen Sender untergejubelt.«

»Oder das Anwesen vom Reiß Sepp ist eine polizeibekannte Mafia-Zentrale, die von der Polizei verwanzt wurde.«

»Oder der Kicker hat die Polizei verständigt.«

»Aber woher hätte er denn wissen sollen, wo wir sind?«

»Naja, vielleicht hat Frau Antje einen Zwischenbericht abgegeben, ehe die beiden bei uns vorbeischauten.«

»Das gibt doch alles überhaupt keinen Sinn.«

»Ja, das stimmt.«

»Und was machen wir jetzt?«

»Ich schlage vor, wir holen erst einmal noch ein wenig Schlaf nach, das wird uns allen gut tun!«, sagte der Pfarrer. Gute Idee, fanden die anderen. So verschwand der Pfarrer noch einmal in seinem Zimmer, und die beiden Gäste durften nebenan ins Pfarrheim, wo es ein Bettenlager der Ministranten gab, die hier ab und an ihre Partys veranstalteten.

Eine Party wie diese hatte keiner von ihnen jemals zuvor erlebt. So richtig gut schliefen sie aber alle nicht.

Der Pfarrer schlief am wenigsten.

Er hatte um 11 Uhr eine Messe in der Filialgemeinde zu halten, er war weder sonderlich motiviert noch konzentriert. Aber er wusste, was er seiner Gemeinde schuldig war, und auch an diesem Tag gelang es ihm, die Menschen zu erreichen, sie abzuholen und zu berühren. Der Klingelbeutel klimperte fröhlich. Als er zurückkehrte, es war längst Mittag, schliefen seine beiden Gäste immer noch friedlich im Bettenlager, er ließ sie.

41 | MAHLZEIT

Ein paar Kilometer weiter, in der benachbarten Spargelstadt, ging es im örtlichen Polizeirevier weit weniger leise zu.

Dutzende Autos standen im Hof, ein solches Aufgebot gab es sonst nur, wenn nebenan im Königreichssaal der Zeugen Jehovas ein Bezirkstreffen anstand oder der Kreisjugendring im Rahmen des Ferienprogramms die Inspektion besuchte und die üblicherweise angemeldeten 40 bis 50 Kinder allesamt von ihren 40 bis 50 Müttern (und einigen, wenigen Vätern) einzeln im Auto aufs Revier gebracht wurden, weil Fahrradfahren out ist.

Heute gab es hier genau zwei Hauptpersonen: Wiebke und Frauke. Die Beamten nahmen die beiden ostfriesischen Blondinen als reichlich verwirrt wahr, als sie sie mit dem Vorwurf konfrontierten, sie seien bedeutende Drogenbosse, sie hätten den Entleitner übelst erpresst und gegen dessen Willen gezwungen, Hanf auf seinem Hof anzubauen.

»Ich habe nicht die geringste Ahnung, wovon Sie sprechen, Herr Kommissar!«, fauchte Frauke, und sie sagte das derart überzeugend, dass die Beamten es ihr beinahe abgekauft hätten, wäre nicht die Sachlage eine andere gewesen.

»Und von einem Entleitner habe ich noch nie etwas gehört. Und wieso Drogen? Wir sind Sportlerinnen, mit Drogen haben wir nichts am Hut!«

Erstaunlich, wie gut manche Menschen sich verstellen können, fanden die Beamten. Manche sind so gut, dass man fast meinen könnte, sie sagen die Wahrheit.

Dass Wiebke später bei ihrer Befragung fast die gleichen Worte verwendete, werteten die Beamten hinterher als Bestätigung für die Informationen des anonymen Anrufers. Die beiden hatten sich ganz offensichtlich vorher abgesprochen. Sie waren perfekt auf die Verhörsituation vorbereitet.

Zu perfekt, fanden die Beamten. Das hatten die doch trainiert.

Das war alles Teil des Plans, der Vorbereitung. Anders war das doch gar nicht möglich.

Dass Frauke bei ihrer Befragung zwischendurch kurz ausgerastet war und drei Beamte mit wenigen Bewegungen vermöbelte, obwohl sie an Händen und Beinen gefesselt war – Bilanz: zwei gebrochene Beine, drei gebrochene Arme, sieben ausgeschlagene Zähne, zwei gebrochene Nasen, eine ausgerenkte Schulter und ein renovierungsbedürftiger Verhörraum –, verbesserte die Lage der beiden Käserepräsentantinnen nicht wirklich.

Die Polizei war sicher: Sie hatte da einen ganz großen Fisch geangelt. Jedenfalls waren die beiden Frau Antjes wirklich sehr, sehr gefährlich.

42 | ZEIT VERGEHT

Bernd Zackig schrak hoch.

Er brauchte einen Moment, um sich zu orientieren. Er fühlte, wie ihm der Puls bis zum Hals schlug. Pochend. Energetisch. Schnell. Druckvoll. Nicht entspannt. Nicht so, wie es sein soll, wenn man mitten in der Nacht aufwacht.

Ah, stellte Zackig schließlich fest, ich bin zu Hause. Ich bin in meinem Bett.

Er streckte den Arm aus und fingerte nach seinem batteriebetriebenen Wecker, mit dem er vor einer Weile seinen Wellness-Aufwachawakener mit automatischer Sonnenaufgangsfunktion ersetzt hatte. Das Gerät kostete ein kleines Vermögen, hatte aber den Nachteil, dass es am Netz hing. Eines Nachts hatte es einen Stromausfall gegeben, mit der Folge, dass er verschlief, mit der Folge, dass er einen am Telefon wartenden österreichischen Superstar-Liedermacher beim vereinbarten Interview versetzte, mit der Folge wiederum, dass der ihn überaus unwirsch und verletzt anschnauzte, als er sich angesichts fast zweistündiger Verspätung voller Schuldgefühle zu entschuldigen versuchte, mit der Folge, dass am Ende ein Katastropheninterview herauskam.

Er hatte dann den Wellness-Aufwachawakener mit automatischer Sonnenaufgangsfunktion bei Ebay verkauft und sich von dem Erlös zwei herkömmliche, batteriebetriebene Wecker ersteigert, die nun immer einträchtig nebeneinander auf seinem Nachttisch prangten, darauf wartend, morgens um 9.30 Uhr ihren Dienst tun zu können. Das heißt: Er hatte ja gar keinen Nachttisch, sie standen auf dem Fußboden unter seinem Bett, und dort ertappten Zackigs Finger jetzt einen der beiden.

8.48 Uhr, las Zackig.

8.48. So merken sich Blondinen in dem alten Witz die Uhrzeit: Brezen – Stuhl – Brezen. 8.48 Uhr. Genau.

Aber verdammt. Brezen – Stuhl – Brezen, das war ja für einen Journalisten mitten in der Nacht.

195

Und doch: Irgendetwas war anders als sonst.

Zackig dachte scharf nach, während er lustlos zwei Scheiben gepresstes Weißbrot in den Toaster warf, im Kühlschrank nach der französischen Meersalzbutter suchte und eine Dose Cola light aufmachte, auch wenn der komische künstliche Süßstoff darin einem angeblich das Hirn zersetzt. Verdammt, er wollte doch noch die Geschichte über das Dorf machen, das unter der Strahlung eines Mobilfunksen-

demasten litt. Aber das war es nicht, was er vergessen hatte. Es war etwas anderes, das ihn packte.

Irgendwas war faul. Stand etwa wieder ein Interview mit einer Austropoplegende an? Sollte er gerade irgendwo ein Foto machen? Nein. Nicht an diesem Morgen. Nicht heute.

Es war sein Instinkt, der ihm sagte: Irgendwas war da draußen. Er spürte es im Journalisten-Urin.

Zackig ging auf Nummer sicher und rief bei der Polizei an. Ein alter Spezl war dran, Leo Preckel, ein netter Kerl, der so gar nichts von einem Polizisten hatte, wenn er nachts in der Kneipe am DJ-Tisch stand und die Leute auf Trab brachte. Das war sein Hobby und seine Berufung. Leo Preckel war ein cooler Hund, ein Mann mit vielen Facetten. Was er machte, machte er richtig, auch wenn er dabei braune Hosen und safarigrüngelbe Hemden tragen musste. Zackig war es gewohnt, dass Preckel wie immer tiefenentspannt, fast gelangweilt, wirkte.

»Sag mal, Leo, hab ich heute Nacht irgendwas verpasst?«

»Heute Nacht?«, fragte Preckel ruhig. »Nicht, dass ich wüsste. Wieso?«

»Irgendetwas sagt mir: Da draußen ist was.«

»Na. Da ist nix, Bernd. Die Streife ist eben rein gekommen, die waren in Hudlhub – also bitte, was soll da schon sein.«

»In Hudlhub? Da seid Ihr doch sonst nie!« In Zackigs Stimme mengte sich ein Unterton der Verzweiflung bei.

»Hast Recht, Bernd, aber da war echt nichts. Die Kollegen haben lediglich zwei Holländerinnen, die sich da draußen im Wald verlaufen hatten, wieder auf die Beine geholfen.«

»Die mit dem Jaguar?«

»Die mit dem Jaguar. Kennst du die?«

196

»Die haben mich neulich in der Stadt nach dem Weg gefragt. Das waren aber keine Holländerinnen, sondern eher Ostfriesinnen, wenn du mich fragst.«

»Siehst du, dann kennst du die beiden ja sogar. Ich sag doch: Nichts los. Du hast nichts verpasst. Leg dich wieder ins Bett, um diese Zeit bist du doch sonst eh noch nicht wach.«

»Hast Recht, Leo. Dann wünsch ich dir noch einen ruhigen Dienst.«

»Merci, Bernd.«

Im Hudlhubber Feuerwehrhaus war heute von einem ruhigen Dienst keine Rede. Nach dem Sicherungseinsatz auf dem Feldweg beim Reiß Sepp wurde jetzt erst einmal geputzt. Es gehörte zum Einsatz dazu, dass danach alles gereinigt wird, und der Tragkraftspitzentransportanhänger hatte auf dem Feldweg doch ganz schön viel Staub und Kuhkacke abbekommen, das ging ja gar nicht.

Alle waren sie da, Charlie, der Ludwig, der Max, der Meik, natürlich Franz, der Kommandant, der sich die Folgen seiner Trennung wie immer nicht anmerken ließ, dann die anderen Söhne der alten Hudlhubber Familien, Sepp Meier jun., Sepp Mayr jun., Sepp Mair jun. und Sepp Meyr jun. und wie sie alle hießen.

Was sie normalerweise nicht hatten, wenn sie das Gerät nach Einsätzen reinigten, war Publikum.

Heute schon.

Halb Hudlhub lungerte am Dorfplatz herum, streunte ums Feuerwehrhaus, versuchte einen möglichst unbeteiligten Eindruck zu erwecken, und doch waren alle aus demselben Grund gekommen: Sie wollten wissen, was da heute Morgen beim Reiß Sepp passiert ist. Und sie hofften, dass der Feuerwehrtrupp ein paar Hintergrundinfos beitragen könnte.

Simon Huber, der Bäcker, hatte den Jungs extra Brezen mitgebracht. »Langt's zua, Buam!«, sagte er, und das taten sie dann auch.

»Dankeschön, Simon!«, sagte Franz und schaute in die Runde. »Ihr wollt wissen, was da los war, oder?« Alle nickten.

»Es war brutal, Leute«, fiel ihm Ludwig, der sich längst eine

197

andere Hose geholt hatte, ins Wort. Er fürchtete, dass der Franz mit seinem Edelmut und seiner Ehrlichkeit jegliche Spannung herausnehmen könnte. »Es war wirklich brutal.«

»Das stimmt, es war echt – brutal!« Max kam ihm zu Hilfe. »Die waren mehrere, und wie wir da so standen, näherten sich von überall gigantische schwarze Pickups. Brutal.«

»Das waren lauter brutale Hummer, aber die Brutalen vom Militär, die ganz großen, wie der Schwarzenegger einen hatte. Mindestens 500 PS. Brutal.«

»Echt brutal.«

»Und beim Reiß, da ist es vielleicht zugegangen.«

»Wahnsinn, brutal.«

Jetzt schaltete sich Franz wieder ein: »Nun ist es gut, Jungs, vielleicht solltet ihr euch wieder auf eure Arbeit konzentrieren. Schaut mal, wie die Zugmaschine noch aussieht.« Ludwig nickte und zog den Kopf etwas ein. Noch einmal wandte er sich den neugierig wartenden Hudlhubbern zu: »Aber wir dürfen Euch da leider echt nicht mehr dazu sagen.«

»Schweigepflicht.« Das war der Max. »Voll brutal.«

»Es war echt brutal, aber die Polizei erwartet von uns, dass wir die Ermittlungen nicht stören.«

Das Problem war genau genommen eher so: Die Männer vom Feuerwehrtrupp wussten absolut nichts. Sie hatten überhaupt nichts davon mitbekommen, was beim Reiß Sepp passiert war, sie hatten nichts gesehen, nicht eine der SEK-Limousinen, keinen einzigen Polizisten geschweige denn einen Verbrecher. Sie waren lediglich auf ihrem Feldweg gestanden und hatten kurz diesen einen schwarzen Pickup am Horizont wahrgenommen, und der hatte nun auch nicht anderes gemacht als zu wenden, um dann in der anderen Richtung weiterzufahren. Aber das hätten sie natürlich niemals zugegeben.

»Vielleicht kann ich ein paar Worte zur Klarstellung einbringen«, sagte jetzt der Bürgermeister. Er trat zwei Schritte vor, packte mit beiden Händen das linke und das rechte Revers seines Trachtenjackets mit den sündhaft teuren Knöpfen, die er bei einem Geisenfelder Heimatkundler erstanden hatte, und stellte einen Fuß leicht vor, das kam dynamisch rüber. So hatte er das irgendwann mal im Fernsehen gesehen. Das wirkt souverän und respekteinflößend. Und tatsächlich: Die Menge verstummte und wandte sich ihm zu. Gelernt ist eben tatsächlich gelernt.

»Ich wurde selbstverständlich über den Einsatz informiert.« Kunstpause. »Tatsächlich war heute ein« – lange Kunstpause – »Sondereinsatzkommando der Polizei« – kurze Kunstpause – »in der Nähe unserer Gemeinde im Einsatz.« Allgemeines Gemurmel und Getuschel.

»Bitte, seid's so gut und hört's mir grad zu!«, machte der Bürgermeister weiter und hob die Hände mit einer ruhig ausgeführten, beschwichtigenden Bewegung, die etwas von einem kirchlichen Segen hatte. Dann ließ er sie wieder die Revers greifen. Kunstpause. Es sollten noch viele Kunstpausen folgen. Gut für die Dramatik, fand der Bürgermeister.

»Ihr müsst verstehen, dass dieser Einsatz natürlich ... (Kunstpause)

... geheim war, aber soviel kann ich Euch sagen: Für Eure Sicherheit bestand zu keiner Zeit, ich betone ... (Kunstpause) ... zu keiner Zeit eine Gefahr. Es fiel kein einziger ... (Kunstpause) ... Schuss ... (Kunstpause) ..., die Kollegen haben ganz ausgezeichnete Arbeit geleistet, selbstverständlich mit tatkräftiger Unterstützung unseres ... (Kunstpause, ausgefüllt mit einem langen Blick) Feuerwehrtrupps. Und ich möchte mich an dieser Stelle ganz besonders ... (Kunstpause) beim Franz ... (Kunstpause) ... und seinen Männern ... (Kunstpause) ... bedanken, auch im Namen des gesamten Gemeinderats. Männer, Ihr wart's bärig. Mehr, das müsst Ihr verstehen, darf ich Euch ... (Kunstpause) ... leider ... (Kunstpause) ... nicht ... (Kunstpause) ... sagen.« Dann drehte er sich um und schob nach einer weiteren, abschließenden, bekräftigenden Kunstpause noch ein beherztes, dynamisches »So!« hinterher.

»Wer sö socht, hod noch nüscht gedon!« sächselte der Meik, die sonst übliche Lachsalve blieb angesichts der Ernsthaftigkeit der Situation aus.

»Sag ich doch!«, zischte der Ludwig und tauchte den Putzlumpen wieder in den Wassereimer, dessen Inhalt oben mittlerweile

199

von einer schwarzen, schleimig-glänzenden Schicht bedeckt war. »Es war brutal.«

Charlie hatte sich wie immer ein wenig ins Eck verzogen, er wischte lustlos mit einem trockenen Lappen über die Bordwand, die schon dreimal geputzt worden war, plötzlich stand Steffi neben ihm.

»Du Charlie?« Sie sagte das leise, fast zärtlich.

»Ja?«, erwiderte Charlie fast eine Spur zu forsch.

»War's wirklich gefährlich?«

»Ach, Schmarrn, der Ludwig macht sich wieder einmal wichtig. Wir haben nichts anderes gemacht als eine Straße abzusichern. Da war weit und breit niemand.«

Charlie sah Steffi kurz in die Augen, sie waren schön. Komisch, das war ihm bisher noch gar nicht aufgefallen. Er musste dann aber den Kopf wegdrehen, Charlie war nicht bereit dafür, ihrem Blick standzuhalten. Obwohl, er hätte ja schon gerne ein bisschen weitergeguckt.

Steffi. Ihn durchfuhr so ein komisches Gefühl, er konnte es gar nicht genau beschreiben. Nicht unangenehm, im Gegenteil. Charlie wischte gedankenverloren mit dem Lappen über die Finger, und alles, was der Lappen von der Bordwand aufgenommen hatte, klebte jetzt an seinen Fingernägeln. Steffi bemerkte das natürlich, Charlie wiederum bemerkte das nicht.

»Das war wirklich gar nichts«, sagte er noch einmal, ohne die Augen vom Lappen zu nehmen.

»Dann ist's ja gut«, sagte Steffi, drehte sich um und ging einfach weg.

»Äh ...«, sagte Charlie, aber Steffi dachte gar nicht daran, sich umzudrehen. »Äh ...«, sagte Charlie noch einmal, dann räusperte er sich und wischte die Bordwand zum vierten Mal. »Ich versteh's nicht«, nuschelte er in seinen Drei-Tage-Bart, der ihn auch heute wieder unheimlich männlich aussehen ließ.

»Und, Charlie? Jetzt redet ihr ja doch miteinander, du und die Steffi.« Valentin Hausknecht war wieder einmal liebevoll zurecht gemacht, er trug heute ein hellblaues Trikot mit jeder Menge

200

Werbung, für deren Präsentation er keinen einzigen Cent bekam, die auf seinen Sachen abgedruckten Unternehmen nahmen das aber sicherlich gerne billigend in Kauf. Er war samt seiner Rennmaschine ins Feuerwehrhaus gerollt und lümmelte sich mit dem fast 80-jährigen, ausgemergelten Oberkörper auf dem Lenker. Heute hatte er 120 Kilometer gemacht. Der eine Fuß stand noch – eingeklickt – im Pedal, mit dem anderen durchtrainierten, alten Bein stützte er sich ab. Wirklich sehr lässig.

Charlie sah ihn widerwillig an. »Was weißt du schon von Frauen?«

»Mehr als du denkst, Charlie«, erwiderte Hausknecht, und er war fast ein bisschen gekränkt.

Charlie verkniff sich zu sagen, was er dachte, das wäre nicht nett gewesen, und er mochte den alten Hausknecht ja wirklich von Herzen gern. Der alte Hausknecht hatte ein Einsehen und erledigte das seiner statt.

»Wer 243 Folgen Baywatch gesehen hat, weiß alles über die Liebe«, sagte der alte Valentin, sich selbst auf den Arm nehmend. »Das ist es doch, was du meinst, oder?« Charlie winkte ab. »Nein, Valentin, du kennst mich. Das würde ich nie sagen.«

»Nein, Charlie, natürlich nicht. Das weiß ich, du bist ein feiner Kerl. Aber die Gedanken sind frei.« Charlie sah ihm kurz in die Augen, er musste grinsen, und Hausknecht tat das auch. Und er nutzte die kleine Grinspause, um nachzulegen.

»Weißt du, was ich dir sag, wenn ich dich und die Frauen ansehe, Charlie? Ich sag's dir: Du bist ein Riesendrumdepp. Pfiad de!« Sprach's, drehte sein Rad herum und klackerte auf seinen hellblauen, ergonomisch perfekt an die alten Füße angepassten Schuhen zum Platz hinaus. Und der Charlie schaute dumm aus der Wäsche, atmete ein, atmete noch tiefer ein, schnaubte, er war kurz davor zu hyperventilieren.

»Ruhig, Brauner«, sagte Max.

43 | POST

Sehr geehrter Herr XXXXXXX, (Name dem Verlag bekannt)

ich gebe Ihnen hiermit bekannt, dass ich Frau Wiebke Jensen und Frau Frauke Hansen anwaltschaftlich vertrete. Die beiden Damen haben mir gegenüber angedeutet, dass sie Ihnen bestens bekannt sind, weil sie für Sie in Bayern etwas zu erledigen hatten. Dieser Freundschaftsdienst, soll ich Ihnen ausrichten, konnte nun am Ende nicht final vorgenommen werden, zum größten Bedauern meiner beiden Mandantinnen. Wie gerne hätten sie sich selbst bei Ihnen gemeldet, da sie aus Sicherheitsgründen in Einzelhaft unter strengsten Vorkehrungen zur Vermeidung von Verletzungen der Beamten, in deren Obhut sie sich befinden, untergebracht sind, ist ihnen das zurzeit aber verwehrt.

Nachdem sich der Irrtum, der meine Mandantinnen in diese missliche Lage gebracht hat, aufgeklärt haben wird, werden sich die beiden werten Damen selbstverständlich wieder bei Ihnen melden. Sollte dann noch ein Interesse Ihrerseits daran bestehen, diesen Freundschaftsdienst auszuführen, wären die beiden aber gerne bereit, Sie in allem zu unterstützen, was die Vertrautheit Ihrer langjährigen freundschaftlichen Beziehung neue Höhen erklimmen lässt.

In diesem Sinne verbleibe ich namens meiner vorzüglichen Mandantinnen mit besten Grüßen Ihr

Dr. Horst Meilenstein

Anwaltskanzlei Advocats Meilenstein, Brecheisen und Winkelmesser, Düsseldorf, Berlin & Nordhausen
Jetzt musste er gleich kotzen. Der Kicker holte tief Luft. Er holte noch mal tief Luft. Gleich musste er kotzen. Mann, war er sauer. Nicht nur ein bisschen, sondern so richtig. Am liebsten hätte er es laut hinausgebrüllt: Diese beiden holländischen Fotzen haben

verkackt. Was heißt: verkackt. Versagt haben sie. Dabei hatten sie doch wirklich eine sehr leichte Vorgabe: Georg Friedrich finden, ihm den Arsch aufreißen und sein Kätzchen zurückbringen. Nicht mehr und nicht weniger. Und wo war jetzt sein Kätzchen? Er hatte keinen blassen Schimmer. Und was war mit Georg Friedrichs Arsch? Offensichtlich war er nicht aufgerissen. Dafür waren die Käseschnallen im Knast. Ging ja gar nicht! Mann, war er sauer, der Kicker.

Er zerknüllte den Brief des Anwalts und warf ihn in die Ecke. Aber das war zu wenig. Er sprang ihm nach, hob ihn auf und begann ihn in tausend kleine Fetzen zu zerreißen. Dabei brüllte er vor Wut, er war ja so sauer. Er schrie, und er zerfetzte, und er ...

»Schatz, was ist denn los?« Der Kicker zuckte zusammen, drehte sich wie von der Tarantel gestochen um, nicht folgenlos. Denn versehentlich berührte er mit der Schulter seine hohe Designerstehlampe, die mitten im Raum stand, ein elegantes Edelstahlteil mit einem langen, auf einer Kugel gelagerten Schwenkarm im Kopfhöhe, entworfen von der großartigen und sündhaft teuren Designerin Pauline Hernandez Bibeltreu, die in Bilbao, Tokio und Salamanca studiert hatte, eine ganz große Nummer in der Szene. Und dieser Schwenkarm begann sich jetzt zu drehen. Und weil der Schwung durch die übereilte Kehrtwende des Kickers so groß war, nahm auch der Schwenkarm enorm an Fahrt auf. Weil der Kicker an sich ein sportliches Kerlchen mit schneller Reaktionsfähigkeit war, wäre das alles nicht so schlimm gewesen, und unter normalen Umständen hätte er den sich drehenden Schwenkarm leicht abfangen können, ehe er Schaden anrichtet.

Hätte er.

Hat er aber nicht, der Kicker, er war nämlich abgelenkt.

Denn sein neues Schatzi stand da in der Tür, aufgeschreckt vom Geschrei des Kickers, und weil Schatzi so erschrocken war, hatte Schatzi doch glatt vergessen sich etwas anzuziehen. Wie der Herr und ein plastischer Chirurg namens Prof. Dr. Dr. John A. Geröllhammer (mit Hilfe zweier 400-Gramm-Silikonimplantate) sie geschaffen hatte, stand sie also vor ihm, und das, was der Kicker am liebsten mit der Formulierung »Geile Möpse« bezeichnete, fiel ihm in diesem Augenblick wieder einmal enorm ins Auge.

»Nichts, Schatzi!«, wollte er gerade sagen, »huschhusch ins Körbchen«, da kam der Schwenkarm angerauscht und haute ihm den metallenen Lampenkopf genau auf seinen Mund. Die Provisorien, die ihm die Zahnärztin vorübergehend eingesetzt hatte, um die von Georg Friedrich verursachten Lücken zwischen den wenigen, intakt gebliebenen Beißerchen zu kaschieren, flogen in hohem Bogen hinaus in die weite Welt.

»Au!«, brüllte der Kicker, »verdammte Feife! Fo ein Dreckmifft!«

Schatzi in der Tür schüttelte den Kopf. »Weißt du, meine Mutter hat mir immer gesagt: Hüte dich vor Männern, die in der ersten Woche schon fluchen. Ich bin immer gut damit gefahren, darauf zu hören. Dann mach's mal gut.« Und sie drehte sich auf den nackten, zarten Füßchen um, und der Kicker sah ihr verdutzt hinterher, nicht ohne einen letzten, langen Blick auf ihren außerordentlich apart abstehenden Allerwertesten zu werfen. Allerdings nicht mehr wirklich lüstern, denn der Mund tat ihm unfassbar weh.

»Ach verpiff dich doch, du duffelige Kuh!«, brüllte er ihr hinterher,

»du haft mich fofiefo schon gelangweilt!« Dann ging er in die Knie, um die Provisorien zu suchen. Morgen hatte er einen Auftritt beim ZDF im Aktuellen Sportstudio, und er wollte nicht mit Zahnlücken KMH gegenübertreten und auf die Torwand schießen müssen. Frau Doktor würde eine Nachtschicht einlegen müssen.

Und überhaupt würde er sich demnächst diesen Typen vornehmen, der ihm damals das Kätzchen angedreht hatte, als todsichere Geldanlage. Der Kicker wusste sehr genau, dass er dieses Kapital würde abschreiben müssen. Mann, 47 000 Euro. Dafür musste er mehr als einen ganzen Tag arbeiten. Was für eine Schweinerei.

Manchmal war das Leben einfach nicht gerecht.

204

44 | ENDSPIEL

Charlie schweißte, dass die Funken flogen. Die Feuershow, die er hier hinlegte, hätte einst Jennifer Beals in »Flashdance« zur Ehre gereicht, hätte X-ibit und sein »Pimp my ride«-Team jubeln und sich abklatschen lassen, wäre der perfekte Hintergrund für Pams in jeder Folge vorgeschriebene Baywatch-Zeitlupenszene gewesen, wäre ein spektakulärer Showeffekt in Harry Potters Kampf gegen Lord Voldemort gewesen, und sie wäre auch entstanden, wenn Wolverine sich am Kopf gekratzt hätte.

Wie auch immer, er spürte es ganz deutlich: Er war in der Endphase. Das Projekt Haderlein, es stand endlich vor dem Abschluss.

Seit Wochen werkelte er in fast jeder freien Minute, und es gab nicht so viele davon, an der Konstruktion, und er war überzeugt davon: Sie würde dem Haderlein den Rest geben. Ihm war's ja wurscht. Der Haderlein hat es so gewollt. Er wird schon sehen, was er davon hat.

Max kam vorbei, riss die Tür auf, Charlie brüllte: »Jetzt nicht!«

»Leck mich doch am Arsch!«

»Bist sicher?«

Und er schraubte weiter. Er musste die Sache endlich zu Ende bringen. Charlie nahm einen Kippschalter in die Hand, bewegte ihn, verfolgte die Reaktion am Steuergerät, es sprach auf den Kippschalter an, der elegant wirken würde, wäre seine originale Schildpattoberfläche nicht mit Ölresten verschmiert. Der Schalter stammte noch aus einer Zeit, als alle glaubten, das Horn würde bei Schildkröten nachwachsen.

»Gut!«, sagte Charlie.

Ludwig schaute vorbei, öffnete die Tür zur Werkstatt.

»Raus!«, brüllte der Charlie. Ludwig zuckte zusammen, schüttelte nur den Kopf: »Dann hat der Max tatsächlich recht. Jetzt spinnt er wirklich komplett.« Sprach's und verzog sich.

»Und? Was hab ich gesagt?« Max sah Ludwig triumphierend an, er hatte seinen Spezl vorgewarnt. Ludwig zuckte die Schultern. Der Charlie wieder. Er war schon eigen, manchmal. Aber er war ein guter Kumpel. Wenn man ihn zum Freund hatte, dann hatte man einen Freund fürs Leben. Da kann man schon mal über einen Aussetzer hinwegsehen.

Charlie rieb sich mit dem Unterarm den Schweiß aus dem Gesicht, die Finger waren viel zu verschmiert dafür. Ja, er war so weit. Der Kippschalter würde perfekt ins Armaturenbrett des Bentleys passen, er würde überhaupt nicht auffallen. Und er würde Wirkung zeigen, wenn man ihn betätigt. Jetzt muss er die Anlage nur noch einbauen, aber dann.

Haderlein. Jetzt. Jetzt kriegst es.

Charlie ging zum Kühlschrank und holte sich ein Bier. Es gab die Zeit für Konzentration, und es gab die Zeit für Belohnungen. Er war zwar Nichtraucher, eine Art Feuerzeug fand er dennoch: die Knarre mit dem abgesägten Lauf und dem Zielfernrohr. Schießen konnte man nicht mit dem Teil, aber ganz hervorragend Flaschenöffnen, und das brauchte er gerade dringend, seit er sich vor zwei Monaten abgewöhnt hatte, die Bierflaschen mit den Zähnen aufzumachen. Immer und immer wieder hatte er Anschisse vom Meik kassiert, irgendwann war es ihm zu blöd geworden.

Charlie nahm einen tiefen Schluck. Sein Blick wanderte über die Zeitungsausschnitte an den Wänden, Haderlein mit Ministern, Haderlein in Jubelpose, Haderlein mit seinem fetten Schlitten.

Haderlein.

Charlie stellte die Bierflasche auf die Werkbank, der Stahlrahmen war mal grün gewesen, heute nicht mehr. Charlie holte sein Smartphone heraus, dann wählte er eine Nummer. Irgendwo klingelte es jetzt, und er musste an diesen alten Witz denken, wo jemand sein Handy abhebt und fragt: Woher weißt du, dass ich im Puff bin?

Offensichtlich kam jetzt eine Verbindung zustande.

»Haderlein! Ich bin's, Charlie ... Ja ... stimmt ... aber jetzt bist du dran.« Dann legte er auf.

45 | UND ES HAT ZOOM GEMACHT

Luigi war an diesem Morgen ganz besonders gut drauf. Er hatte ja so tief geschlafen. Er hatte ja so schön geträumt. Er war der Hahn im Korb gewesen, und manchmal, da weiß man eben, was man hat. Ja, Luigi war ein glücklicher Gockel, er war der Herr im Hof, und hier, in Hudlhub, da war er daheim.

Von seinen italienischen Wurzeln wusste Luigi schließlich nichts, von Pizza und Pasta, von Siena und Lucca, von der Ur-Ur-Ur-Ur-Urundsoweiter-Urgroßmutter, die in Venedig lebte, wo sie ein ganzes Hühnerleben lang Eier für den Dogen legte, was für eine Ehre. Nur das mit den ragazze, das war ihm bewusst, und genau das genügte ihm genau genommen auch. Kikeriki. Und wenn er so darüber nachdachte, dann hatte er auch schon wieder großen Appetit.

Platsch, machte es.

Neben ihm landete ein ekliger, weißer Fleck auf dem Hühnerhof und einige Sprenkel trafen ihn am Fuß.

Igitt.

Luigi überlegte kurz, ob es sich wohl eruieren ließe, was da vom Himmel gefallen war, dann aber lief ihm eine seiner Ragazze über den Weg – che bella! Der italienische Gockel wäre eh nicht drauf gekommen, dass eben in diesem Augenblick Tusnelda einen weiteren Übungsflug absolvierte, nach Hause zu ihrem Herrn Theo Ambrosin in Salzburg. Ihr Timing stimmte, auch das ihres Darms. Mit besten Grüßen aus Salzburg nach Hudlhub.

»Hallo Luigi!«, sagte der Pfarrer, als er Luigi so unschlüssig und irritiert im Hühnerhof stehen sah. Hochwürden war nicht allein unterwegs. Der lange, schlaksige Pfarrer war in Begleitung eines breitschultrigen Mannes, dessen Hals um einiges dicker war als der Kopf. Diese beiden könnten auch einen Film zusammen drehen. Besser gesagt: die Drei, denn die Elfenbeinprinzessin war auch dabei. Sie hatte ihr weißes Kleid gegen eine weiße, enge

207

Jeans und ein weißes Oberteil getauscht, und auch so sah sie berückend aus.

Ihren beiden Begleitern war das völlig egal. Sie hatten nicht den Kopf frei, um sich betören zu lassen. Und einer der beiden war nicht nur von Berufs wegen vor solcherlei Verlockungen gefeit, sondern auch von Berufung wegen.

So schlenderten sie, und sie schwiegen.

Als sie durch die Hauptstraße gingen, waren sie noch immer ganz in Gedanken. Die neun beeindruckenden, teils zweistöckigen Häuser der Hauptstraße, die man eher in Wasserburg als hier, in Hudlhub, vermutet hätte, ließen sie eben hinter sich. Erst nach und nach nahmen sie die Musik wahr, die den örtlichen Dorfplatz bereits erfüllte.

Was war das für ein herrliches Fleckchen Erde!

Die Wiese mit jenen riesigen Bäumen, die im Winter die wahre Pracht ihrer Stämme, Äste und Zweige freilegten. Und die gigantische Trauerweide, sicher 30 Meter hoch, die ihre Arme entspannt baumeln ließ, und eine vereinnahmende Ruhe ausstrahlte.

Weiter hinten der kleine Teich, auf dem immer ein einsamer Schwan zu Hause war, der so gern eine Freundin gehabt hätte. Alle im Dorf wussten das, aber es wollte sich einfach kein Gegenstück finden lassen, das zu bleiben bereit gewesen wäre.

Der Idylle tat seine Einsamkeit keinen Abbruch. Und dahinter, ganz am Horizont, da erhoben sich schon wieder die steilen Hänge, deren Lichtreflexe an manchen Herbsttagen das ganze Dorf zum Erröten bringen konnten.

Genau genommen war dieser Dorfplatz fast schon ein kleiner Park, ein englischer Garten im Kleinformat. Nur einen Monopteros hatte hier noch keiner hingebaut. Das fehlte gerade noch. Ganz hinten endete der Dorfplatz an weißen Weidezäunen nach kalifornischem Vorbild. Und ganz hinten begann das Pferdegatter des Gestüts der Entleitners, die ja einige Kilometer weiter, in Großpalmberg, ihren Familiensitz hatten. Und einige der edlen Pferde hoben jetzt die Köpfe und schauten auch, was da vorne, auf der anderen Seite los war. Musik, das gab es hier draußen nicht jeden Tag.

Ein paar Hudlhubber saßen im Gras, lehnten sich entspannt zurück, hörten Fräulein Marion und ihrer Gitarre zu. Und sie war nicht allein. Josefine hatte wieder ihre kubanische Kiste dabei, und tatsächlich diesmal auch ihren Bruder samt Kontrabass. Gemeinsam musizierten sie, Fräulein Marion schrubbte die Gitarre – und Steffi sang. Nein, sie sang nicht einfach, sie – sang. Also, so richtig. Die drei Schlendernden gesellten sich dazu. Die Elfenbeinprinzessin war froh, sich endlich wieder unter Menschen trauen zu dürfen, für Zurückhaltung und Einsamkeit war sie nicht gemacht.

Der Herr Pfarrer und Georg Friedrich schürzten die Lippen. Respekt. Das war klasse, was die kleine Truppe hier auf die Beine stellte. Das wäre doch was für den nächsten Rhythmusgottesdienst, dachte der Pfarrer.

Das ist zwar kein Händel, aber immerhin, dachte Georg Friedrich.

Die Freizeitband kam immer besser auf Touren, die Akteure legten eine Schippe drauf, und Steffi begann regelrecht zu leuchten.

Sie war sowieso gut gelaunt.

Die Post aus Mannheim, sie hatte sie geöffnet. Gestern Abend noch, es war ein feierlicher Moment. Sie hatte es sich wieder am Fußboden gemütlich gemacht, mit Kissen, mit einer Tasse Tee, mit ein wenig Gebäck. Sie atmete tief durch, ehe sie den Umschlag mit dem Brieföffner bearbeitete, den ihre Oma ihr hinterlassen hatte, ein Exemplar mit liebevoll geschnitzten Verzierungen im Holzgriff, Jugendstil. Das gab ihr Halt.

Ratsch.

Mit einem kräftigen Zug zerschlitzte sie das Papier. Sie schloss die Augen, sammelte sich. Sie war bereit. Jetzt. Zuvor hatte sie die ganze Wohnung auf Vordermann gebracht, eine zerrissene Seele braucht ein geordnetes Umfeld, dann war es ihr zu klinisch, und sie verteilte überall in der Wohnung Dinge, die ihr etwas bedeuteten. Auf der Suche nach adäquaten Gegenständen war ihr schließlich der Brieföffner in die Hände gefallen.

Sie sah ihre Oma damit hantieren, als Kind war sie viel bei

ihr, wenn die Eltern in die Arbeit mussten. Manches Mal hatte die Oma ihre Post mit zitternden Händen geöffnet, vor Freude, dachte das Mädchen Steffi, und noch bestärkt in diesem Eindruck, weil manchmal Tränen flossen, wenn sie ihre Briefe las. Heute wusste sie längst, dass es Sorgentränen gewesen waren. Oma hatte kein leichtes Leben gehabt, sie hatte sich alles zu Herzen genommen.

Steffi atmete noch einmal tief durch. Sie kauerte auf dem Kissen, hatte beide Beine leicht angewinkelt, der rechte Fußballen lag auf der Spitze der anderen Zehen und wärmte sie, das wirkte irgendwie beruhigend. Sie legte den Brieföffner beiseite, strich sich mit der Hand – eine milliardenfach ausgeführte Bewegung, immer wenn sie etwas machte, was sie emotional berührte – die Haare aus dem Gesicht, indem der Zeigefinger die Strähne langsam von der Schläfe aus sanft über die Haut bis hinters Ohr streifte.

Dann nahm sie den Brief heraus und las ihn ruhig, langsam, von vorne bis zum Ende durch. Als sie fertig war, hob sie den Blick und ließ ihn hinaus, durchs Fenster. Nach draußen. Darfst raus heute, Blick.

Steffi merkte, dass sie ruhig und tief atmete, allerdings schien es da draußen zu regnen. So plötzlich? Nein, es regnete natürlich nicht. Es waren Tränen, die den Blick trübten. Es waren Tränen der Freude.

Steffi hatte eine halbe Zusage bekommen. Eine für insgesamt acht Blockseminare, verteilt auf zwei Jahre, die sie gut mit Urlaubstagen stemmen konnte. Sie konnte sich fortbilden, ohne den Ort dauerhaft verlassen zu müssen, an dem sie verwurzelt war, endlich, und das war ihr, der aus ihrer Heimat Gerissenen, so unendlich wichtig.

Es war perfekt.

Sie war angerührt, und die Rührung, die verschlug ihr die Sprache. Steffi atmete tief und fest. Dann endlich löste sich der Druck, und dicke Tränen kullerten ihr die Wangen herunter.

Sie sprang auf, begann mit Trommelschritten auf dem Boden zu tanzen, sich im Kreis zu drehen, fast wie ein Derwisch. Dann ließ sie sich auf ihr gemütliches Bett fallen, der Bezug war mit riesigen, fröhlichen Margeriten verziert, sie breitete die Arme aus, und sie sah sich selbst dabei von oben zu, wie sie Schneeengel ohne Schnee machte. Die kühle Seidenwäsche auf der Haut machte ihr Gänsehaut. Steffi war glücklich. Überglücklich. Das Leben meinte es gut mit ihr. Wie wundervoll!

Auch Charlie hörte die Musik. Zuerst dachte er, einer seiner Jungs vom Feuerwehrtrupp hätte eine neue Soundanlage ins Auto eingebaut, dann erst merkte er, dass das da draußen nicht aus der Konserve, sondern live war, und dass es sich trotzdem nicht um die Hudlhubber Blasmusik handelte.

Genau genommen hörte er kein einziges Blasinstrument.

Mit der Flasche in der Hand ging er raus auf die Straße, und weil er eh gerade Pause machen wollte, schlurfte er entspannt zum Dorfplatz.

Er hätte es sich nie selbst eingestanden, aber klammheimlich hoffte er ja doch, dass die Elfenbeinprinzessin noch einmal auftauchen würde. Nein, natürlich interessierte sie ihn überhaupt nicht, nein, kein bisschen, er war ja geradezu immun gegen solcherlei Traktorstrahlen, wie sie nur das Raumschiff Enterprise und die Elfenbeinprinzessin aussenden konnten.

Charlie genoss die Sommersonne, er legte beim Gehen den Kopf in den Nacken, schloss die Augen und war trotzdem sicheren Schrittes unterwegs. Er kannte die Straße wie aus der Westentasche. Irgendwann jetzt müsste die nächste Straßenlaterne kommen. Um nicht dagegen zu rennen, blinzelte er kurz, und das hatte er gut gemacht, da war sie auch schon. Direkt vor ihm. Ungefähr drei Zentimeter vor ihm.

Dann gesellte er sich zu dem kleinen Menschenauflauf, da wo die Musik spielte.

Die Elfenbeinprinzessin war zwar da, aber er konnte sie nicht sehen, Georg Friedrichs Körper hatte ein enormes Abdeckungspotenzial, auch im Profil. Charlie musterte den Berg von einem Mann, er erkannte ihn nicht. Als Georg Friedrich die Gemeinde verlassen hatte, war er selbst noch ein Halbwüchsiger. Die Dimensionen dieses Körpers empfand Charlie als durchaus verblüffend, da hatte mal jemand richtig trainiert. Schien aber ein

211

netter Kerl zu sein, jedenfalls stand er sehr entspannt da, so im Profil, wie damals, als einst Häuptling Tangua im Duell mit Old Shatterhand in »Winnetou I« seine Kniescheiben einbüßte. Und er lachte, und er freute sich über die Musik.

Charlie fragte sich, wer das wohl sein könnte, der Hüne war offensichtlich mit dem Herrn Pfarrer gekommen, die beiden wirkten sehr vertraut. Bei der Feuerwehr war er jedenfalls nicht, und Charlie überlegte, ob es überhaupt Uniformen für solche Oberarme und Kragen für derartige Nackenberge gab.

Schließlich hatte Charlie das Naturwunder lang genug gemustert, und er folgte Georg Friedrichs Blick, nicht ahnend, dass er die Elfenbeinprinzessin direkt hinter ihm verpasste.

So entdeckte er Steffi.

Sie sang vergnügt, leuchtend, voller Freude an der Musik. Unbeschwert. Frei.

Die Postlerin! Charlie war verblüfft. Er bemerkte nicht, wie sein Kinnladen ganz allmählich, unkontrolliert gen Brust sank und sein Gesicht Züge annahm, die seiner an sich vorzeigbar vorhandenen Intelligenz nicht gerecht wurden.

Steffi entging der Blick nicht. Sie konnte nicht anders als breit zu grinsen, was aber nicht auffiel, weil alle dachten, das gehört zum Lied.

Auch andere Hudlhubber kamen nach und nach dazu, der Bäcker und der Metzger nebst Gattinnen, ein paar Omas und Opas, Bäuerinnen und Bauern, Schulkinder, wer eben gerade Zeit hatte. Was heißt schon Zeit. Genau genommen hätte ja eigentlich jeder etwas zu tun gehabt, aber die Hektik in Hudlhub war eben eine andere Hektik als die an der Wall Street.

So braute sich hier ein kleines Volksfest zusammen, wenn auch ohne Karussell und Zuckerwatte. Die Bäckerin ging in ihren Laden, holte ein paar Teilchen und Plunder, die wären heute eh nicht mehr alle weggegangen. So reichte sie freundlich lächelnd zwei Bleche herum, und die Hudlhubber nahmen das Angebot dankbar an. So geht Gemeinschaft.

»Liaba gscheid und so oft wias geht«, sang die kleine Band, und bald sangen alle mit. Sie bemerkten nicht gleich, wie sich eine Staatskarosse näherte, ein Fünf-Meter-Schlitten britischer Herkunft.

Der Entleitner Toni und Haderlein stiegen fast unbemerkt aus dem Bentley. Sie wollten auch sehen, was da los war. Wenn in Hudlhub schon einmal so viele Menschen an einem Ort waren, ohne dass die Jahreshauptversammlung des Feuerwehrtrupps angesetzt war, dann kam es nach all den Wochen in der Untersuchungshaft auf ein paar Minuten mehr oder weniger auf dem Weg nach Hause auch nicht mehr an.

Ja, er war wieder auf freiem Fuß, der Entleitner. Zumindest vorläufig, nachdem die Polizei die wahren Hinterfrauen der Drogenanbauaktion kassiert hatte.

Der Polizeipräsident dankte via Heimatpresse, Lokalradio und Lokalfernsehen dem anonymen Anrufer, der den entscheidenden Tipp zur Ergreifung der beiden Frauen gegeben hatte, die gefesselt und abholbereit in einem verlassenen Haus am Hudlhubber Waldrand lagen, für dessen Weitsicht, der Mann habe sich bei seinem Anruf in der Rettungsleitstelle als Stütze des bayerischen Wertesystems gezeigt, weil er Drogenkonsum aufs Schärfste verurteilte. Und aus seiner beruflichen Erfahrung als Polizist heraus könne er das auch gar nicht anders sehen, zu viele Dramen, persönliche Schicksale und tragische Familiengeschichten habe er selbst in seiner langen Laufbahn erleben müssen.

Auch der Oberstaatsanwalt meldete sich in den Medienbeiträgen zu Wort. Die beiden Drogenbaroninnen, die nichts zu ihrer Verteidigung vorzubringen hatten, hätten sich als überaus brutale Unterweltmitglieder erwiesen, der verdiente Hudlhubber Landwirt Toni E. hätte wohl gar keine andere Wahl gehabt, als sich seinem Schicksal zu ergeben. Er werde zwar mit einer Anzeige wegen Mittäterschaft zu rechnen haben, er sei aber sicher, dass das Gericht die grenzenlos aggressive Gewaltbereitschaft der Drogenbaroninnen aus dem Norden der Republik in die Waagschale werfen werde, sagte der Oberstaatsanwalt und strich sich über seinen Oberlippenbart. Toni E. müsse sich jedoch vorwerfen lassen, nicht gleich zur Polizei gegangen zu sein.

Im Falle einer Erpressung, ergänzte der Polizeipräsident, sei es grundsätzlich wichtig, die Polizei einzubeziehen, man sei mit solcherlei Situationen vertraut und in der Lage derart diskret vorzugehen, dass niemand gefährdet wird. »Glauben Sie nicht alles, was sie aus Fernsehkrimis kennen!«, mahnte der Polizeipräsident. »Das wahre Leben ist ganz anders.«

Haderlein erzählte Entleitner von all dem, als er ihn persönlich in Augsburg abholte, und der kam aus dem Lachen überhaupt nicht mehr heraus. Er war gerade dabei gewesen, sich mit dieser neuen Situation zu arrangieren. Er stellte sich darauf ein, einige Jährchen hinter schwedischen Gardinen zu verbringen, da kam ihm Haderlein gerade recht. Wiebke und Frauke sei Dank.

Der Entleitner musste vor Gericht nur noch glaubhaft vermitteln, dass Wiebke und Frauke ihn bedroht, ihn verängstigt hatten, dass er keine andere Wahl hatte, diese Flinten-Uschis, sie hätten ihn sonst fertig gemacht. Er würde mit dem Finger auf sie zeigen, im Gerichtssaal, wenn der Richter ihn fragen würde: »Und nun, Herr Angeklagter, sagen Sie uns, ob die beiden Frauen, die Sie erpresst haben, sich hier, in diesem Gerichtssaal, befinden!«

»Oh ja, Euer Ehren, das sind sie.«

»Würden Sie sie uns bitte zeigen?«

»Ja, Euer Ehren, es sind diese beiden Frauen.« Die Menge im Saal würde »Ohhhh!« und »Ahhh!« rufen, wenn er seinen Zeigefinger mit einer festen, bestimmten Bewegung voller Verachtung und Schmerz in ihre Richtung lenken würde.

Wiebke und Frauke würden das vor Gericht natürlich alles bestreiten. »Wir haben diesen Mann noch nie gesehen!«, würden sie von der Anklagebank brüllen, womöglich sogar mit einem Unterton der Verzweiflung in der Stimme. Aber wer wollte ihnen glauben, nachdem sie Dutzende Beamtenarme und -beine gebrochen hatten.

»Und gute Schauspielerinnen sie sie auch noch!« Das würde man über sie sagen, im Gerichtssaal – so hatte es ihm Haderlein auf der Herfahrt prophezeit – und sehr wahrscheinlich würde er damit Recht behalten.

»Sie haben damit gedroht, mir alles zu nehmen, was ich habe«, würde Entleitner in der Verhandlung fortfahren, »sie wollten mir alle Knochen brechen, und mir das Herz herausreißen, wenn ich mich nicht an ihren üblen Machenschaften, die ich vollinhaltlich ablehne, beteilige.«

Komisch, aber in seiner Vorstellung trug die gesamte Gerichtsbarkeit weiße Perücken zu den schwarzen Roben, wahrscheinlich hatte er als junger Mann zuviel »Ein Fisch namens Wanda« geschaut. Jedenfalls hätten sich die beiden Frauen als Wurzel- und Samenhändlerinnen vorgestellt und sich ganz beiläufig über Himbeeranbau auf seinem Hof informiert, so habe er sie kennengelernt, würde er lügen. Sie müssen durch Zufall auf die Qualität seiner Produkte gestoßen sein, ihn als landwirtschaftlichen Experten wahrgenommen haben. Und am Anfang seien sie ihm überaus nett und freundlich vorgekommen. Dann aber hätten sie ihr wahres Gesicht gezeigt.

»Was hätte ich denn machen sollen, hohes Gericht, als ihnen zu gehorchen, die hätten mich umgebracht! Ich hatte viel zu viel Angst, um zur Polizei zu gehen, ich hänge an meinem Leben.« Etwas in der Art würde der Entleitner vor Gericht verzapfen, und es würde ihn zurück in die Freiheit spülen, er hatte verdammtes Glück gehabt.

Er war ja ein solcher Glückspilz, unfassbar.

Das dachte sich der Entleitner Toni auch jetzt, als er aus der Landtagsabgeordnetenkarosse ausstieg.

»Was ist denn hier los?«, hatte er Haderlein eben noch gefragt, als sie sich dem (außer bei Feuerwehrfesten) sonst nicht so belebten Dorfplatz näherten.

»Ich bin Abgeordneter, nicht Jesus«, scherzte Haderlein gut gelaunt, der diese Unterscheidung sicherlich nicht jeden Tag machte.

»Jedenfalls sind die Leute besser gelaunt als der Ministerpräsident im Plenum.«

Ein solcher Menschenauflauf! Um diese Zeit!

In Hudlhub!

Unglaublich!

Der Herr Landtagsabgeordnete und vor allem sein Begleiter blieben nicht lange unentdeckt. Immer mehr Köpfe drehten sich zu den beiden um. Gesprächsfetzen wie diese drangen zu den beiden Männern hinüber:

»Der Himbeer-Toni.«

»Ist er gar nicht mehr im Gefängnis?«

»Meinst, der hat was zum Rauchen dabei?«

»Was macht denn der Haderlein da?«

»Ist ja merkwürdig.«

Steffi und ihre Mitmusiker spürten, wie sie die Aufmerksamkeit ihres Publikums allmählich verloren, aber das war nicht wirklich schlimm. Das alles war ja sowieso überhaupt nicht geplant, und die fast zwanzig Minuten, die das Spektakel dauerte, hatten sie genossen.

Ehe jetzt alle davonliefen, legte die Spontanband einen furiosen Schlussakkord hin, steigerte ihn, immer lauter, immer orgiastischer, und die Hudlhubber um sie herum ertappten sich, wie sie begeistert klatschten und johlten und schrien.

Da schau her.

So vui schee scho.

Dann aber wandte sich das Interesse Haderlein und vor allem dem Entleitner zu.

»Ja, da schau her! Der Entleitner!«, sagte Xaver Königer, der Metzger.

»Toni sag, geht's dir gut?« Das war der Bürgermeister. Edelmütig wie er war, beschloss er, sich zu opfern und die gesamte Aufmerksamkeit auf sich zu lenken, um den armen Entleitner zu schützen, der Mann hatte ja nun wirklich genug durchgemacht.

»Geht schon«, erwiderte Entleitner, zunächst noch etwas zurückhaltend. Er wusste noch nicht so Recht woran er war. Immerhin war seine Drogenplantage garantiert Tages-, ach was, Wochengespräch in Hudlhub gewesen. Und seine lieben Mitbürger und Mitbürgerinnen wussten ja noch nichts vom Märchen mit den beiden Drogenbaroninnen und der Erpressung, sie wussten nur, dass er Drogen angebaut hat.

»Es ist schon schön, wieder daheim zu sein«, sagte er.

216

»Und Toni, hast was dabei? Kann man dir was abkaufen?« Das war der Ludwig, frech wie immer. Aber der Entleitner reagierte schnell.

»Selbstverständlich, Ludwig, ich habe eine ganze Kiste Himbeeren dabei«. Alle lachten, das Eis war schon fast gebrochen.

»Das war jetzt nicht das, was ich gemeint habe.«

»Das war mir völlig klar, aber mit anderen Sachen habe ich nichts zu tun«, sagte der Entleitner mit fester Stimme und dem Brustton der Überzeugung. Die beiden Fräulein Antjes waren ihm so was von wurscht, wenn sie ihn nur wieder zurück in die Freiheit brachten. Vielleicht würde er ihnen, wenn alles gut gegangen war, ein paar Himbeeren nach Stadelheim schicken.

Dann wandte er sich an seine Nachbarn, die allesamt an seinen Lippen hingen. Wohlwollend, er konnte das spüren.

»Ich wurde erpresst!«, sagte der Entleitner. »Ich konnte gar nicht anders. Sie haben mich gezwungen zu tun, was ich getan habe. Ich hatte keine Wahl!« Dabei versuchte er so zu schauen wie Florian Silbereisen es tut, wenn er wieder einmal versucht, den treuherzigsten Blick von TV-Legende Peter Alexander zu imitieren. »Mehr kann ich dazu leider nicht sagen, denn wir haben ja ein schwebendes Verfahren.«

Und siehe da: Die Schmierenkomödie funktionierte. Alle nickten verständnisvoll, sogar der Ludwig. Der Himbeer-Toni war also völlig schuldlos in eine saudumme Situation geraten. Was hatte der Mann aber auch für ein Pech! Und was für ein Glück, dass er nun gerettet wurde, dass die Wahrheit ans Licht gekommen war! Er war eben doch der gute Kerl mit dem Herz am rechten Fleck, für den ihn alle immer gehalten hatten.

Und der Himbeer-Toni staunte nicht schlecht, als er plötzlich von allen Seiten geknufft wurde, als er aufmunternde Schulterklopfer bekam. Seine Hudlhubber hatten ihm ganz offensichtlich verziehen.

Er war jetzt ein Opfer.

Hätte er den Kopf und das Herz frei gehabt, dann hätte er sich jetzt womöglich sogar ein klein wenig schlecht gefühlt. Schließlich waren es seine Nachbarn, die er allesamt an der Nase herumführte, hier, in seiner Heimat.

Konnte er aber nicht.

Er war nämlich abgelenkt.

Er hatte die Elfenbeinprinzessin entdeckt.

Und sie ihn. Zwei Blicke trafen sich. Er sah ihr in die Augen, sie sah weg. Ein Reflex. Desinteresse heucheln, das macht interessant, sie kann das auf Knopfdruck. Diesmal komischerweise nicht, irgendetwas war anders. Das mit dem Wegschauen, das ging nicht. Sie spürte, wie der Blick des Mannes, den sie noch nie zuvor gesehen hatte, sie anzog. Sie konnte, und sie wollte sich ihm auch nicht entziehen. Sie musste den Entleitner ansehen, sein wettergegerbtes Gesicht, die kernigen Gesichtszüge, der klare, feste Blick. Dieser Mann war einer, der weiß, wie es läuft, dem so leicht keiner was vormacht, der fest, mit beiden Beinen auf dem Boden steht. Sie fühlte, wie er sie musterte, aber nicht mit diesem billigen Begehren, wie sie es so oft schon erleben musste, sie fühlte sich von ihm nicht wie eine schöne Sache, sondern wie ein Mensch wahrgenommen. Das beeindruckte und verblüffte sie gleichermaßen.

Sie konnte ja nicht ahnen, welche Nummer der Entleitner hier abzog.

Wieder wollte sie wegsehen, wieder klappte es nicht.

Die Menschen um sie herum entschwanden, als hätte jemand den Lautstärkeregler herunter gedreht, als wäre die Welt um die beiden ausgeblendet. Toni Entleitner hatte nur noch Augen für ihre Augen, für ihren Glanz.

Das Licht des Himmels bündelte sich auf ihnen, die Welt um sie herum hörte auf zu existieren – für eine gefühlte Ewigkeit.

Und überall auf dem Dorfplatz begannen die Vöglein einen göttlichen Ton zu singen, ein himmlischer Engelschor stimmte ein.

Was bin ich für ein Glückspilz, dachte der Entleitner noch einmal.

Für die anderen um sie herum war diese Ewigkeit in Wirklichkeit sehr, sehr kurz. Genau genommen dauerte diese Ewigkeit überhaupt keine Ewigkeit. Vielmehr war es nur ein winziger Augen-

218

blick, da hatte der Bürgermeister den Entleitner schon bei den Schultern und die Gelegenheit beim Schopf gepackt, um das zu tun, was ein Anführer tut: den Moment zu nutzen, um einen Vorteil draus zu ziehen.

Als wäre der Entleitner sein ältester Freund, als hätte der Entleitner gerade angekündigt, Hudlhub eine viergruppige Kinderkrippe zu spenden, die der Gemeinde eine Quotenübererfüllung von ungefähr 700 Prozent beschert hätte.

»Toni«, brüllte er, und er packte Entleitners Pranke und riss sie mit seiner gen Himmel, »Toni, wir stehen alle hinter dir!«

Und die anderen nickten, manche klatschten sogar.

Allmählich wurde diese geradezu himmlische Reinwaschung selbst einem abgebrühten Kerl wie dem Entleitner Toni fast zuviel. Zumal ihn gerade ein anderes Gefühl gefangen genommen hatte und übermannte, ein wahres, wahrhaftiges Gefühl, das so gar nicht mit der Show hier zusammenging, die er abzog.

Die Elfenbeinprinzessin hatte ihn – ohne es zu wollen – erlegt.

Das war magisch. Unglaublich.

Unfassbar.

»Ja«, sagte er, viel mehr brachte er nicht mehr heraus. Immerhin noch dies: »Danke! Ich danke euch«.

Dann dröhnte auch schon wieder der Bürgermeister neben ihm los: »Ja, Toni, wir stehen hinter dir wie EIN Mann!«

NACHSPIEL

1 | SELBSTFUNDUNG / SELBSTBETRUG

Haderlein hatte das manchmal: Er spürte, wie der innere Ludwig sich aufplusterte, wie er zu einem teufelroten Monster expandierte, so groß wurde, dass es ihn schier zerriss, wie das Monster zunächst fauchend und zischend binnen Bruchteilen von Sekunden zu einem einzigen wütenden Schrei mutierte, der alles um sich herum in winzig kleine Brösel auflöste. In diesem Augenblick wollte er allerdings jemand ganz anderen zerbröseln: den Bürgermeister.

Er mochte es nicht sehr, wenn nicht er es war, der im Mittelpunkt stand, außer, der Ministerpräsident war anwesend. War er aber nicht. Der spielte wahrscheinlich gerade mit seiner Eisenbahn in Gerolfing. Aber dass dieser kleine, unbedeutende Hudlhubber Bürgermeister ihm die Show stahl, das machte ihn ein klitzekleines bisschen wütend.

Als er sich jetzt den anderen anschloss, riss sich Haderlein dennoch zusammen. Er beschloss, an seinen Großvater zu denken, den einzigen Familienangehörigen, den er noch hatte. Das beruhigte, erdete ihn.

»Großvater, ich muss mit dir reden.«

»Was ist denn, Lucki?«

»Großvater, ich bin jetzt ein Krimineller.«

»Du bist ein Haderlein, das eine geht nicht ohne das andere.«

»Aber Großvater, wegen mir sitzen zwei unschuldige Frauen im Gefängnis.«

»Das ist allerdings nicht in Ordnung. Geh sofort in die Kirche und bete ein ‚Vater unser‘, und weil es zwei sind auch noch ein ‚Ave Maria‘, dann wird dir vergeben sein. Wie unschuldig sind sie denn?«

»Nun, es hat schon nicht die Falschen erwischt.«

»Na, was regst dich dann auf? Dann musst auch nicht beten gehen.«

»Aber es gehört sich halt nicht, was ich gemacht habe.«

221

»War es denn zu deinem Vorteil?«

»Aber Großvater! Selbstverständlich, was denkst du denn von mir! Ich habe so den Entleitner aus dem Gefängnis befreit – und er wird mir helfen, das Brauereiwesen zu revolutionieren!«

»Na, das klingt doch wunderbar, ich bin stolz auf dich, Lucki. Und jetzt geh wieder, ich mag in Ruhe sterben.«

Haderlein wusste sehr genau, dass ein solches Gespräch leider niemals so laufen würde, denn sein Großvater war ein geradezu ekelhaft aufrechter Mann. Und deshalb würde er dieses Gespräch auch niemals mit ihm führen. Was er getan hatte, musste er ganz allein mit sich ausmachen.

Tatsächlich hatte er eine Entscheidung getroffen.

Er, der Landtagsabgeordnete Ludwig Haderlein, war jetzt ein echter Krimineller. Gut, zumindest moralisch hatte sich auch der eine oder andere seiner Kollegen nicht eben mit Ruhm bekleckert, Raffzähne, die alles mitnahmen, was es gratis gab, Brotzeitpolitiker, die sich schmerzfrei gefällig machen ließen, Kleingeister, die jede noch so kleine Gesetzeslücke ausnutzten, um ihren Geldbeutel über die Diäten hinaus zu nähren, er könnte da Geschichten erzählen…

Jetzt ging es nicht mehr um kleine Zollbetrügereien, weil er die Anmeldung seiner heimlichen Brauereiaktivitäten unterschlug, um nicht in ein falsches Licht in der Öffentlichkeit zu geraten. Das hier war ein handfestes Verbrechen, das ihn, käme es heraus, selbst in den Bau bringen würde. Damit musste er dann doch erst einmal umzugehen lernen.

Also hielt er den Mund, schlenderte ungewohnt zurückhaltend und dabei auch noch höflich lächelnd mit den anderen zu Adelheid Kirchmair ins Wirtshaus, wo der Bürgermeister wortreich und nicht ohne zwölfunddreißig wohltemperierte Kunstpausen eine Lokalrunde in Aussicht gestellt hatte.

Warum eigentlich nicht? Jetzt war's eh schon wurscht. Alle gingen mit.

Besser gesagt: fast alle.

Charlie.

222

Was sich zwischen dem Himbeer-Toni und der Elfenbeinprinzessin abgespielt hatte, war ihm nicht entgangen. Und – es hatte ihn verletzt.

Kruzefix, der Entleitner.

Kommt daher, und greift ab. Einfach so.

Und was macht ein Mann, wenn er nicht weiter weiß? Richtig: Er stürzt sich in die Arbeit. Und Charlie konnte ja gar nicht anders. Er hatte ja noch so viel zu tun!

Sein Hirn dachte nicht: Wieso hat sie nicht mich so angesehen? Ich bin derjenige, auf den sie gewartet hat, der sie glücklich gemacht hätte. Nein, das dachte er nicht.

Charlie dachte: Verdammt, ich muss noch alles Mögliche (und Unmögliche) machen. Wie soll ich es überhaupt bloß schaffen, alle Aufträge termingerecht abzuarbeiten? Ich krieg nie wieder einen Auftrag, wenn ich es nicht hinbekomme. Ich muss ranklotzen. Ich muss reinfetzen. Jetzt, sofort und immer. Dann wird alles gut. Also glaubte Charlie zu wissen, was zu tun ist.

Und da vorne stand Haderleins Bentley – und damit Arbeit. Sollten die anderen ruhig feiern. Er nicht.

Während also die anderen in der Wirtschaft verschwanden, schaltete Charlie in den »Ich funktioniere«-Modus um.

Durch die gekippten Fenster der Wirtschaft konnte er das Lachen der anderen hören, die diesen Tag aus einer Laune heraus zum Feiertag machten. Eigentlich sollte man das viel öfter tun, im Land der Funktionierer.

Er konnte den Ludwig durchhören, wen sonst. Er verstand zwar nicht, was er sagte, aber er hörte, dass er etwas sagte. Der nächste, der redete, war erneut der Bürgermeister, Charlie erkannte ihn an den Pausen.

Er hatte die Hände tief in den Hosentaschen vergraben, als er fast unbeteiligt durch die Fensterscheibe des Bentleys schaute. Der Schlüssel steckte.

Er sah sich um.

Kein Mensch mehr da.

Er nahm eine Hand aus der Tasche, öffnete die Tür, nahm Platz, zündete den Motor, das Aggregat lief kultiviert. Dann schob er den großen Hebel in der Mitte, dessen Oberfläche Haderlein mit Schildpatt hatte versehen lassen, auf »D« und fuhr los.

Niemand bemerkte in diesem Augenblick, wie er das Tor zu seiner Werkstatt öffnete. Wie er den Wagen rückwärts in der Werkstatt einparkte. Mit einem Mal war er wie vom Erdboden verschluckt. Dann schloss Charlie das Tor, nicht ohne einen langen Blick über den Platz schweifen zu lassen.

Niemand.

Niemand, außer Steffi, die einen Fensterplatz ergattert hatte und die aufgestanden war, sie wollte den Vorhang zuziehen. Die Sonne blendete so.

2 | SO EIN SCHÖNER TAG

Bernd Zackig hatte einen wunderbaren Tag.

Gleich am Morgen entdeckte er drei E-Mails, die ihn darauf aufmerksam machten, dass die Stadtratssitzung nicht – wie es in der Zeitung gestanden war – am Dienstag, 31. Juli, um 18.30 Uhr begann, sondern am Dienstag, 30. Juli, weil der 31. Juli nämlich ein Mittwoch war.

So ging es schon mal los. Und außerdem begann die Sitzung auch nicht um 18.30 Uhr wie sonst, sondern schon um 17.30 Uhr, weil es diesmal nämlich einen Ortstermin vorab gab. Na wunderbar.

Dann klingelte das Telefon, und die Vorzimmerdame des Spargelstadt-Bürgermeisters teilte ihm mit, dass es heute mit dem Interview nichts werden würde, weil der Spargelstadt-Bürgermeister mit Brechdurchfall im Bett lag.

Dann rief sein Fotograf an und erklärte, er könne das bestellte Bild für die erste Seite heute nicht liefern, weil er eben festgestellt hatte, dass er keinen Chip in der Kamera hatte.

Dann rief seine Texterfasserin an, dass sie heute erst nach Mittag kommen könnte, weil ihr Auto nicht angesprungen war.

Dann klingelte das Telefon, und ein Leser sagte ihm, er sei gestern Abend um 20.30 Uhr, wie in der Zeitung angekündigt, pünktlich am Kino gewesen, um den neuen Film mit Bill Murray und John Cusack anzuschauen, habe dann aber feststellen müssen, dass der Film da schon eine Stunde lief. Na super. Da hatte zwar das Kino Mist gebaut, und nicht die Zeitung, aber wen interessierte das schon?

Dann öffnete er die Konkurrenzzeitung. Sie benannte im Aufmacher den Überraschungskandidat der Freien Wähler für die nächste Bürgermeisterwahl. Ihm hatte das diesmal keiner gesteckt. Wird ja immer besser. Dass er alle anderen Kandidaten als Erster hatte, war jetzt auch nicht mehr viel wert.

Verdammt.

Dann klingelte wieder das Telefon, und einer seiner Freien Mitarbeiter erklärte ihm, dass er heute Abend nicht zur Jahreshauptversammlung des SSV, des größten Sportvereins der Stadt, gehen könne, weil er sich gerade frisch verliebt und deshalb nun ein Date habe, und er werde das ja ganz bestimmt verstehen, und es würde ihm, dem Bernd, doch bestimmt nichts ausmachen, wenn er den Termin diesmal selber mache, nicht wahr?

Nein, natürlich nicht.

Dann klingelte das Telefon, und der Veranstalter des Konzerts, für das er gestern mit großem Brimborium zehn Freikarten verlost hatte, teilte ihm mit, dass eben dieses Konzert kurzfristig abgesagt werden müsse, weil die Band einen unaufschiebbaren PR-Termin in Österreich wahrnehmen müsse. Nein, das ist überhaupt nicht peinlich, den Lesern gegenüber.

Dann rief der Ludwig an und fragte ihn, warum eigentlich heute nichts von dem grandiosen Einsatz des Feuerwehrtrupps von Hudlhub bei dem sensationellen und spektakulären Eingreifen des Sondereinsatzkommandos mit ungefähr 20 Einsatzfahrzeugen, 30 Maschinengewehren und 40 Hubschraubern in der Zeitung stand, nicht eine einzige Zeile?

Das war der Moment, in dem Bernd Zackig einen Tobsuchtsanfall bekam.

Was für ein Sondereinsatzkommando? Aaaaaaaaaaaaaaaaaaaaa aaaaaaaaaaaaaaaaaaaaaaaaaaaaaah!

226

48 | EINE ENTSCHEIDUNG

»Bist du sicher, mein Sohn?«

»Ja, Herr Pfarrer, ich bin sicher.«

»Bist du wirklich ganz sicher?«

»Ja, Herr Pfarrer, ich bin wirklich ganz, ganz sicher.«

»Dann wirst du also Hudlhub wieder verlassen?«

»Ja, Herr Pfarrer, ich muss.«

»Aber warum, mein Sohn? Was willst du in der Stadt finden, was du hier nicht hast?«

»Die Stadt, Herr Pfarrer.«

»Aber Du kannst doch nicht zurück nach Düsseldorf!«

»Nein, Herr Pfarrer, das kann ich nicht. Aber es gibt ja auch noch andere Städte.«

»Augsburg.«

»Viel zu nah!«

»München.«

»Viel zu nah.«

»Ingolstadt?«

»Erst recht zu nah! Nein, ich denke, ich gehe nach Berlin.«

»Und was wirst du da tun, Helmut?«

»Ach, Herr Pfarrer«, sagte Georg Friedrich, »da ist mir nicht bange. Ich kann schon drei bis fünf Dinge.« Und als er den prüfenden Blick des Pfarrers sah, schob er noch ein Wort hinterher: »Legale!« Da war der Pfarrer fast schon beruhigt.

Eben huschte die Fanny vorbei, sie bediente seit vielen Jahren im Wirtshaus. Und sie war perfekt. Sie war immer fröhlich, immer gut gelaunt, sie vergaß nie eine Bestellung, sie war schnell, zuvorkommend, und wenn es sein musste, brachte sie auch zwölf Bestellungen auf einmal.

So wie jetzt.

Und normalerweise war es ihr ein Leichtes, alles genau dort abzuliefern, wo es bestellt worden war, sie hatte neben all den anderen löblichen Eigenschaften auch noch ordentlich Kraft und ein sensationell trainiertes Kurzzeitgedächtnis. Sie kannte jeden Quadratzentimeter der Wirtsstube, die wirkte, als wäre sie irgendwie in den 70er Jahren des vergangenen Jahrtausends stehen geblieben, rot-gelb-karierte Vorhänge, matt gewordenes, abgewetztes Eichenholz, dann natürlich der unvermeidliche runde Tisch nahe der Theke mit dem Stammisch-Aschenbecher, der aufgrund des gesundheitsfördernden bayerischen Rauchverbots seit Jahren schon keine Zigaretten-, keine Zigarren-, keine Zigarillound auch keine krumme Virginiaasche mehr gesehen hat.

Fanny war bei aller beruflicher Professionalität aber auch eine Frau, und damit anfällig für Romantik.

So entging ihr, mit zwölf Maß Bier transportierend, der Entleitner Toni nicht, wie er schweigend, aufrecht, ruhig, breitschultrig, männlich, markant, konzentriert, edel, fast aristokratisch, dabei aber weder arrogant noch überheblich wie gebannt in eine ganz bestimmte Richtung starrte.

Am Ende dieser bestimmten Richtung saß die Elfenbeinprinzessin, und die starrte harrend, warmherzig, sicher, souverän, wissend, aufgeräumt, klar, elegant, ruhig, aber doch ein ganz klein wenig zehrend, in die Richtung vom Entleitner Toni.

Wenn es Liebe auf den ersten Blick gab, dann passierte sie genau hier und jetzt. Die Fanny spürte das, und sie fand das schön. Verzückt folgte sie den Blicken der beiden. Hin und her.

Mei, liab, dachte sie. So vui schee scho.

Steffi war das alles gerade völlig egal.

Sie fragte sich, was Charlie an Haderleins Auto zu schaffen hatte. Eine ganze Weile dachte sie nun schon darüber nach. Da konnte sie doch nicht zusehen! Oder verstand sie da etwas völlig falsch?

Sie versuchte sich einzureden, dass sie das ja alles überhaupt nichts anging, der Charlie war ja eh ein Drumdepp. Grenz dich ab, Steffi, sagte sie sich wieder und wieder, achte auf dich, Steffi.

Na gut, dachte sie und versuchte, sich wieder auf das Geschehen hier in der Wirtschaft zu konzentrieren. Doch das, was da an

228

Geräuschen auf sie eindrang, rauschte durch ihre Gehörgänge als wären sie beide wie einst bei Lloyd Bridges in »Hot Shots!« mit einem Metallrohr verbunden, das man nicht nur mit dem Taschentuch schön sauber halten und von links nach rechts und umgekehrt polieren konnte, sondern das auch für ungestörten Durchzug sorgte. Sie bekam ganz einfach nichts mit.

Die allerdings schon: Dass Ludwig Haderlein eben aufstand, dass er einen Zwanziger auf den Tisch legte, dass er sich ohne auf Wechselgeld zu warten seinen Trachtenjanker schnappte und sich aufmachte zur Tür. Ungewöhnlich schweigsam war er heute, der Herr Landtagsabgeordnete, den sie nicht besonders leiden konnte, der ihr im Grunde genommen aber herzlich wurscht war. Auch das war ihr aufgefallen. Immerhin.

Steffi versuchte zu verstehen, was hier gerade ablief. Klappte nicht.

Nicht gleich.

Lass es, das geht dich nichts an, sagte sie sich wieder.

Aber sie konnte nicht anders: Sie mischte sich ein, schob den Vorhang zur Seite, und sie sah zu, wie Haderlein sich draußen vor der Tür eine Zigarre anzündete. Genüsslich blies er einen konzentrierten blauen Dampfstrahl durch die geschürzten Lippen. Er begutachtete die Glut von allen Seiten, eben ließ er die Streichholzschachtel in die linke Jackentasche gleiten.

Offensichtlich dachte Haderlein nach. Langsam ließ er den Blick über den Platz schweifen. War da nicht eben noch sein Bentley gestanden, fragte sich Steffi. Es schien ihn nicht zu interessieren.

Haderlein hielt die Zigarre jetzt zwischen den Zähnen und sah dabei ein bisschen aus wie Captain John »Hannibal« Smith vom A-Team. Allerdings würde sich Captain John »Hannibal« Smith vom ATeam kaum so wie der Haderlein die Hosen hochziehen: Er deutete zunächst eine Hocke an, spreizte dabei die Knie leicht nach außen, griff dann mit den Händen in zwei der hinteren Gürtelschlaufen, um sich dann in einer mehr oder weniger fließenden Bewegung aufzurichten. Als nächstes zog er noch den vorderen Hosenbund gen Bauchnabel, dann stopfte er das Abgeordnetenhemd rundherum nach.

229

Als er damit fertig war, machte er sich ganz gemütlich auf den Weg, bewegte den Abgeordnetenkörper gemessenen Schrittes, fast eine Spur zu breitbeinig in Richtung Charlies Werkstatt.

Cowboy Lucki, dachte sich Steffi, aber sie war viel zu aufgeregt, um grinsen zu können.

»Was is'n da draußen?« hörte sie Fräulein Marion, die Kindergärtnerin und Mitmusikerin, fragen.

»Ach, ich schau nur«, sagte Steffi, ohne den Blick von Haderlein zu lassen, »'s ist so schön, da draußen.«

»Ein schöner Tag, gell? Eigentlich viel zu schade, um im Wirtshaus zu sitzen.«

»Ja, Marion, ein schöner Tag.«

»Hat Spaß gemacht, das Musizieren.«

»Und wie!« Steffi drehte sich kurz um, lächelte, dann wandte sie den Blick wieder zum Fenster.

Haderlein ließ sich Zeit. Alle paar Schritte blieb er stehen, schien die Wärme der Sonne in seinem Gesicht zu genießen. Ich wusste gar nicht, dass der Typ ohne Publikum überhaupt existieren kann, dachte Steffi.

Sie konnte noch erkennen, dass er anfing in seiner Jacke etwas zu suchen, er fingerte in der rechten Außentasche nach einem Gegenstand, er grub tiefer, dann holte er ihn hervor.

Was ist das?, fragte sie sich. Was hat er da? Steffi konnte es nicht genau erkennen. Sie presste die Nase fast an die Scheibe.

»Ist was, da draußen?« Das war wieder Marion.

»Es ist Sommer!« Steffi zwang sich dazu, sich erneut lächelnd umzudrehen.

»Eh du dir die Nase an der Scheibe platt drückst und Fanny hernach stundenlang polieren muss, solltest Du vielleicht lieber naus gehen, zum Sommer«, fand Marion.

Was war das, was der Haderlein da in der Hand hielt? Sie schaute noch einmal genau hin. Es war ein kleiner Gegenstand, etwas Schweres, etwas, das wie kalter Stahl in der Sonne glitzerte. Was konnte das sein. Ein schwerer, kalter Gegenstand aus Metall. Doch nicht etwa ...?

»Du hörst mir ja überhaupt nicht zu, Steffi!«

»Wie? Oh, doch, Marion, ja, wir sollten das unbedingt wieder

230

tun.« Aus dem Unterbewusstsein konnte sie gerade noch Marions letzte Worte herausholen, die sie dann doch halb wahrgenommen hatte.

Marion schüttelte nur den Kopf und wandte sich den anderen zu. Aus Metall. Der Gegenstand war aus Metall. Steffi dachte den Gedanken jetzt zu Ende.

Heutzutage war ja alles möglich, in diesen unruhigen Zeiten, da draußen in der Welt. Auch in Hudlhub.

Fieberhaft überlegte sie, was jetzt zu tun war. Sie sah sich im Saal um, irgendjemand musste ihr helfen. Und der einzige, der in diesem Augenblick in Frage kam, war der Vertraute vom Herrn Pfarrer. Wie hieß er gleich wieder? Richtig: Georg Friedrich. Der Mann hatte ganz offensichtlich die Mittel.

Steffi sprang auf und rannte auf ihn zu. Was sie nicht einkalkulierte, war Fanny.

Die war eben aus ihrer Stase erwacht, hatte die gerade sprießende Verliebtheit von Entleitner und der Elfenbeinprinzessin lang genug genossen, und besann sich darauf, dass sie noch zwölf Maß Bier auszuliefern hatte, und drehte sich um.

Es trafen aufeinander: Hier Fanny mit den Bierkrügen, da Steffi mit dem Helfersyndrom.

Die Gläser begannen zu schwanken, das Bier zu schwappen, die Massen kamen in Bewegung, die Gesetze der Physik taten das Ihre – und einer im Saal bekam eine kalte Bierdusche.

Der starrte entsetzt nach oben: Was war denn jetzt los?

Steffi hatte aber keine Zeit für den Bürgermeister, der da saß wie ein begossener Pudel.

Verdutzt hob er die Arme und sah zu, wie die Reste von zwölf Litern Bier von ihm herabtropften, schade um den guten Hopfensprudel.

Ihm gegenüber fing jemand an zu lachen, erst ganz zaghaft, dann immer lauter: Was für ein lustiges Missgeschick, dachte der Mann, der sich überhaupt nicht mehr einkriegte. So ansteckend war dieses Lachen, dass die anderen gar nicht anders konnten, sie wurden angesteckt.

»Herr Pfarrer!«, herrschte der Bürgermeister den Mann an.

»Das hätte auch Peppone passieren können!«, lachte der Pfar-

231

rer, den ungebührlichen Ton überhörend, und hielt sich den nicht vorhandenen Bauch. So was! Nein, also so was! Also, so was!

Steffi hatte dafür jetzt keine Zeit.

»He, Du!«, zischte Steffi in Georg Friedrichs Ohr, »Du musst mir helfen. Komm bitte mit!« Georg Friedrich kannte die junge Frau nicht, aber ein Blick in ihr ehrliches Gesicht, in diese klaren Augen, genügte: Er stand auf und folgte ihr.

Draußen vor der Tür erklärte sie ihm kurz, was los war: Der Abgeordnete, Ludwig Haderlein, er war unterwegs zu Charlie. Und er hatte womöglich eine Waffe.

Und Charlie hatte Haderleins Auto gestohlen. Vor ein paar Minuten. Und wenn er jetzt nicht etwas unternähme, dann würde es womöglich zu einer Katastrophe kommen. Und er, Georg Friedrich, er war der einzige, wirklich: Der einzige!, der Hudlhub jetzt vor einer wahren Katastrophe bewahren könnte.

Georg Friedrich musterte Steffi noch einmal. Die Frau wirkte taff, klug, und, wie sie mit diesem flehenden Blick vor ihm stand, ehrlich. Sie war kurz davor zu hyperventilieren.

Also nickte er ihr zu.

»Gehma!«, sagte er im Duktus seiner Heimat. Und das taten sie.

Georg Friedrich überlegte kurz, ob er – abgesehen von seinen Fäusten – etwas in Reichweite hatte, was er einer Pistole entgegensetzen konnte. Hatte er nicht. Der Dodge, in dem sich einschlägiges Gerät hätte finden lassen, parkte im Pfarrhof.

Er musste sich auf seine Intuition und auf seine Kraft verlassen. Er war hoch konzentriert. Er war wie ein Panther auf der Jagd.

Er war bereit.

4 | SCHLUCHTENFLITZER

Bernd Zackig war jetzt alles egal.

Irgendwie würde er die Zeitung schon voll bringen, heute Nachmittag. Jetzt musste er erst mal nach Hudlhub. Er holte seine Kreidler raus und knatterte los. Es war der nächste herrliche Tag in einem herrlichen Sommer.

Er fuhr über Aresing und Gerolsbach, vorbei am Kainegger Gedenkstein, wo es ihn angesichts des ungeklärten Sechsfachmordes vor rund 90 Jahren wie jedes Mal kurz schauderte, dann näherte er sich allmählich der beschaulichen kleinen Gemeinde. Nach dem Waldstück, wo es links Richtung Kleinpalmberg abging, blieb er auf der Hauptstraße. Kurz vor Singern ging es ein kleines Stückchen leicht bergauf, und die wenigen Kubikzentimeter Hubraum seines Mopeds reichten wie immer nicht, um die Höchstgeschwindigkeit beizubehalten.

Es ärgerte ihn ein wenig, dass der alte Valentin Hausknecht in diesem Augenblick – ohne Motor und scheinbar überhaupt nicht außer Atem – an ihm vorbeiradelte.

»Servus, Bernd!«, sagte er und lächelte ihm freundlich zu.

»Servus, Valentin!«, erwiderte der und schaute dem alten Hausknecht beeindruckt hinterher. Und dann machte er etwas, was er seit seiner Jugend nicht mehr getan hatte: Er legte sich flach auf sein Moped, versuchte den Windwiderstand auf ein Minimum zu reduzieren, und lag auf seinem Zweirad wie ein Schluchtenflitzer.

Albern, aber effektiv. Er spürte, wie die Maschine beschleunigte. Aber den alten Hausknecht, den kriegte er nicht.

Bernd Zackig fühlte den Wind in seinem Haar, er genoss den Duft des Sommers. Er fühlte aber auch, dass er wieder einmal zu spät sein würde, er wusste nur nicht genau, wobei.

5 | ZUGRIFF

Charlie lag unter dem Bentley, als der Herr Landtagsabgeordnete Ludwig Haderlein, seines Zeichens gegen das Reinheitsgebot verstoßender Bierbrauer in spe, dafür aber zu erwartender Nobelpreisträger als potenzieller Erfinder eines lebensverlängernden, heimlich mit Himbeerflavonoiden versetzten Gesundheitsbieres, die Werkstatt betrat.

Charlie dachte nicht daran, seine Arbeit zu unterbrechen und blieb auf seinem Rollbrett unter dem Auto liegen. Er erkannte die handgenähten Schuhe aus selbst geschossenem Hirschleder.

»Griaß de, Haderlein«, murmelte Charlie von da unten, wie jemand, der eine Schraube zwischen die Lippen geklemmt hat. Der Geruch von Haderleins Cohiba stieg ihm in die Nase.

»Servus, Charlie!«

»Und, Haderlein, bist bereit?«

»So bereit ein Mann sein kann.«

»Hab's gleich.«

»Ich seh schon.«

Haderlein ging zum Kühlschrank, nahm sich ohne zu fragen ein Bier und öffnete die Flasche mit einem Meterstab. Die Zigarre hielt er dabei wieder Hannibal-mäßig zwischen den Zähnen. Mit der Flasche in der Hand stellte er sich vor den Spind, an dem die Zeitungsausschnitte hingen, die ihn zeigten.

Er ging ganz nah ran, dann noch näher. Dann musterte er sich auf den Fotos, zuzelte ein wenig an seiner Zigarre und nickte zufrieden. Er sah gut aus, auf diesen Bildern, wichtig. Und bald, da würde er noch wichtiger sein.

Draußen schlichen sich Georg Friedrich und Steffi an. Pierre Brice und Stewart Granger, beziehungsweise Winnetou und Old Surehand hätten es nicht eleganter machen können.

Georg Friedrich legte ein Ohr an die Tür, Steffi blieb dicht hinter ihm. Jetzt erst bemerkte sie die mächtigen Muskeln des Riesen, weil er sie – hoch konzentriert wie er war – unwillkürlich

234

anspannte. Das gab ihr ein Gefühl der Sicherheit. Was sollte einem wie ihm schon passieren?

Georg Friedrich bedeutete ihr wortlos, ein paar Schritte zurückzugehen. Dann riss er die Tür auf.

»Kreitzkruzäfixsacklzementnumoinei«, brüllte Charlie, »ja mi leckst am Arsch, Spinnst!« Bei dem Geräusch, das Georg Friedrich und die Tür machten, war er derart erschrocken, dass er unwillkürlich hochschnellte. Dafür war hier unten auf dem Rollbrett unter dem nur leicht aufgebockten Bentley – es war ja keine Autowerkstatt – definitiv viel zu wenig Platz. Er knallte mit dem Kopf gegen den Katalysator des Bentleys.

»Seid's ihr narrisch!«, brüllte er jetzt, rollte raus und legte sofort einen 22er Maulschlüssel an die Stirn. Der war zwar total ölverschmiert, vor allem war er aber kühl.

Autsch.

Kein Filmregisseur hätte das Timing besser planen können: Charlie, Georg Friedrich und Haderlein brüllten alle gleichzeitig und unisono im Chor dieselben Worte: »Was ist denn hier los?«

Damit hatte Steffi nun so gar nicht gerechnet, als sie nun um die Ecke kam.

Sie sah in die verdutzten Gesichter der Männer, die allesamt virtuell riesige Fragezeichen über den Köpfen schweben hatten. Als sie dann auch noch den Schraubenschlüssel an Charlies Stirn sah, prustete sie los.

»'tschuldigung!«, röchelte sie zwischendurch und fächelte sich mit der Hand das Gesicht.

Sie war ja so erleichtert, dass es keine Schießerei gab, dass sich hier keine Keilerei unter Männern entwickelte, dass sie sich von ihrem Kopfkino hatte verleiten lassen.

Die drei Männer sahen sich verständnislos an. Was ist denn mit der los?

Allmählich kriegte Steffi sich wieder ein.

»Was habt's denn alle?«, fragte Charlie noch einmal, bekam aber keine Antwort. Georg Friedrich zuckte nur die Schultern, Haderlein zog sich wieder einmal die Hosen hoch, mit derselben Bewegung wie eben vor der Wirtschaft.

235

Mit einem Mal stand nun auch noch der Pfarrer in der Tür. Trotz der Bierdusche war ihm nicht entgangen, wie Steffi zusammen mit Georg Friedrich die Wirtschaft überstürzt verlassen hatte. Seine Sinne waren mittlerweile derart geschärft, dass er die Brisanz einer Situation hundert Meter gegen den Wind erspürte. Also hatte er den geduschten Bürgermeister einfach sitzen lassen und war den beiden gefolgt. Allerdings war es gar nicht so einfach, sich über Fanny hinweg, die begonnen hatte, die Scherben einzusammeln, einen Weg nach draußen zu bahnen.

»Was ist denn hier los?«, rief jetzt auch er.

»Das wüsste ich auch zu gern!«, sagte Charlie jetzt noch einmal.

»Na, wegen Haderleins Auto.«

»Wieso? Was soll denn sein mit Haderleins Auto?«

»Na, du hast es – gestohlen, und dann sah es so aus, als wäre er dir mit einer Waffe hinterher ...!«, rief Steffi, sie war immer noch ganz aufgeregt.

»Spinnst jetzt!«, zischte Charlie, seine Miene verfinsterte sich kurz. Wie er in ihr Gesicht sah, bereute er den bösen Blick fast.

Sie wollte doch bloß helfen. Steffi schämte sich.

»Die einzige Waffe, die ich habe, ist mein Jagdgewehr!«, sagte Haderlein von hinten, aber niemand hörte ihm zu.

»Ich habe überhaupt nichts gestohlen, ich habe einen Auftrag. Ich bin Mechatroniker, wie du vielleicht weißt!«, sagte Charlie. »Und der Haderlein hat mich vorhin angerufen und gesagt, dass er auf dem Weg hierher ist.«

»Das stimmt!«, bestätigte der Abgeordnete, der wieder an seiner Zigarre zuzelte.

»Aber da war doch dieses Metallteil in der Jacke ...«

Haderlein runzelte die Stirn, griff in die Tasche und holte vorsichtig seinen tragbaren Humidor heraus, Echtsilber.

»Das hier ist meine Waffe«, sagte er und grinste. »Sie hält meine Zigarren bei Laune.«

»Und was hat Charlie mit Ihrem Auto gemacht?«, setzte Steffi nach, während Georg Friedrich Charlies Angebot dankbar an-

236

nahm und zwei Bier aus dem Kühlschrank holte. Der Pfarrer wollte keins, aber Charlie griff zu.

»Das werdet ihr gleich sehen!«, antwortete Charlie und warf Haderlein den Autoschlüssel zu. »Da, Herr Abgeordneter!« sagte er,

»Fertig!«

Der fing den Schlüssel derart cool und sicher mit einer Hand auf, wie es ihm niemand in der Werkstatt zugetraut hätte. Der Abgeordnete öffnete die Tür zu seinem Bentley und setzte sich mit einem fast feierlichen Gesichtsausdruck hinein.

»Dieser Schalter da?«, fragte Haderlein und deutete auf das Modul, das Charlie vorhin noch einmal ausgetestet hatte.

»Genau, Haderlein«, sagte Charlie.

»Also gut!«, sagte Haderlein. »Dann wollen wir doch mal sehen.«

»Ja, wir auch!«, grinste Charlie, und die anderen machten Platz. Haderlein startete den Motor.

Er stellte den Kippschalter auf die erste Stufe, und vorne, zwischen Kotflügeln und Motorhaube öffneten sich zwei bis dahin kaum sichtbare, winzige Klappen. Mit einer leisen Bewegung fuhren zwei Standarten aus, links die Deutschland-Flagge, rechts die Bayerischen Rauten.

»Sehr gut, Charlie!«, lobte Haderlein, der das Glück hatte, jetzt nicht die Gesichter der anderen Anwesenden zu sehen. Dann stellte er das Automatikgetriebe auf »Drive«, gab ein wenig Gas und legte den Schalter auf Stufe zwei. Und während er hinausrollte, wurde ein leuchtendroter Schriftzug auf die Heckscheibe projiziert. Haderlein sah es im Rückspiegel.

Die anderen, der Pfarrer, Georg Friedrich und Steffi lasen, was da hinten auf der Heckscheibe aufleuchtete. Wie gut, dass Haderlein viel zu sehr mit sich selbst beschäftigt war. So bekam er nicht mit, wie der sonst so kontrollierte Herr Pfarrer zum zweiten Mal binnen weniger Minuten in einen Lachkrampf verfiel. Was war denn nur los mit ihm, so kannte er sich ja selbst nicht. Aber das, was Haderlein da veranstalte, war einfach zu dämlich. Oh Herr im Himmel, bitte verzeih... Der Pfarrer krümmte sich vor Lachen. Charlie und Steffi eilten herbei, um ihn zu stützen.

237

Dabei berührten sich ihre Hände auf seinem Rücken. Ihre Blicke trafen sich. Steffi fixierte Charlies Augen, sie war gespannt, was er jetzt tun würde.

Charlie hielt still. Dann beugte er sich hinter dem Rücken des Pfarrers zu ihr herüber und gab ihr ein schüchternes Bussi. Steffi lächelte, und sie sah dabei schöner aus denn je.

6 | EINE BEGEGNUNG

Endlich kam Bernd Zackig in Hudlhub an. Er richtete sich wieder auf seinem Moped auf, genug schluchtengeflitzt. Das war auch gut so, denn von da unten, die Augen knapp über dem Tank, hätte er womöglich nicht gesehen, wie ihm ein Bentley auf seiner Fahrbahnseite entgegenkam. Was hatte der denn da am Kotflügel? Waren das etwa Standarten? Staatsbesuch in Hudlhub? Zackig fiel jetzt endgültig vom Glauben ab, hatte aber eigentlich gerade keine Zeit dafür.

Denn der Bentley Continental GT – und Zackig hatte Haderleins Karosse inzwischen erkannt – fuhr direkt auf ihn zu.

Verdammt, was machte der Kerl denn da? Und wieso fingerte Haderlein an seinem Armaturenbrett herum anstatt auf den Straßenverkehr zu achten?

Allmählich wurde es knapp.

»Heeee!«, brüllte Zackig, aber Haderlein konnte das nicht hören. Der zog immer weiter nach links. Verdammt! Gleich würde er ihn rammen!

Was für eine Schlagzeile: »Politiker rammt Journalisten«. Oder etwas rustikaler formuliert: »Abgeordneter räumt Zeitungsschreiber ab!«

Zackig war in diesem Augenblick nicht ganz sicher, ob er es sein würde, der diese Schlagzeile schreiben würde. Denn wenn Haderlein ihn jetzt gleich rammte, dann ...

Das alles spielte sich in Sekundenbruchteilen ab. Zackig musste handeln. Er hatte die Wahl zwischen dem brutalen Aufprall auf britischer Handwerkskunst, der Böschung scharf rechts und einem frischen Kuhfladen etwas weniger scharf rechts. Die Wahl war schnell gefallen.

Zackig zog sanft nach rechts, dann stieß er seine Kreidler weg und sprang ab. Er hatte gut kalkuliert: Der Kuhfladen gehörte ihm. Ihm ganz allein. Immerhin: So fiel er wenigstens weich.

Blitzschnell rappelte er sich wieder auf, sprang zurück auf die

Straße und schrie dem Abgeordneten hinterher: »Heeeee! Haderlein! Was soll das!«

Der hatte ihn allerdings überhaupt nicht bemerkt und rollte ungerührt auf der linken Hälfte der Straße weiter. Erst, als er fast von der Straße abgekommen wäre, schaute er nach oben, riss das Steuer mit einer hakeligen Bewegung nach rechts und brachte das 2385-Kilogramm-schwere Fahrzeug wieder auf Spur.

Es war aber inzwischen etwas ganz anderes, das dafür sorgte, dass Zackig glaubte, seinen Augen nicht zu trauen.

Da war etwas auf die Heckscheibe projiziert, so was hatte er noch nie gesehen. Und er hatte schon einiges Elend in seinem Leben sehen müssen. Da stand in roten Lettern: »Abgeordneter im Einsatz!«

»Haderlein«, brüllte Zackig, »Du hast sie doch nicht alle!« Aber der Landtagsabgeordnete hörte ihn nicht. Er war gerade viel zu sehr mit sich selbst beschäftigt. Er genoss sich und seine Existenz, und er war sicher: Hier, in meiner Heimat, da werden sie mich jetzt endlich angemessen wahrnehmen. Endlich. Gut gemacht, Charlie!

7 | EINKLANG ZUM AUSKLANG

»Sie sind ja immer noch da.«

»Jetzt werden Sie aber frech, Herr Pfarrer.«

»Verzeihen Sie, mein —« Der Pfarrer hatte Hemmungen, den mehr als doppelt so alten Opa Haderlein mit »Mein Sohn« anzusprechen, aber die Macht der Gewohnheit ...

»Verzeihen Sie, mein lieber Herr Haderlein«, setzte er noch einmal an. Haderlein musste erst lachen, dann husten.

»Bitte nehmen Sie Platz, Herr Pfarrer. Ich freu mich auch, dass ich noch da bin, aber ich hatte ja gar keine andere Wahl.«

»Wie meinen Sie das?«

»Na, bei all dem, was Sie mir da erzählt haben! Solche Geschichten gab es ja in Hudlhub nicht mehr seit damals, in Kainegg. Ja, Du liebe Zeit, da kann ich doch nicht einfach so gehen. Oder können Sie mir garantieren, dass mir dort oben jemand erzählt hätte, wie die Geschichte ausgeht?«

»Äh ...«

»Sehen Sie, Herr Pfarrer. Deshalb ist es also Ihr Verdienst, dass ich immer noch hier bin. Sie haben heilende Kräfte.«

»Zuviel der Ehre«, sagte der Pfarrer und reckte die Hände mit den schlanken, langen Fingern theatralisch leicht überhöht in den Raum, »damit überschätzen Sie mich maßlos. Heilende Kräfte stehen mir weiß Gott nicht zu. Aber die Krankensalbung ist ja auch nicht umsonst eingeführt worden.«

»Das glaube ich jetzt auch noch«, lachte der alte Haderlein heiser, »aber jetzt erzählen Sie mir doch bitte endlich, wie die Geschichte weitergegangen ist. Da saßen also der junge Haller und das Mädel aus der Stadt mit den beiden Holländerinnen im Haus von meinem alten Freund, dem Reiß Sepp selig. Ich habe mich übrigens gefragt, wieso es da draußen überhaupt Strom gibt.«

»Da haben Sie recht, Herr Haderlein, das wollte ich auch noch fragen, ich bin nur noch nicht dazu gekommen.« Und dann erzählte er die ganze Geschichte, so weit er sie kannte, von dem anonymen Anruf bei der Rettungsleitstelle, vom Einsatz des Sonderkommandos, von der Festnahme der Holländerinnen.

Der alte Haderlein staunte nicht schlecht.

Dann ließ er den Kopf mit einem leisen Stöhnen auf sein Kopfkissen zurücksinken. Das war doch alles recht anstrengend, in seinem Alter.

»Aber, wer war das denn, der die Polizei verständigt hat?«

»Diese Frage kann ich Ihnen leider nicht beantworten. Ich habe nur mitbekommen, dass jemand ein Mobiltelefon mit einer Pre-Paid-Karte benutzt haben muss, und dieses Mobiltelefon ist bisher nicht gefunden worden. Aber ich muss Ihnen noch etwas erzählen: Wissen Sie, wer den Entleitner Toni persönlich aus dem Gefängnis abgeholt hat, nachdem er nun entlastet ist? Ihr Enkel! Ist das nicht löblich? Das zeugt von Gemeinschaftssinn, finden´s nicht, Herr Haderlein?«

»Er hat was? Mein Enkel? Den Himbeer-Toni? Und mir hat er wieder einmal kein Wort gesagt. Typisch, Lucki«, sagte Haderlein.

»Nicht aufregen, Herr Haderlein, es ist ja alles gut«. Dabei legte der Pfarrer seine Hand auf die des alten Mannes und drückte sie vorsichtig.

Eine Weile saßen die beiden so schweigend da, dann ergriff der Pfarrer wieder das Wort: »Herr Haderlein, wo wir beide hier gerade so schön zusammensitzen: Wollen Sie mir nicht ein bisschen etwas über den Mord von Kainegg erzählen, damals, vor 90 Jahren? Sie waren ja damals dabei, Sie müssen doch eine Menge wissen.«

Haderlein räusperte sich.

»Ich meine, diese Tat von damals, sie bewegt die Menschen noch heute«, setzte der Pfarrer nach.

»Natürlich war ich damals dabei, ich war ein junger Mann, und ich habe eine Menge mitbekommen«, sagte Haderlein. »Aber wissen Sie, wir Hudlhubber haben die Geschichte damals tief in unseren Herzen verschlossen. Ich rede nicht gern drüber. Niemand hier redet gern drüber.«

242

»Ich möchte Sie um Himmels Willen nicht bedrängen, Herr Pfarrer.«

»Vielleicht ist es ja ganz gut, mein Herz zu öffnen«, sagte der alte Haderlein nach einer Weile des Nachdenkens. Er öffnete die Augen, zog die Hand unter der des Pfarrers heraus und legte sie seinerseits auf die des Pfarrers. Nun war er obenauf.

»Ich hoffe, Sie haben etwas Zeit, Herr Pfarrer«, sagte Haderlein und nahm einen großen Schluck. »Denn das ist eine sehr lange Geschichte.«

KAINEGG

Die einen stehen auf Zaphod Beeblebrox, andere haben noch nie von ihm gehört, aber das ist ganz normal. Weil die Welt bekanntlich aus unzähligen Paralleluniversen besteht: Fußballfans- und Fußballhasser, Star-Wars- und Star-Trek-Devotees, Fake-News-Opfer und Hinterfragende, Frühaufsteher und Langschläfer. Gläubige und Gottlose. Die Gegenwart ist schon derart kompliziert, dass man sich fragen muss, ob es wirklich schlau ist, auch noch in der Vergangenheit herumzuwühlen. Die Schriftstellerin Bettina Hinkel macht sich jedenfalls keine Freunde, als sie die Geschichte eines bis heute unaufgeklärten Sechsfachmordes neu aufrollt, der sich dereinst auf einem Einödhof in Kainegg ereignete. Nicht jeder im benachbarten Dorf namens Hudlhub will, dass sich die Schatten der Vergangenheit über den Alltag der Gegenwart legen.

Die Ereignisse überstürzen sich, als in der Gemeindekirche ein Brand ausbricht. Die zerstörerische Kraft des Feuers bringt mindestens ebenso viel durcheinander wie Bettinas Hinkels Neugier, zumal der Landtagsabgeordnete Ludwig Haderlein, der sein eigenes Süppchen kocht, alles noch viel schlimmer macht.

GAILING

Die Welt wird immer komplizierter - und immer blöder. Wie gut, dass wenigstens der Landtagsabgeordnete Ludwig Haderlein den Durchblick hat. Als allerdings im ehrenwerten Swingerclub, den Helga Dürnbichler in Gailing betreibt, unter mysteriösen Umständen stirbt, ist er nicht zur Stelle. Weil er gerade seine Formel zur Rettung der Weltwirtschaft in die Hauptstadt bringt.

Nachdem er auch noch vergessen hat sein Smartphone zu laden, bekommt er nicht mit, wie die geheimnisvolle Fondazione Rotonda Tiberiana bei ihm zuhause in Hudlhub wenig zimperlich ihrer Interessen verfolgt. Es treffen aufeinander: Mafiosi, Kunstliebhaber, Kirchenleute, Masseurinnen, Fremdenführer, Politiker, Feuerwehrleute und Musikerinnen.

Ganz klar: Wenn eine solche Gemengelage eintritt, dann kann das nicht gutgehen. Und was passiert? Genau: Ein Inferno fegt über die ländliche Idylle! Und danach wird nichts mehr so sein, wie es mal war …

245

BIBERG

Kommt ein Bruder von Jesus nach Biberg – das ist das Grundmotiv des Romans „Biberg" von Mathias Petry, der deshalb in mehreren Zeitebenen spielt. Es geht um die Gebeine eines Mannes, die durch die Jahrhunderte wandern und immer dort, wo sie auftauchen, für jede Menge Aufregung sorgen. Und es kommt ein unglaublicher Verdacht auf …

Als er die Grube für seinen Koikarpfenteich ausheben lässt, stößt der Landtagsabgeordnete Ludwig Haderlein nämlich auf eine Knochenkiste mit hebräischer Aufschrift. Wie kam sie hierher? Wie ist so etwas möglich? Ist am Ende doch etwas dran am Fluch von Biberg, einem Ortsteil von Hudlhub, von dem seit Jahrhunderten gemunkelt wird?

„Biberg" ist ein weiterer Roman des Autors Mathias Petry, voll von satirischen Anspielungen, in denen so manche menschliche Eigenheit aufs Korn genommen wird. Ein Leser sieht in dem Buch fast schon einen neuen „Brian".

246

DIE KLEINMÖGEL

In Hudlhub, tiiief unter der Erde, leben die Kleinmögel, ein lustiges Völkchen winzig kleiner Erdkobolde. Seit unglaublich vielen Jahren malen die Kleinmögel – tagein, tagaus – die Karotten an. Weil sie sonst nämlich erdmatschbraun wären.

Im Buch „Konrad Kleinmögel und die verlorenen Farben" erzählt Opa Kleinmögel Geschichten aus einer Zeit, in der die Welt im Erdreich bunt war, als es noch andere Farben außer Orange gab. Das macht Konrad neugierig und – allen Warnungen zum Trotz – will er die verlorenen Farben suchen. Dazu nimmt er seinen ganzen Mut zusammen, hängt sich an eine kräftige Möhre, lässt sich mit ihr zusammen ernten und landet mitten in der farbenfrohen Welt von Hudlhub. Ein großes Abenteuer erwartet ihn, denn er begegnet einigen wundersamen Wesen.

Im Buch „Konrad Kleinmögel und die wunderbaren Wörter" machen sich Konrad und Franzi auf die Suche nach ihrem Freund Didi. Der ist nämlich nicht pünktlich zur Karottenanmalschicht erschienen. Schnell stellen die beiden fest, dass etwas nicht stimmt … und schon sind sie mitten drin im nächsten Abenteuer. Es bedarf viel Fantasie und Einfallsreichtum – zumal, wenn

247

man selbst erdkobold-klein ist! Aber mit guten Freunden und Helfern an ihrer Seite und dem Wörter-Geblubber von Koikarpfen Hugo beweisen die beiden Kleinmögel-Freunde, dass sie zusammen wieder kleinmögelstark sind!

Die Abenteuer von Erdkobold Konrad Kleinmögel und seinen kleinmögelstarken Freundinnen und Freunden gehen weiter!

Die Autorin Sabine Beck und die Künstlerin Heidi Stulle-Gold haben viel Fantasie und Liebe in ihre Bücher für Erstleser und Kinder ab fünf Jahren gesteckt.

Auf Sabines Blog „Die Kleinmögel" könnt ihr die Entstehungsgeschichte des Hudlhubber Kinderbuchs nachlesen.

Die Geschichte rund um den liebenswerten Erdkobold Konrad Kleinmögel gibt es auch live als Lesetheater für Kinder von 5 bis 9 Jahre. Sabine freut sich über Anfragen über kontakt(at) kulturbuero8.de

Erschienen sind die Kleinmögel-Bücher von Sabine Beck & Heidi Stulle-Gold im Dix-Verlag (Düren/Bonn). Sie sind überall im Buchhandel erhältlich.

HUDLHUB - DIE BAND

Vereinnahmener, mehrstimmiger Gesang, eigenständige Melodien fernab der gängigen Liedermacherpfade, pfiffige, lustige und hintersinnige Texte in der Sprache ihrer Heimat - dafür steht das Liedermacher-Trio Hudlhub, das seit einer Weile quer durch Bayern tourt. „Komm mit mir" lautet der Titel des neuen Programms zum neuen, gleichnamigen Album, das sich im Kern darum dreht, der Welt mitzuteilen, dass Hudlhub ihr eigentlicher Mittelpunkt ist. Aber Spaß beiseite - im Mittelpunkt des Programms steht natürlich die Musik, die die drei - Barbara Liebhart (voc), Sabine Beck (voc, perc) und Mathias Petry (voc, git) - mit großer Ernsthaftigkeit angehen, während es beim Drumherum nicht ganz so bierernst zugeht. In den Texten der Band geht es ums Leben mit all seinen Facetten, von lustig bis tragisch, von traurig bis albern, von satirisch bis sarkastisch - in Hudlhub und um Hudlhub herum.

249

der der Himmel noch weißblau ist, wo „jeder noch wen kennt, der wen kennt, der woaß wias geht" und wo sich „keiner dafür schamt, dass er redt wia eam da Schnabel gwachsen is". Und so kann es passieren, dass man am Ende eines Konzertabends selbst ein Stück weit ein Hudlhubber geworden ist.

Hudlhubs besonderer Liedermacher-Sound wird von Barbara Liebharts außergewöhnlicher, warmer Stimme, beeindruckendem Satzgesang, Sabine Becks groovender Percussion und dem virtuosen Gitarrenspiel von Mathias Petry getragen. Einprägsame Melodien gepaart mit lyrischen, bayerischen Texten zeichnen den eigenständigen Sound der Band aus.

Zwischen den Liedern erfährt man, was es mit den legendären Hudlhoop-Reifen auf sich hat. Und welche Evergreens eine gewisse Kapelle nach ihrer Zeit in Hamburg in ihrer Hudlhubber Phase auf bairisch geschaffen hat. Und welche Karriere die Hudlhubberin Karoline König in Amerika gemacht hat.
Die Band rät: Wer zum Lachen am liebsten in den Keller geht, sollte den Keller besser zum Konzert mitbringen.

Veröffentlichungen (u.a.):

„Alpenpower 3" (Donnerwetter Musik, 2014)
„Hudlhub: Nur ned hudln" (Album, Donnerwetter Musik)
„Hart & Zart Vol. 6" (Sampler mit „Warten", Mundart Ageh Regensburg, 2015)
„Das Kanaoee" (Single, Donnerwetter Musik, 2018)
„Komm mit mir" (Album, Donnerwetter Musik, 2019)
„Schatten" (Single, Donnerwette Musik, 2021)
„Drunt in der greana Au" (Single, Donnerwetter Musik, 2024)
„Sob rocks earth Vol. 4" (Sampler, mmp, 2024)
„Zwoa Paar Schua" (Single, Donnerwetter Musiki, 2024)